Guía breve de la ciudad
(maldita)

Miguel Baquero

Guía breve de la ciudad (maldita)

ACVF- La Vieja Factoría
MADRID

Diseño de la colección:
La Vieja Factoría

Fotografía de cubierta: Daguerre, Boulevard du Temple, 1838 (detalle), primera fotografía en que aparece una persona.

Primera edición en ACVF-La Vieja Factoría:
diciembre de 2018 (libro)

ISBN: 978-84-949453-2-8

Impresión digital bajo demanda

Prólogo: nota de la editora X

X, sí: he preferido no desvelar mi nombre: sé que muchos me tienen «gato» en esta ciudad. Nadie, dicen, es profeta en su tierra. Además, seguro que resultaría difícil de entender que una persona famosa, tan famosa como yo, se rebaje a esto de editar libros; podría pensarse que es el capricho de una *celebrity* que se aburre o quiere darse tono ante la *jet* yendo de cultureta. Aunque sea a costa de perder un montón de pasta. Lo cual es bien cierto: quiero decir, lo de la pasta. He gastado mucho tiempo y bastante dinero en publicar esta *Guía breve* por segunda vez, aun dando por seguro que, si se vende al ritmo de la primera edición, ni en mil años recuperaré lo invertido. Pero no se trata ahora de calcular ganancias, eso es lo de menos. Si me he decidido a reeditar esta *Guía breve* es por el enigma que contiene, aunque el texto, a decir verdad, resulte un poco barroco en ocasiones, en otras se ponga poético sin venir a cuento, y en otras... pero mejor me callo, porque creo que estoy haciéndole un flaco favor al libro con esta presentación. Mirado con cierta consideración, el texto no está tan mal, pero eso es lo de menos; lo que importa es cómo di con este libro y cómo me he lanzado a esta aventura editorial, que era de lo que quería hablar antes de liarme. Quizás así se entienda todo...

Yo nací en la ciudad que se describe en esta *Guía breve*, pero podría decirse que, desde los primeros pasos que di agarrada a los dedos de mi padre, mi obsesión fue largarme de aquí cuanto antes. Veía... no sé cómo decirlo... que a mi alrededor todo era antiguo, feo, soporífero... que la gente estaba como aletargada, metida en sus viejas historias, mientras en otros lugares del país, y ya no digo del mundo, estaban ocurriendo cosas divertidas, modernas, interesantes. Así que, como digo, ya desde cría quise emigrar, volar, triunfar de cualquier forma que me permitiera salir de aquí e instalarme en una ciudad cosmopolita. En el corazón del mundo...

Si desvelara mi nombre, todos sabrían de la manera en que lo conseguí... Hice cosas de las que ahora me arrepiento, sí; pero en otras ocasiones, por más que digan las revistas, no tuve yo culpa de nada... En fin, es inútil enredarse en esto: doy por sentado que nadie lo va a comprender. El caso es que allí estaba yo, con veintitantos años, como quien dice en la cima del mundo: tras la cristalera, abajo, la ciudad de Nueva York; a mi lado, sobre una mesa Fritz Hansen de cristal (en la que, al sol, podía apreciarse el rastro de varios tiros de coca), estaba el contrato firmado para participar en el desfile de la nueva colección de Femme Classic, así como en varios spots publicitarios... A decir verdad, casi ni me acordaba ya, en medio de mi excitante vida, de mi lugar de nacimiento; lo único, porque lo pone en mi documentación y porque alguna vez, en algún cóctel, hablando en confianza con modistas y diseñadores, salía a relucir el tema de nuestras raíces. Cuando yo les revelaba dónde había nacido, torcían un poco el gesto, extrañados, y me miraban como preguntando: «¿pero eso es verdad?» «Yes, it´s true», y se asombraban de lo lejos que, con esos orígenes, había conseguido llegar.

(Como luego me enteraría: esta forma de ocultar mi procedencia, o de declararla con ese deje de desprecio, me granjeó muchos enemigos... o quizás sea exagerado decir esto, casi mejor decir que me procuró mucho «gato» entre mis paisanos. Claro que, por aquel entonces, lo que eso me importaba a mí...)

Diré, aunque cambiando nacionalidades para mantener en lo posible mi anonimato, que he tenido tres maridos: un danés, un sudafricano, y el último, un magnate ruso. Estaba, de hecho, separándome de éste, arreglando la millonada que me iba a tener que pasar como pensión, y estaban a punto de nombrarme el nuevo rostro de una conocida *(la conocida)* marca de refrescos, *oséase*, se podría decir que estaba «en el top» de mi vida personal y mi carrera profesional, cuando me llamaron para anunciarme que mi padre acababa de fallecer. Lo confieso: ya casi ni me acordaba de aquel hombre agarrado a cuyos dedos di los primeros pasos; le llamaba de cuando en cuando, eso es verdad, para interesarme por su salud, varias veces le insistí en que dejara ya de una vez su vieja ciudad y se viniera conmigo a Nueva York, que viajara por el mundo, que se instalase en Florida, que realmente es todo un paraíso para las personas mayores... Inútil. A veces me sublevaba su sedentarismo, aquello de no salir nunca de su villorrio natal, sobre todo porque él de joven, siempre se lo oí, había viajado mucho, había estudiado incluso en el extranjero, en Cambridge, había hecho un safari por África, descendido en kayak por el río Colorado y había vivido otros cientos de aventuras, pero fue volver a nuestra ciudad e inmediatamente apalancarse. Nunca acabé de entender por qué, y cada vez que pensaba en ello, me exasperaba, pero... la verdad es que yo en todo momento tenía asuntos más importantes en la agenda. Eso sí, nunca dejé de enviarle dinero, todos los meses, para que viviera más que desahogado.

El caso es que, a su muerte, tuve que venir a esta mi vieja ciudad natal a arreglar todo el papeleo de la herencia. Quedaba como beneficiaria de... ya ves tú: un caserón que para qué lo necesitaba, lleno de panoplias (he tenido que buscar la palabra en el diccionario, con eso lo digo todo), de armaduras, cuadros y tapices, a rebosar de efectos de mis antepasados, algunos tan disparatados como un globo aerostático, un juego de probetas y matraces, unos óleos terribles sin valor alguno, o una batería musical... De todo ello debía hacerme cargo, así como de resolver el pago del impuesto de sucesiones, liquidar a Hacienda la parte correspondiente, contratar un equipo de administradores para, al menos, mantener la finca en pie... en fin, todo un trajinete que me tendría ocupada varios días. ¡Menudo engorro!, pensé al principio, pero luego decidí, bien mirado, aprovecharme de la situación: mi *personal training* ya me había recomendado varias veces que me tomara un pequeño descanso para reoptimizar el organismo y abrir mis chakras de cara a la nueva temporada otoño-invierno. Que me relajara unos días en, por ejemplo, un balneario. Entonces pensé: ¿por qué no, en vez de balneario, aprovechar el tiempo que me iban a llevar todos esos trámites burocráticos para evadirme un poco de mi frenética rutina? Me convenía, además, alejarme de la vorágine de abogados y «litigadores» que el magnate ruso había lanzado sobre mí. Qué mejor que ocultarme en ésta mi ciudad natal, que puede decirse, imagino que con perdón, es como hundirse en el culo del mundo. Conque, ya que no había más remedio, planeé quedarme en el lugar, por ejemplo, una semana; alojada en el mejor hotel (eso sí, con nombre falso, para que nadie me reconociese), porque no me apetecía nada instalarme en el viejo caserón de mi familia, que olía raro y me recordaba mi infancia...

Después de cinco días de trámites burocráticos, estaba ya agotada. Firme aquí, busque el original para presentar allá... Aunque una contrate los mejores gestores y les dé poderes, los dichosos trámites no dejan de ser fastidiosos. Pero ya quedaba poco para dejar el asunto solucionado... Cansada, como decía, y aburrida de tanto ajetreo oficinesco, paseaba por el lounge del hotel donde estaba hospedada, con una copa en la mano y, por supuesto, gafas de sol para no ser reconocida. Al pasar por una pequeña salita, me llamó la atención un libro titulado *Guía breve de la ciudad y sus lugares interesantes,* que asomaba, como incitante, de una estantería. Una vulgar guía turística, concluí, pero aun así la tomé con intención de hojearla rápido, por si había fotos curiosas de los monumentos locales. No recuerdo en qué momento (visto que fotos había pocas, o por mejor decir: ninguna, salvo la de la portada; es más, al pasar las hojas rápidamente se apreciaba que todo el texto estaba como comprimido y apelotonado), dispuesta ya a devolver el libro a su sitio, caí en la lectura de un fragmento al azar en que se explicaba la historia de uno de aquellos lugares interesantes... Luego leí otro fragmento, donde, qué curioso, se hablaba de mis antepasados...

Me senté en un pequeño butacón que había en un lugar apartado del paso, entre dos mesitas decoradas con floreros de los que sobresalían ramos de laurentina, la planta autóctona de la ciudad (feos, los ramos, como manojos de perejil, pero, en fin, puestos ahí en homenaje patrio). Dejé la copa sobre una de esas mesitas y me senté a leer distraídamente, saltando de aquel apunte en que se hablaba de mi antepasado a la historia de otro lugar de la ciudad. Curiosidad tras curiosidad, el libro volvía poco después a referirse a mi familia; aquél, por ejemplo, del que se hablaba en cierta página debía de ser mi bisabuelo....

Enfrascada en la lectura, noté que se me hacía de noche. Tomé el libro y me dirigí al comedor, a cenar. Luego lo subiría a mi habitación, para seguir leyendo... Así lo hice y, a la mañana siguiente llamé a mi representante y le dije que me quedaba un tiempo más en mi ciudad, no sabía cuánto, seguramente otra semana. ¡No iba a decirle que el tiempo de leerme un libro donde aparece citada mi familia...! «¡Pero cómo que una semana! —me contestó—. Eso no puede ser, está a punto de empezar la Fashion Week de...». Le colgué. Es más, tiré el teléfono a una papelera, hice la maleta y me inscribí, con distinto nombre falso, en otro hotel, por si acaso a él o a los directivos de la empresa de la que iba a ser el rostro, o incluso a mi *personal training* y al magnate ruso, les daba por tomar un vuelo, venir a buscarme y disuadirme para que me dejase de lecturas y de tonterías y volviese a Nueva York. Me merecía una semana alejada del mundo, después de todo. Luego devolvería el libro al hotel del que, al fin y al cabo, lo había sustraído, cogería un avión y me reintegraría a mis obligaciones. La modernidad podría valerse otros siete días sin mí, pensé; ¿qué mal había en distraerme unos días...?

Afirmada en mi decisión, me serví una buena copa del mueble-bar, me descalcé, me tendí sobre la cama, doblé la almohada para acomodarme mejor y me dispuse, gozosamente, a leer aquella *Guía breve de la ciudad y sus lugares interesantes...*

Qué lejos estaba de sospechar que aquella pachorra iba a ser mi perdición...

Guía breve de la ciudad y sus lugares interesantes

Miguel Baquero

Edición marzo de 2015

Muchas joyas están bajo la tierra,
debajo de tinieblas y de olvido,
donde no llegan sondas ni azadones

Baudelaire

La ciudad no cuenta su pasado; lo contiene como las
líneas de una mano, escrito en las esquinas de las calles,
en las rejas de las ventanas, en los pasamanos de las
escaleras, en las antenas de los pararrayos, en las astas
de las banderas...

Italo Calvino – *Las ciudades invisibles*

He nombrado la torre, y ahí está. Ahora, si nombro la
ciudad, ahí estará también. Entonces, digo: catedral,
monasterios, iglesias, la universidad, el ayuntamiento,
el palacio del arzobispo; y digo: rúas, plazas, travesías,
la carrera del Duque, el callejón de los Endemoniados,
el pasaje de Vai-e-ven...

Gonzalo Torrente Ballester – *Fragmentos de*
Apocalipsis

En el centro se notaba que la ciudad había crecido
como un árbol, añadiendo anillos uno tras otro [...] En
la parte interior, su núcleo más precioso, la rodeaba la
Ringstrasse, con sus casas suntuosas. Aquí los viejos
palacios de la Corte y de la nobleza contaban historias
convertidas en piedra.

Stefan Zweig – *El mundo de ayer*

Tlon, tlon, tolón... tlon, tolón...

«Con un eco triste y apagado, el tañido se va escurriendo por la pequeña ciudad. Es un día oscuro de otoño. Sólo un labriego que, perezosamente, conduce del ronzal a un burro cargado de paja; sólo una mujer que, junto al pilón, llena de agua un par de cántaras; sólo un muchacho descalzo y desharrapado que vaga con aire aburrido, pueden verse por las calles, embarradas de las recientes lluvias. El cielo está encapotado y el humo de las chimeneas no consigue alzar el vuelo, rebosa por los tiros, se desliza, lento, por las fachadas abajo y a ras de suelo se une con el murmullo campanil que llama a misa...»

Este paseo por la ciudad que propongo al lector se inicia (pues por algún lado tiene que empezarse a andar y qué mejor, se me ocurre, que fiarme al orden alfabético) por la plaza llamada «de la Abadía», en recuerdo al convento de Valdacá, que en este lugar se levantaba. Aún pueden verse, dispersos por el parquecillo en lo que fue su claustro, algunas columnas con capiteles góticos de cuidada talla en que se representan las flaquezas humanas. Al fondo, se aprecian las ruinas de lo que fue una capilla, rodeadas por la hiedra.

La abadía de Valdacá, que por este lugar se extendía, fue uno de los más importantes monumentos de nuestra ciudad. Consagrada en 1322, quedó semihundida a mediados del XIX, a causa de los sucesos revolucionarios del Puñado de Trigo. A comienzos del XX, se acabó de derribar, dejando apenas aquellas columnas y ese vestigio de la capilla como memoria de su existencia. Pero más que por su mérito artístico o por sus avatares históricos, el convento tiene especial relevancia porque en él tuvieron su habitación muchos y muy ilustres religiosos. La figura que, sin duda, marca su leyenda es la de fray Montán Gállego, amanuense y traductor de obras latinas. En este monje se centra el libro *Valdacá o El triunfo de la impostura*, obra de Alonso Margallo, publicado en 1915, y cuyo comienzo a imitación de sonido de campanas y con una breve descripción de la plaza anexa he tomado prestado para iniciar éste.

Fray Montán efectuó sus traducciones en la Baja Edad Media... «En su cubículo —cuenta Margallo, tras describirnos el toque de campanas—, el monje, al oír el repiqueteo, deja el cálamo sobre el tablero, enrolla el papiro que está traduciendo (la *Historia civitate*, de Tosco Decembrino), y cubre con un paño el libro de pergamino sobre el que ha trazado ya más de cincuenta páginas. Luego apaga, con sus dedos manchados de tinta, la vela con que se alumbraba y se dispone a abandonar la minúscula habitación.

»Al salir a la galería, le recorre un escalofrío, así que se acurruca en su hábito, se echa la capucha por encima y comienza a andar con vigorosos pasos que espera le hagan entrar en calor. Puede ser que allí dentro, absorto en su labor, olvidado de lo inclemente del día, se haya quedado entumecido... pero también puede ser que le estremezca el temor moral por el pecado que en su cubículo parece estar cobrando forma según traduce al Decembrino. *Pecado*, sí, vuelve a conmoverle el temor, mientras pasa bajo las figuras de la pereza, la ira, la soberbia... representadas en los capiteles. Y pecado gravísimo...

»En el centro del patío, las copas de los cipreses se agitan sacudidas por el viento frío. Cuando el monje cartujo dobla la esquina de la galería, el cielo, finalmente, se ha rasgado en dos, y ha empezado a lloviznar. El monje se apresura para entrar en la iglesia, recorre de prisa la nave central y, apenas llegado ante la Cruz, se arrodilla a orar: "Líbrame, Señor, de estas dudas"...»

Es muy curiosa la figura del fraile, según se retrata en el libro de Margallo: contrito delante del altar, la frente en el suelo. Uno no llega a discernir si está solicitando el perdón del Altísimo por la mostrenca traducción del Decembrino que está haciendo, y sobre todo por las invenciones que está intercalando, o si solicita Su ayuda para seguir manteniéndose fiel al original aunque sea *contra eccesia sua*. Para que Nuestro Señor le libre de la desgana y el recurso fácil a la traducción rápida y embustera...

«Una vez la misa terminada —concluye el primer capítulo de *Valdacá*—, el padre prior se pasea por la galería. Pese a que anda calzado con sandalias, desde su reducido *scriptoria* fray Montán puede escuchar el sonido de sus pasos y cómo, en un determinado momento, el prior introduce su cabeza en el cubículo y su mirada, imperativa, escruta por encima del hombro el trabajo que está haciendo el monje, así como el volumen de pergaminos que a su lado tiene pendientes de traducir...»

Desgraciadamente, no ha llegado hasta nuestros días ningún ejemplar en latín de la *Historia* escrita por Tosco Decembrino para poder cotejarlo con la traducción, y establecer si el monje se ajustó al original o hizo un traslado rápido, atropellado y revoltoso. En general, mucho se ha discutido sobre fray Montán Gállego y su labor de traductor. Aparte de al Decembrino, el fraile cartujo tradujo a otros muchos, muchos autores, y como *translator*, para la mayoría de quienes le han estudiado, fue bastante pulcro y fidedigno, quitando allá los deslices involuntarios. Para otros, sin embargo, fue de poco rigor y muy dado a tomar atajos, inventarse términos y hasta ensartar episodios figurados y de su cosecha. Así, al menos, lo apunta Margallo, con bastante convencimiento, en *Valdacá o El triunfo de la impostura*, donde afirma, rotundo, que todo lo que se cuenta en la *Historia* del Decembrino y que nos ha llegado vía traducción de fray Montán (en especial, lo que se refiere a los embrujos y maldiciones), no puede ser sino fruto de la imaginación voladiza de un monje.

La catedral de nuestra ciudad, a no ser tangible, palpable y fotografiable, podría pensarse también que es fruto de la inventiva de un escritor. Pero no. Se trata de una catedral «común» que en la época de su construcción (fue iniciada en 1315, apenas unos años antes que la abadía de Valdacá) poco tenía de excepcional. En el afán de emular a otras ciudades vecinas, seguía aquel estilo importado de la abadía de Cluny y que más tarde sería llamado «gótico»: era otro de tantos grandes templos elevados hacia lo alto como homenaje a Dios. La única diferencia, acaso (pero que acabó siendo fundamental), fue que, en el citado afán por emular e incluso superar a otras ciudades próximas, se concluyó con una celeridad asombrosa para la época: en apenas dos años. Poco más de seiscientos días.

Sin duda producto de estas prisas, parece ser que, por fuera, la catedral no es demasiado bella... Y digo «parece ser» porque, por desgracia, la fachada de la catedral no puede verse. Al poco tiempo de la consagración del templo, en concreto en 1317, un corrimiento de tierras (en los escritos de la época, de marcado tono religioso, se diría «la acción del Maligno») provocó que se viniese abajo prácticamente a ojos vista. Y al decir que la catedral «se vino abajo» no hay que entender, como es la costumbre, que cayó a tierra, se derrumbó o se desmoronó... ni mucho menos. Quizás podría decirse, con mayor propiedad, que «se hundió», porque ocurrió que, repentinamente, todo el conjunto fue tragado por la tierra cosa de cinco o seis metros hacia abajo. Resultado de ello, los pináculos han quedado, desde entonces y hasta ahora, de tal manera que un hombre subido a hombros de otro consigue llegar a tocar su punta; el caminante despistado corre peligro de tropezar con el cimborrio, que se encuentra casi a ras de suelo; y al campanario, cualquiera, con que sea un poco ágil, por ejemplo los chavales que practican *parkour*, puede colarse de un grácil salto.

El interior, sin embargo, ha quedado intacto: se accede a él por un agujero practicado en una vidriera y el visitante puede admirar, íntegras, abajo, las naves laterales y central, aunque, eso sí, en la penumbra, porque apenas si se cuela la luz por una rendija del cimborrio (nuestro gran poeta Quílez hizo la comparación con un hombre que se estuviera ahogando y a duras penas asomase la boca del agua), y en invierno la oscuridad es plena. A estas naves se desciende, acto seguido, por una escalera de caracol; en la actualidad, gracias al alumbrado eléctrico, y también al piso antideslizante, ya no ocurre como en tiempos pasados, cuando antorchas y velas daban la única luz y sólo una barandilla de madera servía de apoyo a la hora de descender. Sucedía entonces que el silencio reverente de la oración abajo y la calma mística del templo se veían interrumpidos, de pronto, por un blasfemo «me cago en Tal», seguido del sonido inconfundible de un cuerpo al caer. Puede decirse, por tanto, que, en el caso de nuestra catedral, los avances del progreso, al contrario de lo que suele ocurrir, han redundado en beneficio de la religiosidad.

Una vez abajo, el visitante puede contemplar, admirado, las bóvedas de crucería sobre su cabeza, como en cualquier otro templo gótico. Asimismo escucha, impresionado, el eco de los cánticos gregorianos, que en un espacio así suenan con una reverberación honda y cavernaria, casi redoblada, que pone los pelos de punta. Tema distinto es el del peligro que corren los asistentes al templo de quedar aislados si se produce una nevada copiosa; no sería la primera vez que, en los días más crudos del invierno, los ciudadanos, armados de palas, han de desenterrar la catedral...

— — —

NOTA DE LA EDITORA X: Me encontré con esta descripción de la catedral de nuestra ciudad apenas comenzar con la lectura de la *Guía breve*. Como no la recordaba así de mis días infantiles, en que, andando de la mano de un padre, todo se ve desproporcionado, y no daba crédito a lo que en las páginas se decía, salí del hotel (siempre oculta tras mis gafas de sol para comprobar por mí misma la verdad del caso). Me personé, o como se diga, en el lugar a ver aquello de los pináculos que, a duras penas, asoman del suelo, y eso otro del cimborrio casi a ras del piso, y sí, caramba, es cierto. «¡¡Es cierto!!», anoté a boli en un margen del libro. Incluso probé a hacer un dibujo, muy esquemático, de los pináculos y el cimborrio,

algo así como

Pero mejor dejarlo aquí, porque el dibujo no es lo mío...

— — —

...Varias razones se han dado para explicar el hundimiento de la catedral. Algunos lo atribuyen al hecho de que, para reafirmar su cristiandad, el templo fue construido junto a las catacumbas de la antigua Vía Augusta, donde se encuentran sepultados, en innumerables nichos, los primeros mártires cristianos de nuestra ciudad. Como se trata de un terreno de cavernas, agujeros, grietas, fosas... un suelo poco firme, en resumen, esto explicaría la súbita venida abajo del edificio. Es posible, pero existe otra versión, según la cual, si se eligió ese emplazamiento junto al suelo poroso de las catacumbas (que, en efecto, no resultó el más apropiado), no fue por religiosidad ni en memoria de los primeros fieles: fue porque esas tierras eran propiedad de una familia, los Hurtado, cercana a quien decidía las obras del Episcopado, y ambos hicieron buen negocio incrementando el precio del terreno. De igual manera, si se tardó tan poco en la construcción no fue porque a los obreros les azuzara la fe, ni porque tuvieran especiales ganas de ver la iglesia concluida para entrar a oír misa, tampoco los maestros albañiles querían ganar carrera alguna contra otras ciudades: ocurrió tan sólo que el gobernador, en complicidad con el regidor y en comandita con el obispo, se apresuraron a repartirse el dinero previsto para las obras, escatimando en la profundidad de los cimientos, la calidad de los materiales y hasta el emplomado de las vidrieras.

Juzgue cada quién cuál de estas dos historias: la «oficial» (en que interviene la mala fortuna, cuando no asoma su mano el Maligno) o la «alternativa» (en que andan pringados el gobernador, el regidor, el obispo, el ecónomo y hasta los sacristanes), es la que más le convence para explicar la catástrofe sobrevenida.

Fuera por lo que fuese, desde hace algún tiempo se viene estudiando reparar, mediante modernas técnicas de inyectado de hormigón, los cimientos que tan aparatosamente se rajaron, para así «reflotar» la catedral. Muchos son los alcaldes que han soñado con hacer emerger el templo al exterior para maravilla de nuestros conciudadanos, que así podrán ver de una vez el edificio por fuera. Aunque no tanto, al parecer, como otras catedrales, al final ha de ser una obra necesariamente hermosa, sólo por ser gótica. El problema, sin embargo, en opinión de los expertos, es que la operación debe llevarse a cabo con un cuidado supremo y seguramente muy costoso, porque caso de descompensarse el inyectado en alguna parte, se corre el riesgo de que la catedral quede escorada, o vencida hacia adelante, o se tambalee y acabe por derruirse. Hay que ir con mucho tino, como si fuera una tarta de boda o una bandeja llena de copas. Así que, en opinión del colegio catedralicio y de los parroquianos, «casi mejor dejarla como está».

Entretanto, a las horas de misa, y los días de fiesta, repican las campanas, pero su sonido no se vierte, como sería pretensión de los constructores, por los campos cercanos, ni queda flotando, ingrávido, en las alturas, sino que el bordoneo se arrastra por las calles aledañas, va chocando contra las esquinas y se crea una resonancia oscura, tal que sórdida, un sonido como de lata vieja que alguien hubiese atado al rabo de un perro.

Clonc, clunc, clonc...

Clin, clon, clin...

Hubo un tiempo en que el repiqueteo procedente de la catedral, doblando por las calles, se confundía con el de los tranvías cuando avisaban de su aproximación a la parada. Hoy todavía existen tranvías en nuestra ciudad, pero ya no campanillean advirtiendo de su llegada, sino que se han instalado paneles informativos con el horario exacto y una app que, si así se configura, puede alertar al usuario, con un zumbido en el móvil, de la llegada en breve del próximo vehículo, así como de los asientos que se encuentran libres, por si acaso prefiere esperar al siguiente, que pasará en... 4 minutos.

Antes de que todo este despliegue tecnológico existiera, durante muchos años, para avisar a los pasajeros de que llegaba ya su tranvía, se había de recurrir, no existía otra forma, a que el conductor moviera con su pulgar una pequeña palanca que accionaba un timbre, algo así como el de una bicicleta. El sonido resultante era un estridente *clinnn, clonnn, clinnnn...* que hasta llegaba a repicar alegre, o aburrido, o funcionarial, dependiendo del humor del conductor.

En el caso del tranvía número 18, que justamente tiene una parada en la plaza de la Catedral, ese campanilleo sonaba siempre heroico. No en vano, acababa de completar una nueva gesta, no por cotidiana menos asombrosa: ¡¡había subido desde el río!! Para comprender tal hazaña, debe tomarse por una de las calles que parten de la plaza de la Catedral y que se llama «calle del Río» porque, como su nombre indica, va y viene del Benayas, que es la corriente fluvial que rodea nuestra ciudad. Esta calle del Río, apenas partir de las cercanías del templo sumergido, se dobla en una pendiente pronunciadísima, un talud, poco menos que un barranco, que sólo los más jóvenes, e incluso, entre éstos, los más intrépidos, son capaces de bajar para llegar por allí directamente hasta la ribera del río. El resto se ven obligados a dar un largo rodeo o descender en zig-zag para salvar, de forma más suave, una cuesta tan empinadísima. Así debían hacer caballerías, yuntas, diligencias, coches de postas... todos los medios de transporte, en fin, con el consiguiente retraso para el viajero. Hasta que a finales del siglo XIX, la situación cambió. Y aunque ahora entendemos que el cambio fue para bien, los principios no pudieron ser más trágicos.

Hablar de la calle que baja (o mejor, que cae) hacia el río es hablar de la historia del tranvía en nuestra ciudad. Del *tram-way*, como se decía en el año en que se implantó, 1872. Desde un principio, estos carruajes tuvieron gran aceptación entre los usuarios, ya que, aunque de «tracción a sangre», esto es: aunque tirados por mulas, al deslizarse sus ruedas sobre vías y no traquetear por el medio de senderos adoquinados, embarrados o plagados de baches, el trayecto se hacía más cómodo y suave, sin tantos bruscos vaivenes de un lado a otro y sin tanto salto de súbito en que el viajero acababa impactando con su cabeza contra el techo. «¡Qué barbaridad! —decía un cronista de la época, cómodamente sentado en uno de estos *tram-ways*—, ¿adónde nos llevará, y nunca mejor dicho, el progreso?»

Pronto se fueron expandiendo las líneas tranviarias en tupida red por toda la ciudad, hasta acabar uniendo entre sí todos los barrios... salvo la ribera del Benayas. Aunque no es correcta la expresión, porque sí que llegaba el tranvía de mulas, en concreto la línea 18, hasta las casas junto a la orilla del río, pero sólo después de un grandísimo rodeo que hacía que el viaje en transporte público no mereciese la pena. Se había intentado que las mulas, cargadas de viajeros, subieran por la pendiente empinada que daba acceso más directo al centro de la ciudad, pero aunque anduviesen por caminos de hierro y aunque se dispusiera, a los pies de la cuesta, un tiro de refuerzo, e incluso aunque bajaran los conductores a empujar, no había forma de que el vehículo llegase arriba.

Todo pareció cambiar con la llegada de las «maquinillas» impulsadas a vapor. Éstas comenzaron a disponerse por la ciudad en 1902. Ilusionados con aquel nuevo y estupefaciente «logro del progreso», los ingenieros de la compañía concesionaria de los *tram-ways*, ya llamados «tranvías», condujeron, el 23 de octubre de este año 2, una de aquellas maquinillas a vapor hasta el borde de la escarpa que baja de la catedral al río, para hacer el experimento de si se podía bajar y subir la calle. El primer tramo, el de bajada, cubierto a costa de tirar de frenos, fue todo un éxito, pero a la hora de ascender la cuesta, el panorama cambió. Ante la expectante mirada de ingenieros, vecinos y curiosos, la maquinilla se dirigió hacia la cuesta con mucho brío. Un empleado, también llamado fogonero, junto al conductor, iba echando carbón a la caldera en continuas, casi frenéticas, paletadas. El tranvía emprendió así la cuesta a gran velocidad, y parecía que iba a subir, parecía que iba a subir... pero no, realmente no subió, aunque el fogonero no cesaba de echar una tras otra, una tras otra, una tras otra, paletadas a la caldera. La maquinilla, al final, hizo un sonido semejante a «güissss» y volvió al punto de partida, ante la desilusión de los espectadores.

Según los periodistas testigos del suceso, «dudaban los ingenieros si repetir la intentona, cuando irrumpió el fogonero en medio del círculo ingenieril. Respirando aún entrecortadamente, la cara tiznada y la pala en ristre, procedió a dar su autorizada opinión sobre el tema. Imaginemos, dijo, que la máquina logra subir; bien, de acuerdo; ¿qué supone eso?, ¿se han parado a pensarlo? Se lo voy a decir yo: supone tener que hacer el trayecto catorce o quince veces diarias echando paletadas como un loco... con lo cual... concluyó, haciendo molinetes con la pala muy cerca de la cabeza de los ingenieros. Éstos se miraron entre sí y decidieron seguir los consejos del fogonero, y éste fue, finalmente, el criterio que se impuso».

En la escarpada pendiente quedaron las vías tendidas, parecía que para la herrumbre... pero el ser humano es tozudo por naturaleza. Como tocados en el pundonor, se inició entonces una carrera entre ingenieros por conquistar la cuesta. Planes, proyectos, concursos de ideas... hasta que en febrero de 1909, pocos años después del frustrado intento con la «maquinilla» a vapor, un tranvía 18 modelo Westinghouse, enganchado a un cable eléctrico, consiguió coronar, con un alegre campanilleo y sin esfuerzo aparente, con orgullo, la ya célebre cuesta, ante el aplauso de los espectadores que asistieron a la prueba. «Tranvía al río», tituló *El Soplo*, nuestro periódico local, a la mañana siguiente...

Poco imaginaba, quien redactó el titular, lo cerca que estaba de la premonición.

Desde aquel día de febrero de 1909, la línea 18 se convirtió en la de mayor número de viajeros: vecinos que hasta entonces habían debido subir la cuesta a tramos y bajarla casi a trompicones, se mostraban encantados con el ingenio que, apoyado en los cables del tendido eléctrico, bajaba y subía la pendiente campanilleando, con alegría y todo. La afluencia de viajeros creció hasta límites impensados a finales de julio de ese mismo año 9, en los días en que se celebran las fiestas en honor del patrono de nuestra ciudad, san Requiario Podólogo. Para esos días, se organiza una verbena junto a la orilla del río, verbena que goza de mucha aceptación entre las clases populares. Populares y, a qué negarlo, bastante tacañas, porque el 28 de julio de 1909 eran por demás los que bajaban a la verbena subidos de gorra en el tranvía. Por ahorrarse el medio real que costaba el billete, habían esperado a que el vagón pasara por la cima de la cuesta para agarrarse a su exterior cada quien como pudiera y bajar tal que en racimos: asidos a los hierros, aferrados a cualquier manija, sujetos algunos incluso del cuello de otros... Desbordado, en fin, el 18 bajaba aquel día «hasta los topes», dicho con la mayor propiedad.

A las 16, 15' horas, en el octavo viaje de la jornada para el coche F-531, coincidiendo con el momento de mayor afluencia a la verbena, estuvo a punto de producirse la tragedia. El tranvía bajaba a dicha hora a rebosar de personas... (bueno, a rebosar no, rebosante ya) por la pendiente empinadísima, cuando el conductor, de pronto, empezó a gritar a la gente que se bajase, mientras desesperadamente giraba la manivela para reducir la velocidad. Al tiempo, tiraba de la campanilla del coche para advertir a la concurrencia que se apartase de la curva, allí donde el coche tenía que girar 45 grados para tomar la ribera del Benayas, porque mucho temía que la inercia de la bajada y el peso del vehículo le hicieran seguir de frente, romper una barandilla que había y precipitarse con la máquina al río. Pero tanto los del interior como quienes viajaban de polizones interpretaron este cam-

31

panilleo como un signo de alegría del conductor, producto de estar llegando a la verbena, y no sólo no se apearon en marcha, sino que, incrementada la algarabía, saludaban con la mano que les quedaba libre a los que estaban al final de la cuesta abajo.

Sólo la mano, o mejor sería decir el pie, milagroso de san Requiario, al desviar la trayectoria de la máquina, evitó que aquella bajada concluyera en tragedia. Aferrado, sudoroso, a la manivela de freno, el conductor consiguió en el último momento que el tranvía efectuase el giro en L a un pelo del descarrilamiento, sacando chispas de la vía. Muchos de los que viajaban encaramados al vehículo cayeron en montonera, por efecto del brusco giro, frente a una barraca de tiro al blanco que se había colocado justo al final de la cuesta.

—¡Eh, cuidado, hombre! ¡A ver si miras por dónde vas! —le gritó el de la barraca al tranviario.

Así pues, podría decirse que sólo por un gran golpe de fortuna la cosa quedó en un simple susto.

Por esa vez...

Eran las 11, 45′ de la noche de aquel mismo día de fiesta. La verbena estaba concluyendo, los últimos juerguistas se retiraban. El de la barraca de tiro había echado ya el cierre y se encontraba dentro, colocando sus cachivaches para el día siguiente. Al pie de la rampa, el 18 se había detenido para cargar viajeros rumbo al centro de la ciudad. Se trataba del último viaje, por aquel ajetreado día, para el coche F-531, el mismo que había estado a punto de sufrir un accidente hacía unas horas. A su estribo se habían subido, y de sus barras colgaban, algunos incorregibles carotas que pretendían hacer la ascensión gratis, pero eran muchos más los que, habiendo ahorrado el medio real del billete en la bajada, lo empleaban ahora para ir cómodamente sentados a la subida, sin que pudiera venir ningún guardia a atizarles con la porra para que bajasen del estribo o, agarrándoles de una punta del traje, les tirara de la barra. El F-531 inició entonces su ascensión... De repente, a mitad de la cuesta, nadie sabe por qué, se cortó el fluido y el vehículo empezó a caer marcha atrás, tomando una velocidad progresivamente acelerada, e incontrolada pese a los giros frenéticos de manivela del conductor. Al llegar al principio de la cuesta, allí donde el giro de 45 grados, el vehículo acabó saliéndose de la vía, arramplando con la barraca de tiro al blanco que quedaba justo delante, impactando contra la barandilla, arrancando ésta y cayendo al río en vertical.

La profecía de *El Soplo*, «tranvía al río», si hay que ser estrictos, no se cumplió en realidad, porque como era verano, el Benayas bajaba ya agostado y con muy poca agua, conque la máquina no cayó en realidad a la corriente, pero al lecho sí, y desde una altura de cuatro metros. Treinta y seis personas perecieron en el siniestro; a saber: las 34 que viajaban sentadas (los del estribo saltaron nada más notar que reculaba el vehículo), el conductor y el propietario de la barraca de tiro al blanco.

Este accidente fue la causa de que se suspendiera por mucho tiempo el servicio de tranvías entre el centro y la ribera del Benayas por aquella empinada calle del Río, pero también de que nuestros conciudadanos, impactados por el accidente, hayan adquirido la costumbre (transmitida de padres a hijos, y vigente todavía en los tiempos actuales) de, siempre que pueden, en cualquier transporte, no pagar billete; antes bien, acomodarse como sea en el exterior, aun a riesgo de caerse en una curva o agarrar un resfriado. Se dice que puede conocerse a un paisano de nuestra ciudad en cualquier lugar del mundo porque, en cuanto les es posible (por ejemplo, en los paquebotes que recorren los puertos marítimos o hacen breves trayectos de una isla a otra), prefieren ir agarrados a los hierros junto con toda la familia que viajar tranquilamente sentados en el interior. Y que piense la gente lo que quiera.

Llegados, aunque haya sido de manera tan accidentada, a la orilla del río que circunda nuestra ciudad, sería muy torpe no hablar de él. Benayas se llama y es un río pequeño, poco caudaloso, débil y tan sensible a los cambios del clima, que algunos años, en lo más crudo del agosto, ha llegado a quedarse sin agua, y luego ha costado muchas lluvias, granizos, y en ocasiones ha habido que esperar hasta el deshielo de primavera para que volviese a tener un aspecto medianamente fluvial.

En un par de estas agostadas históricas debió de ser cuando se le quedaron, atrapadas en el limo del fondo, sendas letras de su nombre original; letras que ya nunca volvieron a salir a flote. Porque el río, en sus orígenes, se llamaba Bienhayas. Este nombre se explica, quizás, porque baja desde un monte junto al cual hay un monasterio muy antiguo; es posible que un viejo monje, en tiempos del castellano naciente, le diera esa bendición: «¡Bien hayas, río!», o algo parecido. Sea como fuere, conforme se deduce de los documentos históricos, el río perdió primero, hacia el siglo XIII, la «hache», de por sí débil de naturaleza; y luego, en el siglo XV, la «i», como la vocal más flaca y fatigada por las inclemencias. Como «Benayas» fluye el río desde entonces, y uno se imaginaría que, libre ya de embarazos, corre terso y rotundo, pero ¡ay!, la «a» del medio comienza a mostrar signos de agotamiento y cualquier año de estos en que el río se escurre, estira, estrecha y escuchimiza, es posible que al recuperar su caudal empiece a correr como «Benyas» y quede la «a» arrumbada en una orilla.

Pese a su carácter intermitente, ha habido épocas en que a lo largo del Benayas se ha concentrado la vida de la ciudad. Como en esas películas en que se cuenta la construcción de un edificio mediante el recurso de «anclar» una cámara enfrente de las obras y luego proyectar todo lo grabado a cámara híper-rápida (de esta forma se suceden, atropellándose, los días y las noches, mientras se alza en unos segundos el andamiaje, luego la fachada, luego se coloca el techo, y por debajo de la imagen pululan miles de hormigas veloces, y por arriba pasan, a toda prisa, nubes, cielos diáfanos, nubarrones, tormentas incluso con rayos y truenos), así imaginemos haber montado una cámara frente a la corriente con que captar el aspecto del río casi desde el principio. Veríamos entonces, durante los primeros minutos (es decir, siglos), al río correr igual, por más que diga Heráclito: adelgazando y engordando a rachas, sí, pero sus riberas con el mismo aspecto: hierba, matorrales, cañaveral... De pronto, hacia el 06'08" de tiempo, al fondo parece que unos tipos recubiertos de pieles levantan unas cabañas de madera y vienen al río a tomar agua, a lavarse, y a sus cosas. Al rato, se advierte un cambio en el aspecto del poblado: la madera y la paja de las cabañas han sido sustituidas por barro, y en una explanada a la orilla del río se ha levantado una especie de menhir de piedra con inscripciones hechas en la roca a fuerza de punzón. En torno a este menhir, los tipos del poblado, que cubren ya su desnudez con telas y se atavían con pulseras y collares, danzan con frenesí, se postran, danzan de nuevo... y de pronto se vuelven a sus cabañas, como desentendidos del asunto. Así varios minutos, que podrían corresponder a distintas generaciones, hasta que en el instante 11´25" a todo aquel pueblo, o tribu, se le advierte sacudido por una súbita e inusitada agitación: las danzas y postraciones ante el tótem se hacen aún más rápidas, como si estuvieran impetrando una ayuda especial... y de repente, surgen unos tipos extraños, unos individuos desconocidos que parecen vestidos de hojalata, que marchan en torno a unos estandartes y que acaban derribando aquel menhir, antes de arrasar el poblado...

No ha acabado de dispersarse la polvareda cuando sobre el río vemos dispuestas unas barcazas y notamos cómo, poco a poco, va levantándose el arco, un poco precario, de un puente de piedra. No bien se ha tendido, comienzan a cruzar por encima de él diversas gentes a pie y a caballo, también carretones, yuntas de bueyes, pastores conduciendo rebaños... y asimismo ejércitos, en cerradas filas a la ida, algo más desordenados a la vuelta. De vez en cuando, el puente se hunde ante tamaña multitud, arrastrando a algunos viandantes (a quienes, en primavera y otoño, podemos ver cómo los arrastra la corriente); pero no ha acabado de desmoronarse el puente cuando ya está siendo reparado...

A la orilla del río, poco a poco, la fisonomía del poblado va cambiando. Aunque lo tengamos que ver casi aupándonos sobre la larga fila de lavanderas que parecen haber tomado posesión de las márgenes para mojar, frotar, golpear, batanear sus prendas... Detrás de ellas, vemos cómo la piedra, e incluso el mármol, van imponiéndose sobre el barro y la madera: se alzan templos rodeados de columnatas, estatuas de bronce... Hasta que todo aquello, que prácticamente se ha convertido ya en una ciudad, de pronto es derribado por una horda furiosa...

Aceleremos un poco el visionado: durante varios minutos, las márgenes del río aparecen casi desoladas, incluso las lavanderas forman una escasa fila. Poco a poco, al fondo va volviendo a perfilarse la figura de un poblachón. En las laderas que conducen al río, algunos, tocados con lo que parecen turbantes, han plantado huertos, y en ellos han levantado chamizos labriegos. Paulatinamente, estos chamizos espaciados se van haciendo más numerosos, se agrupan y compactan hasta formar un conglomerado angosto de casuchas por el que discurren callejas laberínticas. De repente, sobre el minuto 17, un brusco fogonazo, indicador de un incendio, arrasa lo que ya prácticamente se ha convertido de nuevo en una ciudad, aunque de enrevesada caligrafía. Hacia el instante 18′10", comienza a alzarse sobre los restos todavía humeantes una iglesia grandiosa que, inopinadamente, unos segundos después, se viene abajo...

En el 18′16", vemos acercarse hasta el río a un fraile a la carrera y echar a la corriente un puñado de manuscritos, papiros y cartapacios que se lleva la corriente, antes de ser capturado y arrastrado de vuelta al caserío por otros frailes como él.

La película sigue transcurriendo, y por detrás de la sempiterna hilera de lavanderas, hay épocas (segundos) en que son casi multitud los que caminan a sus espaldas; en otras, sin embargo, escasean los viandantes. De pronto, y sin solución de continuidad, una de las pendientes que conduce al río se cubre de hierba, y se plantan árboles, y entre ellos se dibujan graciosas veredas; asimismo, a las explanadas que se han formado acuden hombres y mujeres a tenderse en nutridos corros. Se ha formado, en fin, el parque que aún hoy llaman «de la Ladera», por cuyos senderos se pavonean, a pie y a caballo, tipos tocados con sombreros de plumas e incluso militares vestidos de gala, sable al cinto. La falda de las mujeres forma un amplio redondel cuando se sientan sobre el césped, el parasol grácilmente apoyado en el hombro, y hasta aquí llega el tumulto de las risas y los brindis. La vida bulle alumbrada por el sol y a la dulce sombra de los árboles, cuando, insospechadamente...

«¡Alerta, pueblo!», se oye un grito al fondo del paisaje, y el alboroto que reina entre los grupos es silenciado por el estruendo horrísono de un cañón. En los siguientes minutos, las márgenes del río se convierten en un ir y venir de gente apresurada, muchas veces a la carrera. Pasan tropas en formación tras un general de frondosas patillas. Casi sin tregua, los obuses cruzan sobre el cielo, de un lado a otro. Pasan de nuevo tropas en formación hacia el otro lado, siguiendo esta vez a un general de perfilado bigote. Puede verse, de pronto, una marcha tumultuosa de gente de aspecto humilde (los hombres, tocados con gorra; las mujeres, con pañoleta; en medio del grupo, una bandera roja), que así marchan como en procesión hasta que la irrupción del general bigotiri, espada en alto y rodeado de soldados, y el golpeteo súbito de disparos obliga a la gente a echar a correr.

En los intervalos, se arrodillan ante el río las lavanderas con aire cansado. En un determinado momento (22´17"), se puede ver cómo un tranvía con el número 18 rompe la barandilla y se precipita al lecho del río...

En el instante 22´30", toda la grabación se estremece sacudida por un brusco impacto, saltan barro, agua, madera, sangre...: un obús que parece caído del cielo acaba de impactar en pleno centro del río. Cuando la polvareda acaba por disiparse, podemos ver de nuevo la corriente, con su intermitente fluir, pero muchas son las cosas que han cambiado. Cada vez son menos, muchas menos, las lavanderas que acuden al río, hasta que acaban por desaparecer después de tanto tiempo, tantos siglos, como han flanqueado la corriente; el lugar que ocupaban ha sido cubierto por una capa de asfalto y sobre ella comienzan a correr, a cada segundo con más velocidad, automóviles, autobuses, camiones... Las grúas van y vienen alrededor de la ladera: en un instante surge un bloque de pisos; luego las grúas desaparecen para, casi al momento, volver a alzarse en la vertiente contraria, y de igual manera parece brotar súbitamente un edificio... Algunos de estos edificios están cubiertos con cristales, o con planchas de colores; otros tienen una forma un tanto extraña... Pasan, siempre a la carrera, cada vez más rápidos, los automóviles, pero sobre esa constante se aprecia que, de pronto, aquellos coquetos edificios acristalados y coloridos, esas formas singulares a imitación de cubos, pirámides, cilindros... comienzan a agrietarse, presentan fisuras, silenciosamente parecen degradarse y...

En el instante 22´45", la grabación concluye. A partir de ahí, lo que sigue en la cinta es un espacio en negro y, de fondo, el monótono sonido del río al correr, algunas veces a trompicones...

Ya que ha salido en la vista general de arriba el parque de la Ladera, y como (en mi caso, al menos) no hay prisa ni otra cosa mejor que hacer, será bueno trasladarse allí desde la orilla del río. Este parque de la Ladera cubre el declive entre los barrios de la parte más alta de la meseta en que se halla la ciudad, y el canal por donde discurre, cuando discurre, el Benayas. La pendiente por aquí es más o menos suave; desde luego, no tan abrupta como en la calle del Río, de tan infausta memoria tranviaria. Parque de medianas proporciones (más pequeño que el de la Campa, al otro extremo de la ciudad, pero bastante más grande que el célebre de la Laurentina y que otros parques barriales), es un parque agradable de recorrer, entre el olor de las flores, y que incita a tenderse en cualquiera de sus láminas a ver pasar las nubes en el cielo, cerrar los ojos y sentir la caricia del sol.

Fue a mediados del XVIII (no hay fecha exacta) cuando el célebre y florido alcalde Garciáñez decidió limpiar de escombros y basura esta ladera, que se usaba como albañal, y poblarla de árboles y césped. Desde ese momento (o desde el momento, mejor dicho, en que los árboles plantados comenzaron a tomar corpulencia y dar sombra), se hizo costumbre entre nuestros conciudadanos acudir aquí a comer en torno a un mantel tendido en el suelo, sentados sobre la hierba o en sillas que se decían «de tijera». A su lado, cestas con viandas y bebida; abajo, el hilo de la corriente del Benayas. Charlas, juegos, bromas, risas, requiebros entre mozos y mozas, alguna vez bronca, porque dos familias que no se llevan bien se han sentado demasiado cerca. Puñaladas de pronto; manteles que se alzan a la carrera... Animación, en resumen, jolgorio y alegría de vivir.

Para retratar estas comidas y merendolas en la Ladera, el Consistorio decidió contratar en 1807 al famosísimo Diego Sirvent, pintor de Corte. Éste plantó sus útiles en lo alto de la Ladera y casi al momento se encontró con un tropel de gente arremolinado en torno suyo para verle manejar los pinceles; al fin, los guardias hubieron de convencer al populacho, de forma más o menos expeditiva, para que se marchase a casa y dejara al maestro trabajar en paz, porque con tanto tumulto no había manera. «¡¿Es que no os dais cuenta, bergantes?!»

La tela que finalmente pintó Sirvent cuando tuvo un poco de espacio se titula *Fiesta en la Ladera* y es un gran lienzo lleno de luminosidad y colorido que aún hoy adorna la Casa Consistorial, junto al no menos famoso retrato de cuerpo entero de Garciáñez. Sin embargo, y por ponerle una objeción al cuadro del mallorquín (Sirvent era de Mallorca) hay que decir que mucho de lo que retrató, si no todo, era *attrezzo*. Disfraz. Por aquella época, se había vuelto costumbre entre la nobleza y la clase pudiente vestirse, para diversión, «a lo castizo», y expansionarse a la manera del pueblo. Así, cuenta Sirvent en carta a su amigo Tomás Papín (a quien había conocido en Francia, en la época de la Convención), cómo las damas y los caballeros de postín meten prisa a sus sastres para que les tengan preparados los trajes «a lo mozo», o «a lo moza» con que van a ir a los festejos en la Ladera; cómo asimismo estos nobles ordenan a los cocineros que les provean las cestas de comida «a lo pobre», y a sus lacayos que, a la que amanezca, vayan corriendo a la Ladera a tender sus manteles de hilo en la mejor zona y vigilen que ningún gañán los cambie de sitio o los hurte. Llegada la hora de la comida festiva, cuenta Sirvent cómo, en orden, van bajando todos aquellos pudientes vestidos de pueblo y se desparraman por la ladera: las damas se sientan sobre la hierba y, ya sentadas, disponen con cuidado sus faldas en ruedo, antes de asir un parasol; los caballeros se sientan después de medio lado, el codo en estudiado ángulo. Sólo a las personas mayores o a quienes pretextan reumatismo o parecido se les permite usar silla de tijera... Acodados ya en la hierba de la pradera, los señoritingos fiesteros pueden ver, abajo, donde acaba el parque, la línea de agua del río, y al hilo de ella el grupo de hilanderas de diferentes edades. Algunas llevan a sus hijas, aunque pequeñas, para que, a su lado, con los trapos más pequeños, vayan aprendiendo el oficio y las ayuden cargando banastos de ropa sobre la cabeza...

El 12 de agosto de 1807, Sirvent escribe de nuevo a Papín. Le cuenta que lleva quince días trabajando en el cuadro, que está ya casi concluido, pero por alguna extraña razón siente que nunca podrá acabarlo, o mejor: que una vez concluido, nunca podrá salir de la ciudad y reintegrarse a sus tareas de pintor de Corte. Tras decir esto con cierto tono de fatalidad, el mallorquín cuenta a su amigo cómo, dos días después de la fiesta, se encontró con Perico Bellas, el lacayo y hombre-para-todo de Juan de Montenegro. Este Juan de Montenegro fue amigo de Papín y Sirvent en los días de París. El pintor encontró a este tal Perico atribulado y le preguntó si es que acaso se encontraban enfermos él o su señor. «Nada de eso», le respondió el sirviente. «Entonces...» Y como si diera salida a un ahogo que le estaba oprimiendo, Bellas le contó al pintor cómo el día de la fiesta su señor, harto, dijo, de tanta dama almibarada y tanto noble vejestorio y tanta conversación honesta, había decidido bajar al río, a la zona donde estaban las lavanderas. «Acompáñame. Vamos —le dijo con un guiño cómplice—. Seguro que nos encontramos a una moza despistada con la que divertirnos. Como la otra vez...»

Casi en la cima de este parque de la Ladera, a poco de concluir la suave subida desde el Benayas y desembocar en la meseta sobre la que se extiende la ciudad, cruza una agradable carretera entre el arbolado. Se trata de un tramo de asfalto punteado armónicamente por los rayos de sol que se abren paso entre las ramas, y donde suele soplar una brisa cálida, olorosa y muy placentera. Pues bien, en este trecho, casi podría decirse idílico, de la ascensión por la Ladera, a punto estuvo de suceder en junio de 1946 un hecho terrible y sangriento.

Todo estaba preparado al amanecer del jueves 8: la mina, el cable, el detonador... Incluso el día elegido, un jueves del mes más cálido, no era casual: dando por supuesto que la acción no se iba a reflejar en los periódicos oficiales, era la única manera de que se expandiese por la ciudad. Lo había dicho el «camarada Flores»: en un clima de opresión, la única manera de que se propaguen las noticias es a través del boca a boca. Había que aprovecharse de esos grupos de vecinos que se forman espontáneamente los domingos de buen tiempo, cuando sacan las sillas al fresco y se sientan en corro. De producirse el atentado en lunes, martes o incluso miércoles, para el domingo la noticia del suceso ya se habría extinguido. En cambio, de suceder en viernes o en sábado, estaría demasiado próxima para no pensarse que era un mero rumor.

El objetivo era, pues, que la noticia del atentado se difundiera; además, claro, de acabar con la vida de un cerdo como el comisario Aguirreche. Habían estudiado sus movimientos desde hacía meses, y aquel punto justo de la ronda que, en suave cuesta, sube por el parque de la Ladera, les había parecido el lugar idóneo. Allí el coche oficial debía reducir la velocidad para trazar una curva, no existían casas habitadas cerca, y a primera hora, cuando solía pasar el comisario, no había por lo común población civil paseando por los alrededores que pudiese caer víctima inocente de la explosión. Inevitablemente, el soldado o el cabo conductor del coche en el que se trasladaba el cerdo reventaría junto con él, pero era un coste que había que asumir.

Escondida bajo los adoquines de la calzada, la noche anterior habían enterrado una mina antitanque, proporcionada por «Macías», el hombre recién llegado de Francia para incorporarse a la lucha. El propio «Macías» la había manipulado para que estallase cuando, a través del cable disimulado entre las piedras, se accionase el detonador, ante el que aguardaba, expectante, el «camarada Moreno»...

Todos se hallaban atentos a que se oyera el ronroneo solemne del Haiga afrontando la cuesta. Era, de hecho, ya la hora, pero por alguna razón, el vehículo oficial que transportaba al comisario Aguirreche se estaba retrasando... De pronto, aparecieron subiendo la cuesta un par de motos de la policía motorizada, y tras de ellas un Citroën, también de la bofia, con la sirena centelleando sobre su techo. «El camarada Flores», al momento, como jefe del comando, hizo briosos ademanes a los camaradas para que abandonaran sus puestos y se disolviesen, rápido, por las calles cercanas, disimulando cuanto fuera posible. Así lo hicieron todos, aunque algunos, como «Moreno», se quedaron por las cercanías para observar disimuladamente, haciendo que compraba el diario en un quiosco. Vio entonces cómo varios agentes descendían de las motos y del coche, justamente frente a la mina, y procedían a desactivarla.

—Quizás, de alguna manera, descubrieron el cable la noche antes... —aventuró «Moreno», una semana más tarde, en la reunión de la célula.

—¿Tú crees? —dijo, escéptico, «Macías»—. A mí me suena, más bien, como si alguien se hubiera chivado. Como si tuviéramos un topo. Ya sabes: un infiltrado. Un confidente de la policía.

Acabada la ascensión de la ladera, me encuentro ya en lo alto de la meseta, de vuelta a la ciudad. En tiempos pasados, una muralla circundaba toda la población. Era un muro hecho durante la dominación árabe de la ciudad con grandes, imponentes piedras. Ibn Zulica se llamaba el maestro que dirigió la construcción, que hacia el año 730 (lo sabemos por algunos viajeros que lo apuntaron en sus crónicas) se hallaba finalizada. A la vista, y desde la distancia, el cerco de piedra mostraba un aspecto impresionante; al menos impresionado, muy impresionado, quedó el monarca castellano que en el año 1210 llegó al monte cercano desde el que se divisa la ciudad y la vio rodeada de tal forma.

Movido, sin embargo, por el ánimo de conquistar la población, lanzó el monarca castellano un primer y rápido envite, en el que destacó por su valor el caballero de Muchacota. Pero los árabes, desde lo alto de la muralla, repelieron el ataque. Sospechando entonces el rey católico que conquistar una villa circundada de tan grueso muro haría necesario un largo asedio, decidió dejar allí un retén de infantes para que, de vez en cuando, lanzase algún proyectil contra la villa. Al tiempo, les ordenó que vigilasen todas las puertas de la muralla para impedir que persona alguna entrara o saliese. El objetivo era rendir la villa por hambre. Entretanto, él, con sus mesnadas de caballeros escogidos, iría a otra ciudad, a poder ser menos protegida, para intentar tomarla al asalto y continuar con el progreso de la Reconquista.

Al mando de estas fuerzas de retén, dejó el monarca castellano al joven capitán Osorio, de tan infausta memoria años después. Le consideraba su caballero más prescindible. Este Osorio, con cierto ánimo indolente y más que nada por cumplir con el rey, dispuso ante la muralla unas cuantas catapultas y junto a ellas varios hombres de a pie: los peores, en verdad, de sus tropas, para el caso de que, si los sitiados hacían una salida sorpresa, iban contra las catapultas y exterminaban a sus servidores, no hubiera mucho que lamentar. Con aquel material humano y tales ánimos, Osorio, al día siguiente de marcharse el rey su señor, dio orden de efectuar el primer disparo de catapulta, más que nada de prueba, para ir calibrando la distancia correcta desde donde tirar las piedras. Los peones entonces tensaron la cuerda, dispusieron una gran roca y a la orden de quien estaba al mando de la máquina de guerra, «¡agora!», largaron el pedrusco que... *fiuuuu*... *¡¡Cronch!!*, acabó impactando de pleno contra la muralla.

—¡Por el Creador, qué buen ojo! —estaba felicitando Osorio a quien había orientado la máquina y dado la voz de soltar el contrapeso, cuando, ante los admirados ojos de la soldadesca, el muro comenzó a temblar, a crujir y... en apenas un segundo...

«Vinosse al suelo con un ruído de ayva Dios», cuenta Salvador de Oriz, con su peculiar estilo, en la *Chrónica cidbana.*

Cuán amplia sería la brecha que se abrió en la muralla, que los sitiadores pudieron observar, todavía paralizados por la sorpresa, cómo dentro los árabes, viendo caída su defensa, a toda prisa abandonaban sus casas, y el gobernador salía con no menos rapidez de su palacio, y los soldados del cuartel... Todos cargaban, en fin, lo que podían en burros y marchaban por la puerta del otro lado de la ciudad...

(...)

Largo espacio he dejado aquí para expresar la estupefacción general de los cristianos, porque ningún militar, ni siquiera en el Medievo, espera ganar la guerra al primer y único disparo. Cuando al fin el capitán Osorio salió de su estupor (casi al mismo tiempo que sus hombres, quienes al momento se lanzaron, gritando, al saqueo, atropellándose por encima de los cascotes), lo primero en que pensó fue en que alguien debía correr raudo al monarca, que no andaría muy lejos, a darle las albricias de la conquista. Quizás en agradecimiento, el rey nombraría al capitán Osorio caballero o incluso Grande del Reino. Mirando en derredor, en busca de la persona adecuada, reparó en el alférez Máuriz, quien, por su juventud y apostura, le pareció el más idóneo para tal misión. Le mando entonces que se allegase, porque había de encomendarle un servicio.

Lejos estaba el capitán de imaginar que, en aquel momento, estaba naciendo una leyenda de la ciudad: los marqueses de la Carrera, al mismo tiempo que se labraba su ruina más completa...

———

Nota de la editora X: *Et voilà!* He aquí mi primer antepasado, exclamé en el hotel cuando llegué ante esta página. Sí, ya sé que, al reproducir esta exclamación, me descubro, yo que empecé firmando como X para pasar inadvertida y que no se conociese mi nombre ni el de mi familia. Pero qué decir, lector: según avances por esta *Guía breve,* advertirás que eso, al fin, me va a resultar imposible, conque quizás sea mejor que conozcas ya parte de mi identidad. Como habrás deducido, soy de estirpe aristocrática, aunque de siempre renuncié a tal título para no ver mi carrera entorpecida por ningún perjuicio; pertenezco al abolengo del que muchas veces va a hablarse a lo largo de este libro (no sabría decir si por suerte o por desgracia), y si no vuelvo atrás a corregir la X e incluso si la mantengo pese a todo de aquí en adelante es sencillamente por pereza y poca práctica en esto de editar, buscar texto, modificar, revisar, volver a maquetar con cuidado de que no se descabale nada... Casi mejor, como la catedral, dejarla como está, no vaya a ser peor. Así que confío en la comprensión de los lectores y sigo con el paseo que he interrumpido....

———

Apenas traspasar lo que fueron los límites amurallados de la ciudad, se dispone la llamada calle Mayor, que, con relativa rectitud, va conduciendo al paseante hasta el centro histórico. Nuestra calle Mayor es, como otras tantas igual denominadas, una calle larga, ancha y empedrada (y en nuestro caso, peatonal desde hace poco), flanqueada por soportales sobre los que se alzan edificios de mucha solera. Su trazado sigue breves curvas sucesivas, causadas por la urbanización un tanto anárquica que se ha seguido desde la época medieval.

Es calle de mucha concurrencia de paisanos y turistas, muy fotografiada y con cierta fama allende la región.

Entre sus soportales, hasta hace no mucho se abrían comercios (tal que mercerías, relojerías o zapaterías) de acendrado sabor; hoy, los huecos están ocupados por restaurantes de comida rápida, cafeterías de rótulo anglosajón, cadenas de tiendas de moda, por no hablar de sucursales bancarias o compañías de seguros. Espectáculo triste para algunos, pero más bien práctico para los jóvenes aficionados a tal o cual franquicia. Pese a todo, dos comercios sobreviven con boyantía a la marea de la globalización. Uno es el estudio fotográfico de Algora, instalado allí desde los tiempos del daguerrotipo y sostenido por su prestigio, aunque nadie sabe por cuánto tiempo más. Quizás el próximo mes tenga ya que colgar el cartel de «Se Alquila» y el local pase a ser arrendado entonces por una cadena de kebabs.

¡Ay, si hubiera aprovechado aquella oportunidad que tuvo en su día para hacer la más impactante foto del mundo!; ¡hoy todavía podría vivir de sus derechos!...

El otro comercio es la pastelería Rodríguez y Rodríguez. «Tradición familiar.» En todas las ciudades medianas y pequeñas, y en los pueblos que presumen de historia, nunca falta un dulce típico que como en el lugar en cuestión no se elabora en ningún otro sitio. Mantecadas, turrones, bizcochos, yemas... que los forasteros acostumbran a llevarse tras su visita. En el caso de nuestra ciudad, ese postre típico está representado por las obleas de chocolate de la pastelería Rodríguez y Rodríguez, láminas circulares del tamaño, más o menos, de una moneda gorda, hechas de chocolate negro, aunque (modernidad obliga) desde hace unos años también se expenden de chocolate blanco, *light*, sin gluten, con pasas, con muesli, incluso obleas *diet*.

«Sólo aquí, las auténticas obleas», dice a un lado de la pastelería Rodríguez y Rodríguez.

El local luce sobre su puerta, con orgullo, un cartel de madera donde se anuncia el año que el comercio se fundó: «1893». Todo el frontal de la tienda es de madera oscura y brillante, y en los escaparates (dos) que se abren entre las planchas de madera, los productos son expuestos en vitrinas, rodeados de espigas y labores de mimbre para darles un toque artesano y distinguido. «Desconfíe de las imitaciones», reza, con angulosa caligrafía decimonónica, en la plancha de madera del otro lado de la puerta. De madera, crujiente, es también el suelo cuando el cliente entra. Allí en el interior, los dependientes se hallan uniformados en blanco y rojo, lucen un gorro similar al de los cocineros en la cabeza, y hay numerosos diplomas enmarcados donde figura, por ejemplo, que el establecimiento Rodríguez y Rodríguez fue galardonado con el «1er Premio de Excelencia Turística» en el año 74, o con la prestigiosa «Mención Honorífica de la Repostería» en el 93. Todo esto, junto con el tentador olor de la masa recién horneada que se escapa hasta la calle, es la causa de la fama del local, y de que nadie se vaya de la ciudad sin una cajita de sus célebres obleas.

El que esto escribe ha visto cómo forasteros a quienes ha sorprendido una tormenta repentina, y pasan por esta calle Mayor a todo correr para llegar cuanto antes a su coche, al encontrarse de pronto junto a la tienda se detienen, entran, compran una cajita o dos de obleas y luego salen de nuevo a la intemperie y reemprenden su carrera desaforada. En los días de verano, cuando el sol cae a plomo y lo que menos apetece es comerse cuarto kilo de chocolate, pese a todo la gente hace cola a la puerta del local para llevarse un par de cajitas que les han encargado. El que esto escribe ha visto incluso a asistentes a un festival de música alternativa celebrado en nuestra ciudad, y hasta a desfasados que salían de una fiesta *rave* a las tantas de la mañana, pararse a comprar una de esas cajitas y salir con ella, atada con un lacito rojo, muy contentos de la tienda.

«Rodríguez y Rodríguez», dice encima de esas cajitas; «Elaboración artesana», en uno de sus lados; «Tradición familiar», en el otro.

Entre los paisanos, sin embargo, y entre quienes conocen bien la historia de nuestra ciudad, hay cierta reticencia hacia la casa Rodríguez y Rodríguez, precisamente por esa «Tradición familiar» de la que tanto se ufanan. «Demasiada tradición familiar», reza la rumorología.

Al parecer (pero todo esto son dimes y diretes), los originarios Rodríguez, Ursicino, y Rodríguez, Basilisa, matrimonio fundador de la pastelería en 1893, eran primos entre sí, lo que nada tiene de extraño y para lo que hay dispensa papal. Un poco más insólito fue lo de sus hijos: Marcelino, Dámaso y Estrella. Ninguno de ellos, de mayores, contrajo matrimonio, y vivían todos bajo el mismo techo. Se comentaba que, cierto día, Marcelino se fugó de la casa por celos que tenía de Dámaso, cuando Estrella quedó embarazada; aunque en realidad, según dieron algunos en decir, el hijo era de Ursicino, el cabeza de familia, que a la sazón se hallaba solo porque su esposa Basilisa se había fugado con un sobrino. Estrella tuvo dos hijos gemelos que ya desde la cuna mostraron ciertas inclinaciones... cómo decirlo. En resumen: que acabaron haciendo vida conjunta, durmiendo en la misma cama y demás cuestiones... Ursicino entonces, temiendo que por esta vía la firma se iba a quedar sin herederos, y él ya estaba mayor, convenció a no se sabe cuál de sus hijos, si Marcelino o Dámaso, para que engendrara una nueva criatura en Estrella que asegurase la continuidad del apellido Rodríguez. Y así fue como nació el apolíneo Rodolfo, que después de una juventud algo despendolada, porque dicen que fue amante de uno de sus hermanos (o tíos, o primos, o ya no sé muy bien), de uno de los gemelos, en resumidas cuentas, tuvo un breve *affaire* con su madre antes de estabilizarse con una prima suya con la que tuvo dos hijos, varón y hembra, que a su vez, y como todavía vivía la matriarca Basilisa y no estaba de mal ver...

Bien, no es cuestión de seguir más allá en el intrincado árbol genealógico de los Rodríguez; baste el breve párrafo de arriba para entender por qué los naturales de nuestra ciudad, pese a la fama allende del comercio, tienen cierto reparo a frecuentar la pastelería Rodríguez y Rodríguez.

«Demasiada tradición familiar.»

El otro comercio del que se ha hablado y que asoma entre los soportales de esta calle Mayor es la casa de fotografía Algora. Concretamente, se encuentra situada en el número 6. Es un comercio pequeño y estrecho donde quien entra ha de hacerlo casi de perfil, para no tirar la cartelería de ofertas de revelado en distintos tamaños, venta de carretes, impresiones al momento, álbumes, *passepartout*... Al fondo, se apañan con una pequeña silla giratoria y graduable en altura, enfocada por una lámpara potente y detrás una cortina blanca, para hacer fotografías súper oferta: 8 tamaño carnet + 2 tamaño cartera. Todo, en fin, cada vez más anticuado, a un punto de quedar obsoleto. Como creo hacer dicho más arriba, al amanecer del día menos pensado, pero pronto, los vecinos se encontrarán con un Starbucks o un 100 Montaditos en el lugar donde estaba Algora, cuyo nombre en apenas unas décadas se borrará, a buen seguro, de la memoria ciudadana...

¡Qué distinto sería todo si hubieran aprovechado la ocasión que se les presentó de pasar a la historia de la fotografía con una imagen única, nunca antes tomada y que ya jamás, tal como han evolucionado las costumbres, podrá volver a tomarse!

Lo que ahora se cuenta ocurrió en esta misma ciudad, en una calle de las afueras denominada de la Consigna, el día, en concreto, 3 de octubre de 1894. Eran tiempos en que las cámaras fotográficas, impresionantes armatostes que había que montar, con mucho cuidado, sobre trípodes, captaban la imagen mediante fogonazos de magnesio, el fotógrafo tapado con un paño negro. El día anterior, 2 de octubre del citado año 1894, había fallecido la niña Irene Calvo, de nueve años de edad. Su apesadumbrado padre, haciendo acopio de todos sus ahorros, había acudido al estudio del *daguerrotipista* Algora, así se anunciaba entonces, recién abierto en la populosa calle Mayor y en el que acostumbraban a retratarse las elegantes damas y caballeros de la época. El Sr. Calvo entró en el comercio con la intención de contratar una última fotografía de su hija, una toma de la pobre niña tumbada sobre el regazo de su madre, macabra imagen que, sin embargo, era habitual en aquellos años como forma de conservar un último recuerdo de la difunta. El mismo Algora, dueño del establecimiento, salió a atender al Sr. Calvo, pero al ver su aspecto de pobrete, su ropa sucia, y, sobre todo, al enterarse de que el domicilio donde había de ir a retratar a la «angelita» estaba en la calle Consigna (en los barrios más bajos de la ciudad), el afamado Algora decidió mandar allí a un aprendiz, al último en el escalafón de sus operarios. El nombre de este aprendiz no lo sabemos, lo cual le libra de una eterna vergüenza.

Hasta la calle Consigna 4, entresuelo 2, se desplazó, pues, el empleadillo. Una vez allí, la infortunada Irene en el regazo de su madre, dispuso las luces, preparó la placa, gritó «Atención», tal y como le habían enseñado, y apretó la pera que activaba el disparador. Prendió entonces el polvo de magnesio... fogonazo... y la placa quedó impresionada.

Entonces, de pronto, a causa, quizás, del golpe de luz, o del acre olor que había inundado el cuarto, la pobre Irene, en el regazo de su madre, se agitó apenas perceptiblemente y luego tosió muy bajito. Confusión. Pasmo. «¡¡Ay, hija mía!!», comenzó a gritar la madre. La niña (que debía de haber sido víctima de un ataque catatónico, epiléptico o nadie sabe) abrió los ojos. El retratista, aunque aprendiz, consciente de la importancia del momento, a la carrera preparó otra placa, pero cuando gritó: «¡Atención!» y accionó el disparador, nadie, en realidad, se volvió a cámara, porque todos estaban arremolinados en torno a la «resucitada» y a la madre que la abrazaba y besaba entre lágrimas, y al padre que abrazaba a ambas, llorando también.

Acudieron los vecinos a los gritos de alborozo. Un guardia municipal, alertado por la algarabía, se personó también en la casa...

Transcurrido un tiempo prudencial, el daguerrotipista anunció que, al fin, tenía que irse, porque llevaba allí ya mucho tiempo, y alguien debía pagarle por los retratos. «¿Cómo "los"?», reaccionó el padre de la niña. Los retratos, sí, en plural, porque el aprendiz, en un rasgo de instinto comercial (que estaba seguro apreciaría su jefe) había sacado, lo dicho, dos placas, convencido de que el cliente, en su emoción, se apresuraría a comprar ambas. Qué mejor recuerdo que ése del milagro que había ocurrido. Así se lo intentó vender.

—Es preciso, además —insistió—, que los dos retratos vayan juntos, porque por sí solos nada tienen de excepcional. Ni el de la niña muerta... o perdón —se apresuró—, ex muerta, igual a tantas otras instantáneas fúnebres que ya corren por ahí; ni el de la mujer besando a su hija, que poco se diferencia de otro retratos parecidos. Pero las dos imágenes juntas... —lanzó un silbido— ...las dos juntas harían que todo el mundo acudiese a su casa nada más que para verlas.

Esto le dijo el aprendiz al Sr. Calvo, y éste, durante unos minutos, estuvo a punto de ceder y adquirir las dos placas. Pero, después de todo, era pobre y no se lo podía permitir: todos sus ahorros se le habían ido en el retrato de la fallecida. Él bien quisiera comprar las dos fotografías, pero no le era posible, conque compraría la primera, porque la había encargado y él era hombre de palabra... aunque, si bien se miraba, no se ajustaba a lo convenido, porque él había contratado el retrato de una difunta y la niña no estaba, en realidad, difunta, pero en fin, pasaría por alto ese detalle y abonaría el servicio al que se había comprometido... pero adquirir una fotografía más, realizada, podría decirse, de improviso, eso era otra cosa. Algunos que oyeron la conversación, conscientes de la singularidad de la imagen, propusieron hacer una colecta entre los vecinos de la Consigna, pero éstos eran a cuál más pobretón. Alguien sugirió entonces que pagase el retrato extra el Ayuntamiento, pues el suceso había ocurrido en su término municipal, pero el guardia que allí se había personado los disuadió de la idea: bastante tenía el alcalde, el hombre, con las huelgas y protestas que le montaban a diario para que le fuesen con más embrollos. A la postre, y en conclusión, Calvo no tenía dinero, el vecindario tampoco, el municipio menos...

—¿Así que no la quieren? —lanzó la pregunta, por última vez, el empleado de Algora.

—No.

Visto lo cual, y en prueba de que la casa que le empleaba era seria, y para evitar que alguien, pese a todo, se apropiase de la imagen, el aprendiz destruyó la placa y se volvió a la tienda de la calle Mayor bien seguro de que su jefe le felicitaría por la profesionalidad con que había actuado...

Esta calle Mayor, superado el tramo de soportales, pasa junto a los jardines llamados «de la Laurentina», en homenaje a la planta autóctona de nuestra ciudad, una planta extraña y única que seguramente antaño, muy antaño, se extendiese por todos los contornos, pero en la actualidad ha quedado circunscrita a este parque, y aun dentro de él a unas cuantas explanadas y al borde de algunos paseos. Pese a su minúscula extensión, la laurentina es planta de extensa historia, como demuestra, sin ir más lejos, su nombre, en honor al conquistador romano de nuestra ciudad, Quinto Láurico. Pero ya hay muestras de que los indígenas de estas tierras empleaban esta planta como turiferio y ornamento de su divinidad, Berj.

El parque de la Laurentina, no muy grande pero muy grato de recorrer, se extiende por una superficie de doce hectáreas, todas ellas delicadas y sugerentes. Es un parque que invita a la ensoñación: aquí asoma un «palacete japonés»; allí, un pequeño estanque y, a su orilla, un minúsculo embarcadero de falúas; en alguna esquina, inesperadamente, aguarda un templete de columnas jónicas; hay fuentes de tritones en las encrucijadas; un parterre, una exedra, un laberinto, los senderos están orillados por sauces llorones... todo conserva un aire novecentista y decadente, un aroma *fin de siècle* que incita a figurarnos escenas de las grandes novelas del XIX: bailes en esplendorosos salones, modales caballerosos, señoritas al piano, un joven bien vestido que cuenta sus aventuras en lejanas tierras, fiacres a la puerta, caballeros paseando con bastón y chistera...

...Esto es sólo una muestra de cómo el parque de la Laurentina invita a dejarse llevar por la imaginación. Volvamos a lo real: el parque adquirió su aspecto actual hacia mediados de ese siglo XIX, que parece haberse quedado aquí estancado, pero fue casi cien años antes, con el florido Garciáñez de regidor, cuando este lugar se convirtió en un espacio de recreo con la laurentina como protagonista. Ah, la laurentina. Algún autor indocumentado, que siempre hay, dice que este nombre le proviene a la planta por tener cierta semejanza con el laurel. Nada menos cierto. El nombre deriva, como se ha dicho arriba, de Quinto Láurico, el capitán romano que conquistó estas tierras y que, como Aníbal en Capua, fue llegar aquí en su avance conquistador y de pronto quedarse detenido en estos pagos, sin pasar siquiera a la región tras las montañas cercanas. Aún más: sin volver siquiera a Roma para ser recibido en loor. A este capitán le dedicaron los vencidos el nombre de su planta, lo que haría pensar que fue un conquistador generoso y amigable, de no ser por la famosa maldición que le lanzó la maga Projetes, sacerdotisa de Berj, y que determinó su ruina...

Pero dejemos esta historia sobrenatural, que ya se verá, y sigamos paseando por este agradable parque, respirando a pleno pulmón el difuso aroma de la laurentina. Suele decirse que esta planta no tiene olor, pues ahora creo que sí. O no. O yo qué sé, qué más da. El caso es que todo incita a la ensoñación, a imaginar tiempos pretéritos, a ambientar, por ejemplo, la época modernista en que el doctor Máuriz llevó a cabo aquí, en este parque, sobre el terreno, sus estudios de esta planta autóctona.

El doctor D. Casimiro Máuriz; una vida malgastada tontamente para la ciencia...

Antes de hablar sobre sus experimentaciones, es necesario conocer algo sobre D. Casimiro Máuriz (1836-1880), vigesimoprimer marqués de la Carrera. Éste tuvo en su juventud (de creer a los cronistas de aquel tiempo) todo lo que para otros mozos de su edad y clase social acaba siendo causa de perdición: tuvo dinero, por supuesto, buen porte, inteligencia, elegancia; además de esto, unas facciones agradables, el cabello ondulado, los ojos profundamente verdes, el cutis blanco, conforme nos lo pintan los retratos de entonces. Sin embargo, y aunque bien pudiera haber triunfado con esos atributos en los salones de sociedad y entre las mujeres de clase (o mundanas, lo que hubiese querido), en lugar de ello se entregó no al juego, ni al alcohol ni al láudano, con que las clases pudientes se perturbaban entonces, ni siquiera a la vida aventurera y exploradora. Lejos de ello, desde muy joven a Casimiro Máuriz le fascinó la Botánica.

Allá en la mansión familiar, Villacarrera, ya de niño, pasaba las tardes enteras, después de haber recibido sus clases particulares, observando los pétalos, pistilos, estambres, cálices y cotiledones de las plantas de la finca, ante la mirada asombrada de su padre, el vigésimo marqués de la Carrera, Nicéforo Máuriz. Éste contemplaba con preocupación aquella actividad, o más bien falta de actividad, de su retoño. A él le hubiera gustado verle más inquieto, juguetón y bullicioso, como corresponde a un niño de su edad, y también le hubiera gustado que, puesto a estudiar, su primogénito fuera como él, sinólogo, estudiante de chino, el único que había entonces en nuestro país. También hubiera deseado que, como otro sinólogo famoso, el alemán Leibniz, a quien admiraba, se lanzara a hacer cálculos usando sólo, como el genio, cero uno uno cero cero cero uno uno etecé. De lejos parecían bobadas, pero el marqués intuía que en un futuro el idioma chino y esa extraña manera de contar tendrían, contra toda lógica, mucha utilidad. Sin embargo, observaba cómo su hijo permanecía absorto en el emparrado horas y horas, contemplando los pámpanos de una vid; o le veía sentado en un banco del jardín, embelesado ante una margarita, o a veces, una dalia, y no podía dejar de preocuparse. ¿Qué puede haber de tan interesante en una planta?

Preocupado al fin D. Nicéforo no fuera a salirle melancólico su primogénito, decidió internarlo en un colegio de la capital para hijos de buena familia. Muy pronto, el director de la institución capitalina acudió a ver al marqués: no podía ocultarle por más tiempo su inquietud ante lo caviloso y callado, cumplidor y obediente que se mostraba a todas horas su hijo. Aquello era muy extraño, pero, en fin, el joven marqués parecía no tener malas inclinaciones: todo el tiempo lo empleaba en estudiar, practicar al piano o ejercitarse en la esgrima, conforme le indicaban sus profesores, sin rechistar ni ocasionar problema alguno. Cuando tenía algún momento libre, eso sí, le gustaba perderse por las veredas del extenso parque de la institución para observar las plantas...

—Incorregible, vamos —se dijo para sí, caviloso, el marqués.

La obediencia, respeto, educación y falta absoluta de arranque que mostraba su hijo fueron, hasta el fin de sus días, motivo de preocupación para D. Nicéforo. En muy velada forma, los cronistas de sociedad de la época dejan caer que esta zozobra aceleró en gran medida el fallecimiento del aristócrata. Porque a él le gustaba el orden, por supuesto, pero como todo en esta vida, dentro de unos límites, conforme a una regla, de acuerdo a una visión global en que se mezclara lo bueno y lo malo en debidas proporciones. 1 0 1 1 0. Igual hubiera sufrido con un niño demoniaco que con éste, angelical. Y es que D. Nicéforo siempre presumió de ser un hombre ecuánime y ponderado, reacio a dejarse llevar por prontos. Tan sensato y serio era el marqués que, en su lecho de muerte, a decir de los testigos, éstas fueron sus últimas palabras:

—Amigos, con total sinceridad: me muero.

El tránsito de D. Nicéforo dejó a Casimiro como principal heredero. Menor de edad todavía, y dado que su madre había fallecido hacía tiempo, quedó a cargo de un tío. El flamante XXI marqués pidió entonces a su tutor que, ya que había finalizado los estudios básicos en la capital, le permitiera trasladarse al extranjero, a ampliar sus estudios de Botánica. El tutor accedió. Casimiro fue al extranjero, pues, a completar sus estudios y sobresalió de tal forma y adquirió tales conocimientos que poco tenía que envidiar a su compatriota Mutis e incluso al mismo Linneo. A su vuelta a la ciudad, después de casi dos lustros de intensos estudios, en posesión de un prestigioso doctorado, era casi inevitable que centrara su interés en la planta vernácula de estos lugares, la «laurentina», que sólo aquí se cría.

Durante años, pudo verse por el parque de la Laurentina al marqués de la Carrera agachado entre los setos, tomando muestras, o aspirando el olor (o presunto olor) de la planta con toda la fuerza de sus pulmones. Su objetivo era corroborar la más curiosa hipótesis que, creo, se ha dado nunca en la ciencia botánica: demostrar que la *Laurenthia Insipidae* (Reino: Plantae; Clase: Magnoliópsida; Orden: lamiales; Familia: lamiaceas, etcétera, como él mismo hizo la taxonomía) para nada sirve, no tiene propiedad aprovechable alguna. El marqués quería dejar sentado, después de una exhaustiva descripción botánica («...tallo aéreo de sección cuadrangular; hojas decusadas, dos por verticilo, pinnaticompuestas e imparpinnadas...»), que de la laurentina no se puede extraer utilidad alguna, ni culinaria ni cosmética ni aromática. Tampoco tiene interés para la farmacopea, ni como digestivo, diurético, hemético o laxante, ni como astringente ni como purgante; tampoco calma los dolores, ni siquiera sirve como ponzoña; así mismo, no presenta cualidades alucinógenas; por no hablar de propiedades decorativas (aunque sobre gustos bien sabido es que no hay nada escrito, la laurentina es casi tan fea como una acelga). Ni se fuma, ni se masca, ni machacándola se obtiene tinte alguno. En resumen: ni para planta forrajera vale. En conclusión: que la laurentina es una planta inútil para todo...

...*Quod erat demostrandum.*

Muchos años empleó el doctor Máuriz en corroborar exhaustivamente esta verdad respecto a la laurentina; una investigación, sin duda, muy ingrata, porque la ciencia suele premiar los descubrimientos, las innovaciones, los hallazgos, pero no reconoce el mérito de quien emplea todo su saber y todo su esfuerzo en demostrar que algo es por completo inútil. Si, después de sacrificar un sinnúmero de ratones, un científico deduce que una planta o un mineral es tóxico, nocivo, radiactivo, peligrosísimo, lo peor de lo peor, la comunidad científica le aplaudirá y le propondrá para el Nobel. Pero si, aun con el doble de trabajo, lo que establece es que un elemento es insípido, insustancial, inocuo, y no tiene aplicación alguna, la misma comunidad le despreciará. En este sentido, no se podrá negar que la ciencia parte de un prejuicio bastante injusto. Pero, en fin, sería muy largo discutir sobre esto...

El caso es que, al término de su ingente tarea, el doctor Máuriz sólo encontró el silencio y la indiferencia entre sus compañeros botánicos, lo cual al principio le llenó de indignación. Quiso ir a alzar la voz y defender sus logros ante la Academia de Ciencias, la Universidad, el Gobierno, si hacía falta, y ya tenía preparadas sus maletas y el billete para salir de la ciudad cuando al final, *pschá*, ¿sabes lo que te digo?, se encogió de hombros, volvió de la estación a su casa, deshizo la maleta, dejó el marquesado a su hermano Avelino y se encerró en sus aposentos. De allí no salió.

Algunos años después, cuando una criada entró a servirle la merienda, le encontró cadáver sobre un diván. Tal fue el final de D. Casimiro Máuriz, una vida, como se ha dicho, malgastada absurdamente para la ciencia.

Otro nombre relacionado con este parque y con la *Laurenthia Insipidae* es el de Germán Quílez, literato. Quílez nació en una casa cercana a este lugar, de niño jugaba por entre las matas de la hierba, corría por los senderos de grava, aquí aprendió a tirar la peonza, saltar a la comba, hacer rodar el aro, y ya de adolescente, por aquí paseó con aire grave, fantaseando con lo que sería de mayor. Al fin llegó a la conclusión que literato, costara lo que costase. Y costaría mucho, porque el joven Quílez se sentía pletórico sólo con sentir la vida alrededor, pero al mismo tiempo esa plenitud le atropellaba, le dejaba sin la serenidad suficiente para traducirla en palabras. Sentía que para ello le haría falta mucha técnica, mucho estudio, también mucho sacrificio y mucha humildad. En aquellos días juveniles, ése fue el objetivo que se propuso Quílez: simplemente (¡que no es poco!) ser capaz de llenarse de aire con una larga inspiración y luego, según fuese expirando, ir haciendo correr la pluma sobre el folio.

Después de gran esfuerzo, consiguió Quílez entrar como colaborador en nuestro periódico local, *El Soplo*, donde se le asignó una columnilla. Allí, cada tres días, transmitía al lector sus impresiones de paseante. No era mucho el espacio y, consecuentemente, no era mucho el sueldo, pero Germán había decidido obviar esos mínimos detalles de comer a diario o calentarse en invierno: ya se apañaría de alguna forma; de hecho, acabó empleándose, entre otros oficios, de guardia en un museo. Lo esencial era centrarse por completo en escribir la vida sin mayores adornos. Pasear por la tarde por este parque de la Laurentina y, alumbrado por el entusiasmo y el convencimiento de estar llevando a cabo una sencilla pero sana y benéfica labor, escribir la vida sin adornos superfluos ni somnolientas filosofías.

Durante cerca de una década, Quílez fue ofreciendo a los lectores de *El Soplo* una serie de párrafos de gran vitalidad, en los que dominaba el optimismo. Como prueba, su famosa frase: «Tantos tratados y lecciones magistrales, tantos escritos, tantos dogmas, y el secreto de la vida consiste sencillamente en estar el mayor tiempo que se pueda de buen humor». Así despedía uno de sus artículos; en concreto, el último en nuestro periódico local. Porque, aunque perdida su columna en las páginas pares, Quílez acabó llamando la atención, con su sencilla pluma, de un periódico capitalino que le ofreció colaborar en sus páginas, desde las cuales bien pronto, según la opinión de muchos, podría lanzarse a seguir una carrera literaria como era debido, carrera que todos le presumían llena de excelentes críticas y libros. Quílez, de natural introvertido, se fue entonces a pasear, como tenía por costumbre, por entre la laurentina, seguramente para celebrar su triunfo consigo mismo. Entonces halló, en el tronco de un álamo, tallado a punta de navaja, un corazón y dos nombres al lado, todo el conjunto ya casi borrado por el tiempo. Llevado de un extraño e inesperado impulso, sacó la libreta de notas que solía llevar encima para tomar nota rápida de sus impresiones, y escribió: «Todo este esfuerzo de escribir, hacer arte, esculpir nuestros nombres, total para qué: para dejar constancia a quienes nos sigan de que una vez hubo en este mismo sitio unos tipos que sentían lo mismo que ellos. Una obviedad que a los que estén viviendo su presente, no les interesa en absoluto». Y poco más abajo escribe, y éstas fueron sus últimas palabras: «Bah; no merece la pena», antes de esperar a que cruzara poca gente por el lugar, pasar una cuerda por ese mismo álamo y colgarse. Tenía entonces treinta y un años.

Nadie acertó a explicarse que, quien había sido capaz de escribir páginas recorridas por el mayor de los optimismos, de pronto, cuando ya tenía hechas las maletas que le iban a mandar directo al éxito, tomara tan tremenda y trágica determinación. Se trata de un misterio en verdad irresoluble. Todavía, años después, nadie le encuentra sentido.

Cuanto escribió Quílez habría caído en el olvido al fondo de los almacenes, mezclado con tantos papeles amarillentos y mohosos que al final se hacen polvo entre los dedos, si un lector agradecido no lo hubiera recopilado y reunido en un volumen que, mal que bien, va pasando por sucesivas ediciones. Esto mantiene la figura de Germán expuesta todavía a la intemperie, y, con el tiempo, ha acabado convirtiéndose en una figura local que reivindicar, en una gloria de nuestras letras municipales.

— — —

Nota de la editora X: No tengo costumbre de leer, pero al final se conoce que cogí velocidad de crucero, porque leí en una sola tarde todas las páginas desde la catedral hasta llegar aquí, donde la extraña planta en honor de Quinto Láurico, y el escritor cuya fama, la verdad, poco ha trascendido fuera de la ciudad. A la hora de cerrar el libro, dejarlo sobre la mesilla de noche y prepararme para dormir, noté que el corazón me latía con mucha fuerza. También sentía como si una idea estuviera luchando por abrirse paso. No sabía qué idea, pero sin duda era terrible. Algo así como una pesadilla que se avecinase, y que sólo por eso, por estar acercándose, ya me causaba miedo...

...No suelo recordar mis sueños, pero en aquella ocasión sí que, al abrir los ojos sobresaltada, y al incorporarme por instinto, tenía grabado en mi mente el rostro de una anciana que me miraba con ojos severos, extraordinariamente severos. Su mirada parecía estar sólo a mí dirigida, con especial firmeza. Era una extraña anciana de rostro apergaminado, oscuro como el cuero viejo y recorrido de cientos de arrugas, como si estuviera surgiendo de la noche de los tiempos; en sus mejillas, de hecho, podía advertirse el hollín de lo que parecían restos de pintura tribal...

Respiré hondo, al borde del grito, y el rostro se desvaneció. Sobresaltada todavía, me levanté y abrí el mini-bar para servirme un vaso, lleno hasta arriba, de agua, que tomé con mano todavía temblorosa...

—— —— ——

A poco de dejar atrás el parque de la Laurentina, siguiendo por la calle Mayor, ésta es cruzada por la calle de Huertas, llamada así en su origen porque conducía a unos sembrados de las afueras. En el número 5 de esta calle de Huertas fue descubierto, en el año 1558, un conventículo de judaizantes. La mañana del 8 de octubre de dicho año 1558, un cuerpo de corchetes, encabezados por el familiar de la Inquisición Pedro de Santirso, se presentó ante la puerta de la casa y, tras aporrearla a modo, se introdujo por el resquicio que dejó una joven, asustada por el estruendo, al ir a abrir. «Seguidme», ordenó Santirso a los corchetes. En el interior de la vivienda, encontraron a cuatro mujeres de diversas edades en torno a una joven a la que estaban vistiendo con profusión de telas blancas, tules y sedas. A la vista de esto, dijo Santirso que justamente las habían sorprendido preparando algún rito hebraico, si es que, no lo quisiera Dios, alguna forma de ceremonia blasfema. Seguramente estaban a punto de desnudar a esa joven, tumbarla en el suelo y celebrar sobre su cuerpo una misa negra. Al ruido y las voces, acudieron hombres de la casa y protestaron e insistieron en que no había allí sacrilegio alguno, sino que si vestían a aquella joven con tanta gala y blancura era porque estaba pronto a casarse e iban a acudir a casa del novio a la fiesta de presentación. Además, que no eran horas aquéllas para misa negra alguna, que todo el mundo sabe se hacen de noche. «¡Basta de palabras!», dijo el familiar del Santo Oficio, y ordenó que fuesen todos llevados a la cárcel inquisitorial.

Protestó Blasco Acosta, padre de familia, de que así los arrestaran, siendo cristianos y sin culpa alguna, e invitó a los corchetes a que registrasen toda la casa, seguros de que no iban a encontrar nada contrario a la fe. A esto replicó el familiar del Santo Oficio que, en prueba de su inocencia, trajeran un trozo de tocino, de cecina o de jamón, algún fiambre de cerdo que, si eran tan buenos cristianos, tenía que haber en la casa, y se lo comieran allí mismo. Como Blasco Acosta dijese que le parecía bien y no había problema en eso, el familiar de la Santa Inquisición clamó que aquello era «¡disimulo!, ¡fingimiento!», y tomando un pernil que le trajeron, cortó un trozo y le dijo a Blasco que probase, a lo que el cabeza de los Acosta dijo que no le gustaba...

—¡Ajá! —exclamó Santirso, triunfante.

...pero que, para demostrar su inocencia, comería gustoso un buen pedazo y hasta la pierna entera. «¡Disimulo!», volvió a clamar Santirso, y se metió entonces en la habitación de Blasco, de donde salió (mostrándolo en alto, para que lo viesen todos) con un candelabro de siete brazos, una *menorah* judía de mediano tamaño. Quedaron todos los corchetes perplejos, porque habían registrado el cuarto mientras el monje hablaba con D. Blasco y nada habían hallado en él.

—Porque no habéis sabido mirar. Esto lo tenía debajo del colchón.

De nuevo protestó Blasco Acosta, esta vez ya a voz en grito, de que aquello no era suyo, y pidió que recapacitasen todos: ¿cómo iba a poder dormir nadie con un bulto semejante bajo el colchón? Y dijo más: estaba seguro de que el candelabro lo había llevado Santirso escondido entre sus ropas y lo había colocado allí para perderle, porque el familiar le odiaba desde hacía un tiempo debido a que...

—¡Calla, perro! —le silenció Santirso, al tiempo que le volvía la cara de un bofetón y hacía gesto a los corchetes de que se los llevaran a todos.

El de Pedro de Santirso es, quizás, el nombre más infausto de cuantos han criado fama en nuestra ciudad. Un escalofrío de pánico, reminiscencia fantasmal de tiempos pasados, recorre al paseante que vaga por estas calles por donde el familiar de la Santa Inquisición ejerció su ominoso imperio...

—¡Daos preso!

—¡Alto al Santo Oficio!

Caído el sombrero, y braceando con el broche de la capa para desprenderse de ella y así poder correr más ligero, un hombre se precipita, a la luz ya penumbrosa del anochecer, por la calle cercana que llaman Angosta. Es una vía estrecha, como su nombre indica, y empedrada. Por en medio de ella corrían antaño, a manera de cloaca, los arroyos procedentes de las lluvias; también de las aguas mayores y menores que por las ventanas arrojaban los vecinos (aún pueden verse huellas en algunas losas, pulidas por la acción secular de los torrentes). En persecución del que huye, se ha lanzado el familiar de la Santa Inquisición, auxiliado por el brazo seglar del alguacil y una compañía de corchetes.

—¡Teneos!

El fugitivo corre, ya desenvuelto de la capa, mientras a sus espaldas suena un largo estruendo de desenfundar de espadas y se oyen voces y juramentos. «¡No huyáis!» Ladran como una jauría de perros lanzada en pos de la presa. Los zapatazos redoblan su estruendo entre las paredes cercanas. Y ya quien corre está a punto de salir de esta calle Angosta y ganar un espacio más oscuro por el que escabullirse hacia el río próximo, cuando otros corchetes, que allí en previsión se han apostado, se le echan encima, le derriban, le aplastan la cara contra el húmedo suelo, le sueltan varias patadas. «¡Perro hereje!» El familiar, el alguacil y los demás corchetes, acezantes por el esfuerzo de la carrera, llegan hasta él, tumultuosamente le incorporan y, asido de los brazos, el rostro sangrante, le conducen a la cárcel, no muy lejana, de la Inquisición. «Preso sois en nombre del Santo Oficio»...

...Así, con las licencias propias de la imaginación, debió de ser la captura, el día 23 de octubre de 1559, de Fermín de Arguyo, sastre de profesión, prófugo desde hacía varios meses de la justicia, que le buscaba por propagandista luterano. En los archivos de la Inquisición que han llegado hasta nosotros, en el relato de uno de los procesos (folio 1323), dice que Fermín de Arguyo, «pestífero hereje de la secta calvinista», fue apresado el 23 de octubre «del año de Nuestro Señor de 1559 por la justicia del Rey, a quien Dios salve, con la guía y amparo de nuestro familiar Pedro de Santirso».

Los vecinos de la calle donde le han capturado, alarmados por el estruendo, y temerosos más todavía al oír apellidar al Tribunal de la Fe, han vislumbrado la escena ocultos tras los postigos de sus ventanas. Una vez ya todo ha cesado, y el rumor del grupo que arrastra a su prisionero se pierde entre las calles aledañas, un muchacho valiente baja a la calle, encuentra la capa del fugitivo en el arroyo, la levanta, se la echa al brazo, y sigilosamente se la guarda para sí. Al día siguiente, todos los vecinos testigos de la captura contarán al resto de la ciudad, en baja voz, lo que medio han visto. No saben quién pudiera ser el preso, pero todos han reconocido, en los gritos estentóreos de «¡alto!, ¡teneos!», al fraile famoso por el celo con que combate la herejía. «Santirso.» Un susurro recorre las calles. La sola mención de este nombre hace que los grupos se disuelvan y disgreguen en silencio.

Pero mejor será salir de estas estrecheces lóbregas y tétricas y alcanzar un espacio más abierto, soleado y concurrido. Salgo por la calle Angosta nada menos que a la plaza del Mercado, un ancho terreno en torno al edificio (Mercado de Abastos) donde antiguamente se surtía de alimentos la ciudad. Si todavía hoy la afluencia a este mercado de Abastos es grande, y el trasiego mucho, aun habiendo aquí y allá supermercados y centros comerciales, figúrese cómo sería hace siglos, cuando era obligatorio proveerse en él. Entonces todo el comercio de alimentos se hallaba sometido a la autoridad municipal, la cual se reservaba el comercio en los barrios mediante puestos que, aunque a veces muy precarios (un par de tableros sobre sendos caballetes, y un toldo por encima), tenían el carácter de «sucursales oficiales». Todo lo que fuera vender aparte de esos puestos, es decir, ofrecer productos (por lo común, expuestos en el suelo) que no hubieran pasado por el mercado, era «chalanear», y a menudo los corchetes, surgiendo de pronto detrás de una esquina, apretaban a correr contra el «chalán» que ofrecía productos al precio que se le antojaba. Éste envolvía a toda prisa los objetos en su capa y salía pitando.

Comprar a los «tablajeros» establecidos no era, sin embargo, garantía de seriedad ni de honradez, como demuestra la institución del Repeso, donde se dirimían las disputas entre quienes consideraban que un comerciante les había vendido de menos («qué diantre, muy de menos») y éste, el comerciante, quien sostenía que no, hombre, que no, que aquello era exactamente una libra, una arroba o un celemín... Ocasiones había en que, por desviarse demasiado, el tablajero era desposeído de su puesto, cuando no multado y a veces condenado a azotes en público. Tal vez sea esta la razón de que en nuestra ciudad no haya mucha tradición de comerciantes. Ninguno se hallará de esos que iban a China o a la India a abrir mercados.

Pero decía yo que el trasiego en torno al mercado debía de ser impresionante en aquellos siglos en que era necesario proveerse en él. Tiempos en que no había zonas delimitadas de carga y descarga, ni siquiera estaba muy establecido por qué lado de la plaza había que circular cada cual. Cierro los ojos e imagino el tumulto, el proverbial griterío de las verduleras, los berridos de quienes quieren abrirse paso, la bronca, el andar a rempujones, los relinchos de los caballos, las maldiciones, los insultos, dos, que se tenían ganas de antiguo, han bajado de sus monturas y se han enzarzado a puñetazos... De pronto...

—¡Eh! ¡Eh! ¡Al ladrón!

Los gritos parecen imponerse sobre la bronca de quienes se pegan. Entre el corro de espectadores, sale corriendo un muchacho más que deprisa y calle abajo; en la mano parece que lleva una bolsa con quién sabe cuántos maravedís. Un corchete de los que vigilan el mercado, y que ha visto cómo salía huyendo el muchacho, a punto está de echarle mano cuando pasa junto a él, pero los dedos se le engarfian en el aire. Aun así, echa a correr tras el mozo por la calle abajo, dando gritos de «¡al ladrón!» para que quienes, de subida al mercado, se cruzan con él le ayuden a detenerlo. El chico logra eludir varios cuerpos que se interponen, varias manos que se alargan hacia él, pero al fin la pierna de un arriero, hábilmente sacada, hace que un pie le choque contra el otro, se trastabille y caiga al suelo, la cara contra el empedrado.

El corchete que le sigue llega entonces a su altura, jadeante, y ofuscado seguramente por el carrerón que se acaba de dar y por las gotas de sudor que a torrentes le caen por la cara, toma la espada que lleva al cinto y se la clava en el vientre al ladrón.

—Esto para que aprendas...

Luego agarra la bolsa que el muchacho aún aprieta contra su seno y, tras limpiar la sangre de la espada en las harapientas calzas del muchacho, vuelve hacia el mercado, dejando al mozo agonizante sobre el suelo.

—Así escarmentará —dice a los espectadores que se han reunido en torno al lugar, espectadores que pronto comienzan a murmurar de la brutalidad del corchete. ¡Tú te crees! ¡Le ha matado sin darle tiempo a confesarse y a ponerse en paz con Dios!

Aquel muchacho era, sin duda, uno de tantos «arrapiezos» como pululan en torno al Mercado. Arrapiezos llaman a esos muchachos, vestidos la mayoría con harapos, calzas mugrientas y descalzos, que rondan entre los puestos con una soga como único patrimonio. Por un par de blancas, se ofrecen para llevar la compra de quien les contrate, hacer de mulas de cargas de algún tendero, al que han de seguir, con varias arrobas a la espalda, por las calles por donde éste, a buen paso, quiera tirar. Son mozos curtidos en mil picardías, engolfados en cientos de vicios, al acecho de cualquier oportunidad para rapiñar algo de lo que portan o, directamente, echar a correr con todo el cargamento.

Gregorio de Luxanes, en su célebre *Guía de viageros (y oriente en los peligros)* ya advierte al lector contra el peligro de estos mozos apicarados;

«Saben la mayoría, si no todos, tretas con que sisar a escondidas, engaños con que hurtar sin advertencia, argucias con que arrebañar las cargas y, al final final, alguno hay que, desmesurado, a la luz del día y hasta a la vista de alguacil, arrampla con la bolsa del viagero».

Al tratar, más en concreto, sobre nuestra ciudad, dice Luxanes que estos pícaros «se apostan al rescoldo del mercado de Abastos y también andan a la mira y al descuido junto al Puente Romano, por donde pasan muchas mercancías y muchos viajeros. Sin sentir de estos, les cobran un mal merecido peaje, no quedándole al esquilmado otro consuelo más que pensar que muy pronto, esa noche mesma, otro se lo arrebatará a este ladrón con alguna fullería de naipes.

»Quiera Dios que algún día los alguaciles abran el ojo, o si lo tienen ya abierto, desembaracen los brazos y acaben con toda esta polilla que tan mala fama da al puente, a la villa, y más digo: a toda la comarca», Así concluye Luxanes el capítulo dedicado al hurto en nuestra ciudad.

Como una cosa lleva a la otra, casi aledaña a esta plaza del Mercado está la del Cadalso. En esta plaza, no creo que haga falta aclaración, era donde solían llevarse a cabo las ejecuciones públicas. Aquí, sobre un tablado, pegado al convento de San Sebastián, en el que pasaban su última noche quienes iban a ser ajusticiados, se instalaba el asiento de alto y seco respaldar usado para dar garrote, y en tiempos más antiguos la tétrica L invertida, la «ene de palo» que decía Quevedo. Enfrente, una amplia explanada donde podía congregarse un buen número de espectadores.

Sé que muchos no comprenderán esto que voy a decir, y puede que, por su causa, esta *Guía breve* tenga problemas de censura, pero ¡qué vistosa y colorida tenía que ser una ejecución pública! ¡Y, por supuesto, qué emocionante! Fíjese quien lea, antes de tirar el libro lejos, que digo «emocionante» en el sentido de que removía al espectador hacia el morbo o el asco, pero removía al fin y al cabo; y he dicho «vistosa» en el sentido también de que sería curiosa de ver, no bonita ni agradable (no se me ocurriría tanto). En las crónicas y hasta óleos que tenemos de ejecuciones públicas, se nos presenta la plaza llena de un tumulto de gente expectante, instalada allí desde la noche anterior para asegurarse un buen sitio. Hombres, mujeres, niños de todas clases, venidos desde el centro o los arrabales, a veces desde otras ciudades. Animación, ajetreo. Los vendedores ambulantes se pasean entre los grupos, pregonando su mercancía. Los balcones desde los que se tiene mejor vista han sido alquilados por gente distinguida; si la ejecución se retrasa un poco (aunque suelen ser puntuales), piden a un criado que les sirva un refrigerio. Abajo, entre el público, se ha formado un pequeño revuelo porque, al parecer, dos tipos que se tenían ganas de antiguo se pelean por ocupar mejor lugar...

De pronto, suena el redoble destemplado de los tambores. Cunde un hondo silencio. Ya sacan al reo del convento. Todos los ojos se fijan en él. Le traen subido en un burro. Le rodean los alguaciles. Así va pasando entre la gente. Algunos le insultan. Muchas mujeres, llevadas por la emoción, rompen a llorar; algunos hombres también. Los niños, que sienten de algún modo la tragedia en el ambiente, quieren irse, pero sus padres los retienen, para que vean y aprendan. Otros chavales, sin embargo, pugnan por abrirse paso entre las piernas de la gente para acercarse lo más posible al patíbulo. Hay hombres que gritan desaforados; mujeres, como aquella a cuya criada llevaban a ajusticiar por haberla sisado, que sueltan un estentóreo «¡que te sirva de lección!»... Todos atentos a si el reo vacila en los escalones, si llora, si grita, si ruega piedad... Casi de improviso, le ajustan la capucha negra...

...Acabada la ejecución, el reo queda inerte, o balanceándose en la cuerda...

Por circunstancias de la historia, no han coincidido (al menos, en nuestra sociedad occidental) las ejecuciones en público con el desarrollo de la telefonía móvil. De haber ocurrido así, no dudo que serían muchos los que se darían en ese momento de codazos por arrimarse al patíbulo y hacerse un *selfie* con el colgado o el agarrotado de fondo.

La última ejecución que se llevó a cabo en esta plaza, ante tantísimo público, fue en 1849; después, los ajusticiamientos pasaron a realizarse en el patio de la cárcel de las Nueve Fanegas, ante menos y más selectos asistentes. Aquel martes 15 de febrero de 1849, día del último ajusticiamiento en público, subieron al patíbulo Lucas Terol, Eloy Losa y Pablo Herrero, reos de muerte por los disturbios ocasionados durante la famosa jornada revolucionaria del Puñado de Trigo, cuando por primera vez se desplegó la bandera roja en nuestra ciudad. Poco antes de estas muertes, hubo un lapso de casi una década (entre 1823 y 1833, aproximadamente) en que las ejecuciones congregaban a menos público. A veces la condena se verificaba ante una plaza semivacía, triste de ver. Aquellos años acudía muy poca gente a los ajusticiamientos, aunque llevasen arrastrando hasta el patíbulo a alguien tan polémico y controvertido como Juan de Montenegro, y al lado a Perico Bellas, su lacayo. De esta ejecución, ante una plaza casi desierta, no queda testimonio escrito, ni existe descripción de ningún contemporáneo; sólo se guarda el dibujo, trazado a carboncillo, de los dos hombres colgando de sendas sogas, hecho por el pintor Sirvent. Éste lo realizó de forma rápida y medio oculto entre los árboles de la plaza, para que la Justicia no se fijase demasiado en él; quién sabe si, con cualquier excusa, podía acabar él también colgando de una cuerda. No estaban los tiempos para bromas ni testimonios.

Pero aparte esta década de tristeza en el ambiente, desde 1215, en que existe constancia documentada de la primera ejecución, y hasta la fecha ya dicha de 1849 en que la Justicia se trasladó a las Nueve Fanegas, la mayoría de las veces el ambiente de los ajusticiamientos era tan populoso, alegre y colorista como se ha recreado, y era costumbre que el cadáver quedase varios días expuesto al público, para que los padres, con ánimo didáctico, acercaran a él a sus hijos y, viendo al ajusticiado, se aplicaran el cuento.

Al lector no sé, pero a mí se me está haciendo necesario salir de estos barrios siniestros y mortuorios y expandirme por zonas más abiertas y oxigenadas. Tomo, pues, por una vía, bastante amplia y de nueva construcción, que sale de esta plaza trágica y que, como una certeza de escapatoria, se llama «calle Larga». Trazada en los años 60 del siglo xx, al comienzo del desarrollismo, esta calle, avenida más bien, se trazó para unir, de la manera más recta y más rápida para el tráfico rodado, el centro y el oeste de la ciudad. Para ello se tiró por medio de un barrio antiguo, el de las Comendadoras, donde existían calles como la de la Adulación, el pasaje de los Veinte Azotes, la calle de la Traición del Cura, el pasadizo de Buentiento, la ronda de Malcocido, la escalinata del Perdón, el callejón del Clavo... Calles desaparecidas todas, con sus respectivas historias, por la acción de la piqueta.

La calle Larga nació con vocación moderna, tanto en el trazado (por completo recto) como en los edificios de sus aceras, Pero aunque logró su objetivo de acelerar y hacer más fluido el tráfico, nunca alcanzó el esplendor que se le presumía en los planos previos. Quedó como una vía más bien anodina, sin sabor propio, una arteria sosaina sede de negocios turísticos: agencias de viajes, compañías aéreas, oficinas de alquiler de coches... todo por un estilo. Y, por supuesto, hoteles...

...destinados a quienes van y vienen con prisa y no tienen tiempo ni ganas de saber más de nuestra ciudad. Entre los diez o doce hoteles que se suceden en un lado y otro de esta calle Larga, destaca por su solera y su cierto prestigio el hotel Fórum. Aquí es donde se alojan, cuando vienen de visita (rápida), los políticos, embajadores, deportistas famosos; escritores, actores, músicos consagrados, etc. Prolijo sería detallar quiénes se han alojado en las habitaciones del Fórum durante los 50 años que pronto van a cumplirse desde su inauguración, pero no podía faltar el *rock-star* que, a la que te descuidas, tira el televisor por la ventana y te llena el vestíbulo de *grouppies*. Así ocurrió con Gary Sweetest, uno de los ídolos del *punk-rock* de los 80. Gary y su séquito ocuparon prácticamente todo el Fórum en su visita a nuestra ciudad para dar un concierto en el Colegio Garcilaso. Sobre esta visita habló David Molina, «Moulinex», uno de los protagonistas de esos años 80, en la revista *FanZone*, cuando se le pidió que recordara aquel momento:

«Sweetest la lio parda —dice Molina— cuando llegó a la ciudad: la gente se quedó flipada con todo aquel despliegue y todo el lujo que acompañaba al gran artista alternativo y rompedor. A la puerta del hotel, las *grouppies* literalmente se pegaban por hacerse notar, porque un amigo le explicase al *manager*, y éste a su vez a la estrella, cuánto deseaban "estar" con él. Al final, Gary subió a su habitación con Mary Lay, nuestra chica más dura, más moderna y más vestida de negro (todos habíamos apostado por que la elegiría), y también con una chocholoco que nadie sabíamos quién era, pero a decir de los más machotes, todo un cañón. ¡Cómo se lo montaba el cabrón de Sweetest!, ¡Mary Lay y la otra, y seguro que arriba les esperaba un montón de coca! Tú dirás. Ya nos estábamos yendo, visto que allí no quedaba qué rascar, cuando se abrió la puerta de los ascensores del fondo y vimos salir de ellos a Mary Lay, toda apresurada, con los ojos lacrimosos y la mano en la boca para contener el llanto. "Tía, ¿qué ha pasado?", le preguntamos. Pero ella no nos quiso responder, nos evitó y salió corriendo. "Pero espera, María..." Al día siguiente nos enteramos por la chocholoco que el cabrón de Gary había pasado a tope de ella, de Mary Lay; ya estaba incluso nuestra Mary en bolas cuando le dijo, sin remilgos, que se arrepentía de haberla subido a la habitación, que era una sosa, una insulsa, que se metiera un último tiro, ya que estaba, y se largara de allí. ¿Te lo puedes creer? Nada menos que a Mary Lay, la más dura de la ciudad....»

Hablar de Mary Lay y de Moulinex lleva, inevitablemente, a situarnos en el barrio de Luaces, no muy lejos de la calle Larga. Decir «Luaces» (y así lo relacionarán todavía, de forma refleja, muchos de quienes paseen por esta *Guía breve*) es decir comienzos de los años 80 y es decir «eclosión musical», la que sacudió a nuestra ciudad por esos años. A partir más o menos de 1979, nadie sabe por qué muchos locales de esta zona comenzaron a llenarse de músicos y, en general, de gente estrafalaria. Hasta entonces, esos locales (establecidos algunos «desde 1911», nada menos) eran sede merendolar, o merendulera, de respetables señoras, muy bien peinadas y perfumadas, cónyuges de almirantes, subsecretarios, o excelentísimos notarios. Señoras que allí quedaban para pasar la tarde y hablar de sus achaques, criticar a las conocidas o presumir de sus hijos, que el que menos se había instalado ya en un prestigioso bufete y le había dado dos nietos. De pronto, y como dije, nadie sabe muy bien por qué, a los elementos más raros de la ciudad les dio por frecuentar aquellas cafeterías y esas *patisseries*. Quizás por «epatar» a la clientela con sus pelos de punta y sus alfileres en los labios; quizás porque, a ser sinceros, varios o muchos de estos «adefesios» eran precisamente los nietos de que tanto presumían esas señoronas y las iban a sacar la paga semanal para irse de juerga. O quizás, lo más seguro, porque en febrero de 1979 se había abierto en el barrio de Luaces una «sala de fiestas» (el famoso Maelstrom) que enseguida dejó de pinchar música ye-ye para programar...

—Una música muy rara, chica. Yo no sé, de verdad, cómo a alguien le puede gustar eso —decían las señoronas al bajar la calle, de vuelta de su merienda, tomadas del brazo y bastante asustadas de las «pintas» de quienes entraban en el Maelstrom.

Fuera por lo que fuese, de repente todos esos antiguos, selectos y *cuasi* venerables locales de Luaces comenzaron a inundarse de «mamarrachos» cuya entrada no daban abasto a impedir los viejos camareros, todavía de mandil blanco, bigote frondoso y uniforme con el logotipo de «la Casa». Aunque se armaran con escobas y palos y los dueños llamaran a la policía municipal. Los agentes acababan, invariablemente, encogiéndose de hombros.

«Desde 1911, hasta aquí hemos llegado. Hemos pasado por incendios, inundaciones y hasta una Guerra, pero esto...».

Al final, los propietarios se vieron obligados a poner el cartel de «Se traspasa» o «Se alquila». El anuncio no duraba ni dos días, porque enseguida el local era adquirido por un empresario avispado que había advertido que, en torno al Maelstrom, y más en general a lo ancho y largo del barrio de Luaces, se estaba articulando el signo de los tiempos. El Bucanero, el Roadrunner, el Eléctrico, La Gruta... todos esos locales, míticos algunos, se fueron abriendo sucesivamente en Luaces a lo largo de 1979-1980; locales que acogían, tarde, noche y «after-hours», a aquellos tipos extravagantes con inquietudes musicales.

—Que no es lo mismo que *músicos* —se apresuró a remarcar, en una entrevista para *Rock-Trance* (1991), David Molina, el citado «Moulinex», uno de los protagonistas de la «eclosión»—. Éramos gente que queríamos decir algo, aunque aún no teníamos muy claro qué; sólo sabíamos que iba a ser distinto a lo habitual. Queríamos construir algo así como una nueva poesía, y estábamos convencidos de que desde 1960, más o menos, los poemas ya no se escriben sobre cuartillas, sino encima de los escenarios con una guitarra, mejor si eléctrica. El problema, o la gracia, míralo como quieras —seguía diciendo «Moulinex» al entrevistador—, es que el 90 por ciento de nosotros no tenía ni pajolera idea de música.

En el Roadrunner, el Eléctrico, La Gruta... se formaban grupos musicales por la noche, se ponían anuncios en busca de batería, de teclistas, de chicas guapas para los coros... Y la gente respondía a las llamadas: «No sabíamos, como te digo, nada de música —continuaba diciendo "Moulinex" en la entrevista— y, como luego se ha visto, la mayoría carecíamos de talento, pero teníamos entusiasmo, que, como dijo alguien, es como "estar tocado por el dedo divino". Solamente con talento se va a muy pocos sitios, pero con entusiasmo se llega a cualquier lado».

Y los grupos iban surgiendo en esos años 1980, 81, 82... Grupos nacidos al impulso del *punk* londinense, pero que, sin embargo, pronto se apartaron de esa línea dura para intentar hacer otro tipo de música, «cualquier» tipo de música en realidad... «Por allí andaba de todo, y de allí surgió cualquier sonido que te puedas imaginar. Había quienes pretendían seguir fieles a la esencia, o algo así, y montaban grupos garajeros, de guitarras destartaladas y mucha furia... Pero había quienes buscaban también cosas melódicas, elegantes; otros tiraban hacia el *techno*, o hacia lo siniestro, o incluso trataban de recuperar el *funky*. Cierta vez estuve integrado en un conjunto cuyo objetivo era hacer "música de ascensor". Todo era así, como te cuento, muy caótico. Nadie sabía con seguridad hacia dónde dirigirse; sólo sabíamos lo que *no* queríamos hacer, o mejor dicho, con lo que pretendíamos romper, que era con los gustos y los modos de nuestros hermanos mayores: con sus canciones protesta, sus jerséis de borra, su compromiso político, sus melenas, sus barbas, su postura *hippy*, su rock-urbano, su rock-progresivo, su rock-sinfónico, y todo ese rollo recurrente y barato de su Mayo del 68. No había futuro por ahí, como decían los Pistols. ¿Pues dónde entonces? Yo qué sé. En la frivolidad tal vez, en la droga sin adornos, en los bajos fondos, en las misas a Satán... por ahí podía andar la salida. Estábamos muy perdidos, ya te digo.»

—En resumen —interviene el entrevistador—, que el objetivo era distraerse, dispersarse, divertirse...

—Pues sí. Y nos estábamos divirtiendo. Ya lo creo. Un montón. Desde el momento en que dejamos atrás todo ese rollo de la coherencia y los principios, la cosa empezó a marchar sobre ruedas. Por Luaces podías ver gente de todo tipo, entremezclada. Desde el *punkarra* con los pelos de punta al reintroductor del *glam* o al que iba con pintas de gángster, y a un colega vi yo con el pelo verde pero corto y muy bien peinado, con la raya a un lado... Viva el eclecticismo. Porque, además, uno podía ir una semana de un palo y tener unos gustos musicales más o menos definidos, y a la siguiente noche encontrártelo del revés, o darte a ti mismo la gana de cambiar del todo. Recuerdo el caso, por ejemplo, de Mary Lay, a la que había conocido en los conciertos del Colegio Garcilaso (mejor dicho, en los lavabos del Garcilaso) cuando era una adolescente todavía matriculada en el instituto, con sus camisas estampadas y su aire tímido. De repente, apareció una noche toda de negro, de negro y cuero, con aquella cicatriz en la barbilla que nunca supe en qué momento de la larga ruta de lavabos y baños se había hecho, pero que le daba un aspecto duro y fronterizo...

El entrevistador aprovecha aquí la mención a Mary Lay para pedirle a David «Moulinex» que hable sobre ella:

—¿Qué te puedo decir? Era la gran diva. Sobre todo desde que apareció en aquel programa de televisión. Fue muy sonado. Había ido allí con su grupo, recién formado, Las Ovejas Negras (ella al bajo, como sabes, y el resto, cinco tíos, de negro y con mirada adusta) y el presentador, un nota que todavía usaba expresiones como «música ligera» o «recibamos con un fuerte aplauso», le preguntó (el hombre todo relamido y untuoso): «¿Qué siente una señorita como usted rodeada de cuatro hombres con aspecto... tan fiero?». Y cuando esperaba haberla metido en un compromiso, Mary Lay le miro esquinadamente y sólo dijo: «Ganas de empezar», y se lanzaron a tocar el *Wrong'em boyo*. Pero ahí no acabó la cosa: un par de meses después, volvió el grupo al mismo programa, y el presentador, tan remilgado, le preguntó (creo que estaban hablando sobre el amor en los tiempos modernos, o algo así): «Y usted, señorita, ¿cree que se puede amar a dos hombres a la vez?». «A la vez, respondió Mary Lay, e incluso al mismo tiempo.» «¿Cómo que al mismo tiempo, señorita?», se quedó el entrevistador sorprendido. Pero Mary ya no respondió más, se lanzaron a tocar y ella cantó esa canción (ya por entonces cantaba algunos temas) que decía: «Esperaba un poco más de ti», que era una versión del *I'm so bored with the USA*, de los Clash.

»Aquello fue mítico en Luaces. La peña que lo había visto en la tele se lo contaba a otros y nadie se lo podía creer, pero luego escuchaban a Mary Lay cantar y ya no lo ponían en duda. Porque cantaba con un desgarro que, a decir de algunos, imponía un respeto indefinible, y a decir de otros, te endurecía las pelotas. El caso es que era impresionante. De verdad. Aún hoy, cuando me levanto con el día aburrido, me pongo un disco de Las Ovejas Negras en que cante Mary Lay y me dan ganas de abrir la puerta y bajar corriendo las escaleras a la calle...»

Vuelve entonces el periodista de *Rock Trance* al tema de Luaces y al modo en que todo acabó por diluirse.

—Supongo que es ley de vida. Todo acaba por perderse. No tienen nada que ver las drogas, ni los fracasos comerciales, ni los manejos de las discográficas. Las cosas concluyen simplemente porque está en su naturaleza concluir. Mal o bien, pero concluir. Yo, además, en todos estos años, me he vuelto un poco, digamos, fatalista, y he advertido que lo que, como en Luaces, empieza de forma frívola y desenfadada, suele al final deslizarse hacia la tragedia...

Durante un tiempo (vuelvo a hablar yo, el humilde escritor paseante por estas calles), la gente pululó por Luaces con sus vestimentas y sus gustos entremezclados, pero poco a poco los bares se fueron definiendo, «especializándose» en tal o cual tribu, excluyendo la entrada a las demás. Entonces comenzaron a mirarse unos a otros con malos ojos, hubo algunos enfrentamientos verbales. Luego peleas. Varias peleas. Al final, rara era la noche en que de un lado a otro no llovían botellas, brillaban las navajas, corría la gente, irrumpían las luces azules de la pasma. Un día, un chaval murió en una de aquellas refriegas...

A mano derecha de la calle Larga, parte la calle de la Fe. Una vía estrecha en cuyo número 2 se hallaba, bajo el disfraz diurno de una sastrería militar (hay que reconocer que el camuflaje era muy bueno), la célula comunista de la que formaba parte, entre otros, el «camarada Macías», a quien encontramos hablando en confianza con el «camarada Moreno». Ocurría esto poco después del atentado frustrado contra Aguirreche, y antes de que llegasen otros más a la reunión clandestina. «Macías» estaba expresando sus dudas.

—Demasiada casualidad me parece todo.

—¿Tú crees?

—¿A ti no?

—¿Acaso sospechas algo? —le preguntó «Moreno».

—No. Es sólo que no sé muy bien qué pensar —respondió «Macías».

En la trastienda de aquella sastrería del número 2 de la calle de la Fe era donde se había presentado, nada más llegar de Francia, Valentín Rodríguez, «el camarada Macías», para ofrecer sus servicios a la causa comunista. Venía avalado por un montón de cartas de camaradas del otro lado de la frontera; además de ello, su paso por diversas cárceles de la *Surete* y su excelente hoja de servicios durante la

84

Guerra, en la que estuvo integrado en el Quinto Regimiento, le conferían las mayores garantías de pureza ideológica. *Ítem* más, había trabajado en la manipulación de explosivos y era experto en la colocación de minas, según testimonio escrito del jefe de su batallón.

—Justo lo que necesitamos —exclamó «el camarada Moreno», que era uno de los más destacados elementos entre los que se reunían en la trastienda llena de telas, patrones, retales y maniquís.

Así que todos se felicitaron de su llegada, que les venía de perlas justo en el momento en que estaban preparando un atentado con explosivos contra el comisario del Régimen instaurado en la ciudad tras la Guerra. Un cerdo que, con mano de hierro, estaba tiranizando a los vecinos y capturando (y muchas veces ejecutando sin mayores miramientos) a todos los sospechosos de actividades comunistas. Aguirreche se llamaba. Hasta Francia, sin duda, tenía que haber llegado noticia de sus propósitos de cometer un atentado, y he aquí que les mandaban a un tipo proverbial, que sabía cómo hacer volar un coche por los aires. Sólo el «camarada Flores», el de más peso en la célula, le miró durante unos instantes de arriba abajo y los más cercanos le oyeron murmurar:

—No sé... Demasiado oportuno me parece...

Lo mismo, poco más o menos, que en aquel momento estaba mascullando «Macías», a solas con el «camarada Moreno».

—Sólo te digo una cosa —concluyó el recién llegado de Francia, mientras dos golpes sigilosos en la puerta, y luego otro un poco más fuerte, la señal convenida, indicaban que estaban llegando ya los asistentes a la reunión—: no te fíes de nadie. No des nada por supuesto. Esa es la clave de la clandestinidad.

Una calle cruza más adelante la avenida por la que paseo. Tiene un bonito nombre: calle Blanca, aunque también es conocida por calle del Cristo, debido a los hechos que ocurrieron en una casa de los números impares. Y no, no es que se armase un gran jaleo; ocurrió sólo, u ocurrió nada menos que...

Para entender el suceso que se va contar, es preciso remontarse mucho tiempo atrás, a aquellos siglos oscuros en que, recién entrados los árabes en la península, los fieles cristianos visigóticos se vieron obligados a esconder sus objetos de culto (vírgenes, crucifijos, cálices...) bajo tierra, en los cimientos de las construcciones o en lo profundo de los bosques, para que no los descubriesen los musulmanes. La idea era poder recuperarlos cuando ya no hubiera moros en la península. Ésta era la ilusión de los enterradores, y de estas prácticas provienen, entre otras, la Virgen de la Cueva, la Virgen de las Cumbres, la Virgen del Arroyo, el Cristo de la Gruta, el Jesús del Cerro... tantas imágenes como en nuestro país se fueron recuperando a la marcha de los árabes, ya por gente no visigoda y algunas veces encontradas de improviso.

Una vez apuntado esto, voy a situarme en el año 1864. En concreto, en el 16 de agosto, sábado, pasado el mediodía. En el número 17 de la calle Blanca vive el matrimonio formado por don Odón Silvestre, subteniente del Ejército (en la reserva), y doña Dolores Vallejo. Se trata de una vivienda, hoy desaparecida, donde los Silvestre-Vallejo viven de alquiler. Este dato es importante. Pese a no ser la casa de su propiedad, llevan habitando en ella desde hace tanto tiempo que todo el mundo en el barrio les conoce y, dicho sea de paso, les aprecia. Tanto Dolores como Odón andarán en torno a los sesenta años. Han tenido dos hijos: un varón, Odoncito, y una hembra, Doloritas, quienes gracias a Dios se les criaron sin problemas. Ambos hijos acostumbran a visitarlos todos los sábados, con sus respectivos cónyuges e hijos, para merendar todos juntos chocolate con picatostes. El chocolate les gusta mucho a todos (este dato también es importante, fundamental incluso para entender la historia que viene ahora), tanto así que han hecho de esta costumbre casi ya una obligación. El ya anciano matrimonio aprovecha estas frecuentes visitas para ver cómo van creciendo sus nietos...

Es, en resumen, la Silvestre-Vallejo una familia unida, feliz. Correrá el mundo, sucederán revoluciones, cambiarán las costumbres, pero en toda época habrá matrimonios como el formado por Dolores madre y el subteniente (en la reserva) Odón Silvestre agraciados por el destino. Aunque de vez en cuando suceda algún percance, como el pasado sábado, sin ir más lejos, en que Odoncinín, el chico pequeño de Odoncito, que es un verdadero trasto, jugando con su prima tiró al suelo la jícara de chocolate y se rompió el asa. Este hecho podrá parecer superficial, pero es, tal vez, el más importante en toda esta historia; al menos fue el que desencadenó todo el conflicto y el que hizo que la plácida vida en el número 17 de la calle Blanca cambiara de una forma insospechada.

16 de agosto, pues, de 1864, sábado, pongamos las dos y media de la tarde (los periódicos antiguos no afinan mucho sobre el horario exacto). Después de una comida frugal, porque cuando vienen los hijos de visita el matrimonio acostumbra a almorzar ligero, que luego sigue toda una merendola, doña Dolores se ha volcado ya en la preparación de la mesa. Mientras su esposo, el subteniente

(reservista), se halla imbuido (o adormilado) en la lectura de *El Soplo,* el periódico de nuestra ciudad, ella ha ido disponiendo el mantel, la servilleta, los cubiertos... todo muy amorosamente. De pronto, doña Dolores cae en la cuenta de que la vasija donde va a ir el chocolate quedó el otro día sin asa a causa de la trastada de Odoncinín. Este chico...

—¿Tú crees, Odón —le pregunta a su marido—, que quedará muy mal poner esta jícara rota?

El marido apenas si levanta la vista del periódico, a punto de entrar deliciosamente en el sopor. «Será mejor que no —se contesta la mujer a sí misma—; voy a ver si hay algún otro cacharro en este aparador que me pueda servir».

Con «este aparador» se refiere doña Dolores a un mueble de los así llamados que lleva en la casa... sabe Dios desde cuándo. Ella sólo puede decir que cuando alquilaron la vivienda ya estaba allí. Se trata de un mueble, a decir verdad, que ella nunca ha utilizado, porque para guardar y exponer los platos y los vasos más vistosos se vale de otro armario moderno que tiene en la cocina; así que «ese aparador» es un verdadero armatoste que abulta más que vale. De hecho, lleva años insistiéndole a su marido, desde antes incluso de que pasara a la reserva, para que un día llamara a un trapero o él mismo, con la ayuda de Odoncito, que ya está crecido, se lo cargara al hombro y librara por fin el pasillo de tamaño mamotreto; pero la respuesta de su esposo siempre había sido «mañana» o «la semana que viene» o «déjame ahora, mujer, que estoy leyendo el periódico».

—Odón, hombre, ayúdame, que parece que la puerta está atascada —le pide doña Dolores a su esposo mientras lucha con la cerradura. Pero don Odón, el hombre, ha quedado ya por completo al socaire, un hilillo de baba cayéndole por la comisura de los labios—. Vaya, parece que ya cede...

Estas fueron las últimas palabras de doña Dolores. Quiere decirse: las últimas palabras *antes* de abrir el aparador, apartar unas cuantas sábanas viejas, y prorrumpir en un grito desaforado que hizo que su marido, asustado, saltase en su asiento, tirase el diario lejos y cuando iba a levantarse en ayuda de su mujer, sufriese de pronto (seguramente por lo inesperado del esfuerzo) un ataque de lumbago que lo paralizó en medio del salón, doblado sobre su cintura, sin parar de emitir quejidos sordos porque le dolía hasta el decir *ay*. Mientras, doña Dolores, sin parar de gritar, retrocedía unos pasos; por encima de su hombro, tras la puerta del aparador, detrás de unos trapos que había removido, podía apreciarse una extraña, no muy grande pero extraña, figura de madera...

Monseñor José María Sandoval, obispo que acababa de tomar el cargo de nuestra diócesis en ese año 1864, era un sacerdote relativamente joven que provenía del norte del país, donde, desde el púlpito, y en innumerables cartas y publicaciones, había clamado enérgicamente contra la superstición todavía imperante en esas regiones. Esta labor evangelizadora contra los vestigios de cultos paganos, aunque quizás fuera mejor decir esta lucha contra los resabios de la ignorancia, había hecho que destacase a ojos de las máximas autoridades eclesiásticas, que lo asignaron como obispo metropolitano en nuestra ciudad. Todavía estaba, como quien dice, ordenando en su despacho de la Casa Episcopal los libros de «sana teodicea» que se había traído consigo desde el norte, cuando, de pronto, un párroco entró en la sala, alborotado, con la noticia de un «hallazgo milagroso» que había tenido lugar en la calle Blanca, perteneciente a su distrito. Al parecer, según entendió monseñor Sandoval del parloteo nervioso del cura, una familia de fieles y decantados feligreses de su demarcación, buena y católica gente a carta cabal, al abrir el aparador de un pasillo de su casa que estaba cerrado desde siempre...

—A ver, que no le acabo de entender. ¿Qué estaba cerrado desde siempre?, ¿el pasillo? —pregunto monseñor.

—No, el aparador —aclaró el cura, que se estaba explicando manifiestamente mal a causa del nerviosismo...

Al abrir el aparador, siguió diciendo, habían encontrado en su interior un cristo que tenía pinta de llevar allí dentro la intemerata de años. A causa del súbito hallazgo, la mujer, que fue quien abrió la puerta del aparador, había salido a la calle asustada, corriendo y dando gritos, mientras el marido quedaba dentro víctima de un ataque de lumbago. Alarmado por el griterío de la mujer, la multitud se había reunido en torno a la casa, los guardias habían acudido a poner algo de orden, y él, el cura del distrito, había decidido acudir volando a la obispalía a comunicar el «hallazgo milagroso».

—Vamos por orden, señor párroco —contestó a esto monseñor Sandoval, mientras encajaba en la biblioteca, en su debido lugar alfabético, el tomo que estaba ordenando—: ¿qué milagro hay en esto de encontrarse un cristo en un armario que lleva tiempo sin abrirse?

—Es que la mujer, doña Dolores, jura y perjura, y perdone monseñor la expresión, que ella en su vida ha abierto ese aparador.

—¿Y?

—Que es posible que el cristo fuera introducido allí en tiempo de los moros...

—Ande, ande, qué disparate... —El obispo Sandoval meneó la cabeza con conmiseración, y luego, siempre empeñado en desengañar a la gente de patrañas y errores, y convencido de que tanto mal hacía el ateísmo creciente como la religiosidad exacerbada, decidió ponerse la estola, llamar a un par de ayudantes, y los tres, en compañía del párroco, acudir a la calle escenario de los hechos a comprobar lo ocurrido.

Cuando llegaron (entre un tumulto de gente que, respetuosamente, les abrió pasillo), encontraron a doña Dolores Vallejo todavía pálida y boqueando; a su esposo, el subteniente (en la reserva) Odón Silvestre, doblado sobre sí mismo y recibiendo unas friegas de alcohol de manos de una vecina apiadada; y a los guardias luchando por alejar a los curiosos que querían sumarse a los que ya se habían introducido en la casa y observaban, persignándose, la talla aparecida.

—Monseñor... —se recobró un tanto doña Dolores para besarle el anillo al obispo.

—Cuénteme lo que ha ocurrido, buena mujer...

Y doña Dolores le contó lo que ya le había anticipado el párroco: que esa tarde iba a visitarles su familia, que les gustaba mucho el chocolate, que se había roto la jícara por culpa de Odoncinín, aunque Dios sabe que el angelito lo hizo sin querer, que había abierto el aparador a ver si allí, por un casual, encontraba algo que pudiera servir de recipiente... y que se había topado con una figura medianamente grande de Nuestro Señor. El susto fue de imaginar. Enseguida acudieron los vecinos. Don Constancio, que entendía de antigüedades, dijo que aquella talla había de ser antiquísima, al menos del siglo XIV e incluso más antigua. Es decir, concluyó la mujer, del tiempo de los moros.

—Bueno, bueno, mujer —le respondió monseñor con voz dulce, mientras le daba unas palmaditas condescendientes en la mano—, el siglo catorce no es el tiempo de los moros. Pero aunque lo fuera: que la talla sea de hace mucho tiempo no significa que llevé ahí dentro tantos años. Igual metieron ahí el cristo... no sé... igual colgaba de una pared que querían pintar y como les estorbaba, Dios me perdone, lo bajaron, lo guardaron ahí y luego se les olvidó volverlo a colgar. Esto me lo figuro así, por lo pronto... —concluyo el obispo Sandoval, que ya se ha dicho era más amigo de hallar lógica a los sucesos que de caer en arrebatos místicos y supersticiosos.

—¿Pero cuándo, monseñor? —se atrevió a replicar la mujer—; si nosotros no hemos abierto ese aparador nunca, desde que vinimos aquí de alquilados, hace cincuenta años...

—Pues entonces serían los antiguos inquilinos. Hay que preguntar al casero...

Los Silvestre-Vallejo, cuando se instalaron en la casa, pagaban alquiler a don Honorio Folgado, dueño de varias fincas urbanas por las que cobraba una renta sustanciosa. A la muerte de don Honorio, esta renta producto de los alquileres había pasado a su hijo único, también llamado Honorio, persona bastante calavera, hoy diríamos golfa, y que, según las murmuraciones vecinales, acostumbraba frecuentar juergas nocturnas y sitios de «grosero placer». A aquella hora (las seis y pico de la tarde serían), consideraron que ya el señorito Honorio se hallaría despierto y visible, por lo que acudieron a su casa, situada en la calle de Santa Justa.

Imagínese cuál no sería la sorpresa de este Honorio hijo (que entonces, aún en batín, despertado hacía poco, se estaba desayunando un par de huevos duros y unos pestiños; el recuerdo todavía fresco del cuerpo de Reme la Cigarrera y la manera en que le había bailado la chacona en privado) cuando el sirviente le anunció la visita del obispo.

—¿Cómo que el obispo?

—El obispo.

Después de este breve, pero significativo diálogo, don Honorio hijo le ordenó al sirviente que, antes de nada, fuera al dormitorio y avisase a la señorita que ocupaba la habitación no fuera a salir justo en ese momento. Luego, secándose los labios, él en persona se levantó a recibir a monseñor.

—Le venimos buscando... —dijo D. José María Sandoval, mientras Folgado le besaba el anillo. El obispo se había introducido en el salón, tocado con su estola y acompañado del párroco—. Es una sencilla pregunta. Díganos: don Odón Silvestre y doña Dolores Vallejo, ¿son inquilinos suyos?

—Eh... —dudó don Honorio hijo—; sí, creo que sí, que les tengo alquilada una casa. Bueno, se la alquiló mi padre y yo...

—Precisamente sobre eso queremos preguntarle. ¿Sabe quiénes eran los antiguos alquilados?

—No sé, tendría que mirarlo en los libros de mi padre. ¡Rodrigo! —tiró de un cordón y sonó en algún lugar de la casa una campanilla. Al poco apareció Rodrigo, el sirviente que había abierto la puerta a monseñor—. Rodrigo, tráeme los libros de contabilidad de mi padre.

Don Honorio hijo se sentó ante un *bureau* tras invitar al obispo y al párroco a que se acomodaran a su lado. Luego abrió los libracos de su padre, que le había traído Rodrigo, libros en los que se especificaban las casas y cuartos alquilados y rentas que se habían de pagar.

—Aquí está: el anterior matrimonio eran los Ochagüe-Alarcos. Ya fallecidos ambos. Y anterior a éstos, los Guijar-Romeray...

—¿Consta ahí si éstos, o aquéllos, hicieron alguna reforma en la casa?

—No, no consta.

—¿Y ustedes, como caseros —preguntó el obispo—, la dejaron alguna vez diáfana, para pintarla, por ejemplo?

—Mi padre, la verdad, no anotaba estas cosas—respondió don Honorio hijo, como queriendo decir «mi padre, la verdad, nunca pintó una casa alquilada; él se limitaba, y yo me limito, a cobrar el alquiler sin más; no sé por qué me preguntan esto».

—¿Recuerda si ese matrimonio, o los anteriores, o ustedes mismos como ajuar de la casa, compraron un aparador de tales señas...? —comenzó el obispo. El párroco completó la descripción del mueble.

—Pues no... eh... quiero decir, mi padre tampoco anotaba estas cosas. Pero doy fe de que yo no he comprado adorno, ni mobiliario, para casa alguna, y mi padre casi seguro que tampoco; ni antes de él, mi abuelo; ni antes mi bisabuelo... porque los Folgado somos ya varias generaciones de rentistas honrados que dejamos a nuestros inquilinos... —parecía que iba a decir «que hagan lo que quieran en sus casas y las adornen como gusten, mientras nos paguen el alquiler», cuando de pronto la puerta del salón se abrió y apareció Reme la Cigarrera, estrella de los café-cantantes de la calle León. Se conoce que, todavía adormilada, no había entendido las indicaciones de Rodrigo de que permaneciera dentro...

Sería muy largo hablar aquí del susto que se llevó la mujer al ver, de pronto, al obispo, con su estola y en compañía del párroco; y del escándalo de éstos al ver no sólo a la mujer medio desnuda, sino encima, y haciendo honor a su apodo, fumando... Trasladémonos mejor de vuelta al despacho del obispo Sandoval, en la Casa Episcopal.

—De donde a veces, créame, dan ganas de no salir, por no ver cómo crece la indecencia hasta límites insospechados —esto decía el párroco, quien, atendiendo a lo que había dicho Folgado: que ni él ni sus ascendientes habían comprado mueble alguno, ni pintado, ni hecho obra, se reafirmó en su parecer de que el aparador había de ser antiguo, muy, muy antiguo, tanto como el cristo que contenía. Una figura que, por lo que se había visto en los pocos minutos que llevaba «al aire», sin duda obraba prodigios.

—Pero qué prodigios va a obrar, hombre. No desbarre... —le riñó el obispo.

—¿Y el ataque fulminante de lumbago que le dio al marido cuando se intentó levantar? —argumentó el párroco.

—Simple casualidad.

—Perdone que le rebata, monseñor, pero en cuestión de fe, como su eminencia sabe, no existe la casualidad...

Y en aquéllas acabó la discusión.

En los días siguientes, el obispo José María Sandoval no cesó de predicar desde el púlpito a favor del raciocinio y en contra del «culto idolátrico, decía, a objetos extravagantes, que nos apartan de la verdadera fe». Pero de poco sirvieron sus dicterios, porque quienes se acercaban a ver y a rezar ante el Cristo de la calle Blanca, al poco tiempo más conocido como el Cristo del Aparador, eran ya multitud creciente. Venían de otras comarcas, del resto del país y aun del extranjero. Y con las limosnas (ingentes) que se recolectaron, se edificó una ermita de mediano tamaño en las afueras de la ciudad. El templo fue acabado en 1870 y desde entonces hasta hoy son numerosos los fieles que por la ermita pasan y ante el Cristo del Aparador se postran.

Hubo al principio, apenas inaugurado el templo, divergencias sobre si la figura debía adorarse metida en el aparador, y el mueble con las puertas abiertas, o exenta. Al final, en atención, más que nada, a la comodidad (pues aquel armatoste ocupaba media nave), se optó por esto último, con lo que surgió entonces el problema de qué hacer con el aparador, que, la verdad, era un mamotreto. Entonces se optó por lo que parecía más lógico: devolvérselo a los Silvestre-Vallejo, a la casa de la calle Blanca donde originariamente se hallaba.

En cuanto al obispo Sandoval, cuando sus superiores eclesiásticos supieron de la fuerza con que se oponía a la idolatría y defendía el raciocinio frente a la fe desbordada, y sobre todo cuando les informaron de cómo ponía pegas a las donaciones para el templo, que él consideraba poco menos que idolátricas, decidieron destinarlo a Filipinas. Enfurecido al recibir aquella orden de traslado, Sandoval estuvo tentado de escribir un largo opúsculo denunciando las mentiras que, en su opinión, giraban muchas veces en torno a la fe, y desenmascarando los abusos de sus superiores. Escribió, de hecho, un borrador de tal opúsculo y, fatigado del esfuerzo, fue a dar una pequeña vuelta por el parque de la Laurentina para despejarse de la cerrazón de su despacho y, al aire libre, con diferente perspectiva, redondear las frases de la carta. Tras de un rato así paseando, de pronto nadie sabe qué pasó que volvió a la Casa Episcopal, entró a su despacho, rompió el opúsculo escrito, firmó la carta de renuncia al obispado y se largó a los locales de la calle León, donde solía actuar Reme la Cigarrera, quien lo cierto era que le había causado una grata impresión cuando la vio en casa de Folgado.

Historias como la acaecida en casa de los Silvestre-Vallejo devuelven, de alguna manera, al paseante la simpatía por la religión en lo que tiene de ingenuo y bienintencionado. Pero a nadie se le oculta que existe otra cara de la moneda: una cara torva y fanática, que asoma como un fraile siempre vigilante por la pureza de la fe.

Al fondo pueden verse desde aquí, sobre la línea de los tejados, las buhardillas de lo que antaño fue casa y cárcel de la Inquisición. El edificio donde tenía su sede el Santo Oficio se levanta en una calle estrecha y no muy larga, llamada del Pozo. En esta calle se levantaron, en torno a 1500, unas casas para servir de sede (archivo, sala de vistas; y en la planta baja, mazmorras) al Tribunal de la Santa Inquisición. Sería difícil establecer, siquiera de forma aproximada, el número de reos que con el correr del tiempo pasaron por estas casas, sobre todo en los años de mayor furor del Santo Oficio, acusados, como los Acosta, de judaizantes, o de luteranos, o de brujos, o de putos, o de blasfemos. Baste decir que fueron muchos; y que muy pocos de ellos, al parecer, volvieron a la calle indemnes, absueltos o reconciliados *de levi*. Asimismo, sería prolijo describir el género de suplicios a que eran sometidos los encarcelados, de los que algunos años rebosaban las celdas; baste de nuevo con decir que las torturas eran muchas, y muy variadas; y que era corriente, en las tardes y noches silenciosas, que hasta las calles aledañas a estas casas llegasen los gritos, alaridos y súplicas de quienes en las mazmorras estaban siendo sometidos «a pesquisa».

Hacía finales del xvi, y sobre todo en el siglo siguiente, con el cambio de dinastía, poco a poco aquella fiebre ortodoxa fue remitiendo, y las persecuciones espaciándose. Como consecuencia, estas casas de la Inquisición fueron teniendo menos ocupación *ergo* menos funciones *ergo* menos cuidados *ergo* más abandono, tanto interior como exterior. Hacía los últimos años ya rara vez, muy rara vez, oían los vecinos de la calle del Pozo un lamento desde las mazmorras de abajo, y aun así estos lamentos en tono más comedido. ¡Ay! ¡Au!, y al rato, largo rato, otra vez: ¡Ay! Marcial Leblanc, soldado de las tropas napoleónicas, al pasar junto a estas casas del Santo Oficio en 1809, cuando los franceses entraron en nuestra ciudad, no puede evitar lamentar (y así lo refleja en sus *Cartas*) el estado de dejadez, poco menos que de ruina, del lugar. Habla de cómo un corazón sensible, tal que el suyo, al ver aquello, no repara en la siniestra naturaleza del edificio, sino que siente una natural y comprensible melancolía al pensar en cómo se fuga el tiempo y cómo incluso los monumentos de la Fe eterna y verdadera acaban degenerando irremisiblemente hacia el polvo. Ya había en estos soldados napoleónicos, como se ve, un primer aliento de los románticos posteriores...

Si carecemos, como se ha dicho, de datos concretos sobre el número de encarcelados, esto es porque aquel 1809, conforme entraron las tropas francesas en la ciudad, varios elementos liberales unidos a ellas, encabezados por la discutida figura de Juan de Montenegro, irrumpieron en estas dependencias, quemaron los archivos, con la memoria de tanta ignominia, arrasaron las dependencias y liberaron a los presos... Mejor dicho, «al preso», al único que hallaron en los calabozos: un sacristán acusado, por lo visto, del «vicio nefando». ¿Cómo que «nefando»? Ya me entiende el lector. ¿Sodomía? No, el otro nefando, el que se practica en solitario...

—Usted también, con la edad que tiene... Ande, salga —le reprendieron, mientras le abrían los grilletes, los libertadores.

Después de esto, pensaron en derribar por completo las casas inquisitoriales, pero en última instancia hubo quienes sostuvieron que, al contrario, el edificio debía conservarse para que las generaciones futuras no olvidasen este periodo de oscuridad vencido. Lo que sí hicieron fue, como se ha dicho, quemar los archivos, conque, para hablar de cifras, hay que valerse de los relatos que en su día se hicieron de los Autos de Fe celebrados en nuestra ciudad, en 1560, 1575 y 1593. Allí nos hablan de un centenar largo de penitenciados, aunque qué duda cabe que estos que salieron a la vergüenza y a la ejecución pública fueron solo un pequeño número de quienes, durante casi cien años, gimieron y se desesperaron en las mazmorras de estas casas.

De vuelta a la calle Larga, recorriendo ésta, ya se comienzan a ver al fondo, entre los edificios, las lejanías por donde se escapa la ciudad. Las afueras por donde, tras dejar establecido el sitio sobre la ciudad y encargado de él al joven capitán Osorio, había marchado el rey católico con sus mesnadas rumbo a seguir la Reconquista sin más demoras. Por aquel lugar había mandado salir el capitán, a la mañana siguiente, raudo, en pos del monarca, para darle la buena nueva de la caída del muro y posterior conquista de la villa, al alférez Mateo Máuriz, quien de toda su hueste le pareció el más ágil y más ligero. Importante era esto de la juventud, la agilidad y la ligereza porque el buen rey castellano, desconfiando, a qué negarlo, de la eficacia de aquellas tropas de infantería que había establecido de retén, no les había dejado más caballerías que unas burras y unos asnos para la carga de leña, el abastecimiento y demás cosas. Unas monturas tan desastradas y viejas, tan lentas y orejigachas, que cualquiera, a mediano paso, las adelantaba y en quince metros las dejaba atrás. Por todo ello, era necesario ir corriendo, así, literalmente, a darle las albricias al rey donde estuviese, que, por los cálculos de Osorio, no sería más allá de una decena de estadales y una treintena de yugadas de la ciudad. Estudios de equivalencia métrica han establecido que esa distancia se correspondería, en medición moderna, con unos cuarenta y dos kilómetros y medio, tal vez un poco menos, y en efecto a tal distancia había establecido el rey su campamento. Conque...

—De priesa, corre —le ordenó a Máuriz el capitán.

Pero, para sorpresa de éste, el alférez, en lugar de emprender al momento el camino, dio media vuelta y se dirigió hacia su tienda...

—Pero ¿acaso no me has oído, bellaco? —fue a detenerle el capitán—. ¿Dónde crees que vas?, dime. No es momento de oír misa, como debe hacer todo buen fiel antes de emprender camino. Yo, como tu capitán, te dispenso de esa obligación. ¡Corre ya raudo al encuentro del rey!

—Mi señor —le respondió el alférez Máuriz—, sólo voy a quitarme la armadura, que me entorpecería bastante para correr.

—Ah, sí, es bien cierto —concedió Osorio, y dejó, pues, que el alférez fuese a su tienda a desprenderse de la cota de malla, el peto de hierro, el casco, los guanteletes también de metal...

«Mucho está tardando este rufián», concluyó Osorio, impaciente porque no veía el momento de que el monarca conociese su proeza y le ascendiese qué menos que a caballero, con montura propia y derecho a andar en su hueste. Así que entró, impaciente, de una amplia manotada en la tienda y halló que el alférez se había rasgado las calzas hasta casi los muslos, y así mismo una camisa que llevaba bajo el peto se la había recortado, y los pies se los había envuelto en unos trapos, y se encontraba llenando un pequeño zurrón

100

con varios odres, también pequeños, de agua. En una tela, había envuelto asimismo unas bayas, varias manzanas...

—Pero ¿qué haces agora, pardiez? —le preguntó, alterado, el capitán a Máuriz.

—Avituallándome, mi señor. De comida y de bebida, porque el camino es largo y no sé si hallaré fuentes ni arroyos, ni huertas ni frutales donde poderme proveer. Y no debe emprenderse una carrera de tanto trecho sin la debida precaución...

—Bien, pues ya estás proveído —le dijo Osorio, arrancándole el zurrón de entre las manos y obligándole a que se lo colgara al hombro—. Ahora, echa a correr —le dijo, empujándole fuera de la tienda.

Pero, para su sorpresa, antes de que, una vez ya fuera, el alférez rompiese a galopar, vio que hacía una suerte de extraños movimientos, como trotar sin moverse del sitio, y asimismo en el sitio, realizó varias genuflexiones hacia atrás y hacia delante, y hacia los lados incluso, se puso de cuclillas, se tomó el talón con una mano para llevárselo casi hasta a la espalda...

—¡Juro a Dios que te...! —no pudo aguantar más el capitán—. ¡Truhán! ¿Qué haces ahora, bribón, rufián, perro perezoso?

—Estirar los brazos y las piernas, mi señor. Que antes de correr tan largo trecho, es beneficioso...

—¡Así Dios me guarde que si no emprendes presto la carrera, te atravieso...! —le interrumpió Osorio, enajenado por completo, echando mano al pomo de su espada, en ademán (y con decisión, en realidad) de sacarla...

«...Et el alférez Máuriz —cuenta Salvador de Oriz en su *Chrónica cibdana*—corrió bien que de priesa et en solo tres horas diz que hallábasse ya en el real del buen rey christiano. Et éste, por las albricias que le dio y por haber sido tan aligero, magüer se presentasse sudando et jadeando et casi en porreta que se le vían los nalgares, le dio un abraço et le tovo en mucha estima, et ordeno que, pues tan bien empleara los pies, que ya nunca más andoviesse sobre ellos y fuesse de ahí en más cavallero et le diesen un marquesado que bautizó "de la Buena Carrera" o "de la Carrera", dotado con muy mucha renta para que en adelante estoviesse siempre descansado...»

Añade a esto Salvador de Oriz algunas curiosidades de quienes siguieron a este buen alférez en el marquesado de la Carrera. Porque todos los descendientes de Mateo (en adelante, D. Mateo) fueron por lo común excéntricos, dados a cosas tan raras como fue, en su origen, este correr despernado del emisario, puntal sobre el que sustenta la nobleza de la familia y sobre el que se basa su escudo. Éste, el escudo, representa, sobre fondo azul, unos borceguíes doblados por la punta, para que se vea bien que es calzado flexible, y sobre ellos la cabeza de un hombre se supone que sudando, pues envuelve su frente un paño; alrededor de todo ello, la frase «*Esprintare paulatinuum*», que fue el lema que adoptó este marqués.

———

Nota de la editora X: Yo había visto, en efecto, tal lema repartido por las habitaciones de Villacarrera aquí y allá, grabado incluso en alguna vajilla. Y la historia que se contaba sobre cómo mi retatara-tata-ra-buelo había hecho su fortuna coincidía con lo que se ha podido leer arriba. Si acaso, Miguel Baquero, el paseante de estas calles, olvida referir (seguramente porque no tuvo acceso a las dependencias interiores) una escena que aparece reflejada en un gran cuadro que hay en el salón de la mansión. En él, se representa al insigne alférez cuando, después de haberle dado las albricias al rey cristiano, alargó —dicen las crónicas familiares— los dedos índice y corazón de su mano derecha y los puso sobre su muñeca izquierda, muy concentrado. Aquello, al parecer, sorprendió mucho al monarca y a sus mesnaderos: «Pardiez, ¿qué hacedes?», cuentan que le preguntó el rey. «Contarme los latidos, mi señor», respondió mi antepasado. Y en el cuadro se representan las miradas cruzadas entre el monarca y los miembros de su Corte, y cómo muchos levantan los hombros y otros arrugan la boca, en señal de extrañeza...

— — —

Hallábase con el rey, a la llegada de Máuriz, entre otros caballeros, el señor de Muchacota, al cual nuestra ciudad tiene dedicada una calle «dizque» por su labor en la conquista de la ciudad a los árabes, aunque este caballero, como el rey y como la mayoría de los de su hueste (e incluso, si bien se mira, como el mismo capitán Osorio, quien apenas una vez mandó disparar la catapulta) poca parte tuvieron verdaderamente en la hazaña.

Sabido es que, durante el largo periodo de la Reconquista, hubo episodios en la lucha contra los musulmanes y proezas de tal valor que no sólo valieron a sus autores un condado, un marquesado o una grandeza de España concedidos por el rey en agradecimiento a su ayuda. A veces también, la gesta daba apellido a todo un linaje: hablo de los Matamoros, los Puñonrostro, y de aquel que, en medio de una refriega, encontrándose sin espada, desgajó la rama de un árbol y comenzó con ella a «machucar» la cabeza de los árabes con que se encontraba. De ahí en adelante, tanto él como sus descendientes fueron conocidos con el apellido Machuca. Muchos autores confunden este Machuca con el apellido Muchacota. El hecho de armas que dio origen a este apodo, Muchacota, más tarde convertido en *cognombre*, tuvo lugar poco antes del asedio que los cristianos hicieron a nuestra ciudad. Cuenta Salvador de Oriz en su *Chrónica cibdana* que entre los sitiadores había un caballero el cual, antes de lanzarse a la lid, se hacía vestir con cinco o seis cotas de malla, unas encima de otras, con lo cual marchaba a la batalla bien protegido, y aunque es verdad que por el calor que todo aquello le daba, y sobre todo por el peso, se movía muy torpemente sobre el campo, también es cierto que, según la *Chrónica*, cuanta flecha, cuanta piedra, cuanto puñal, incluso cuanta lanza arrojaban contra él, era repelida por el grosor del cubrimiento.

«Et arguyían los alárabes —escribe Oriz, con su estilo característico— que ansí no tenía mérito el conquerir, a lo qual respondíales el cavallero que anda et se fuessen todos a cagar.»

El caso es que, contento el rey por la nueva que le había traído el alférez, decidió premiar a sus mesnadas y entre ellas al caballero de Muchacota por los servicios prestados. Siempre según Oriz: «El monarcha dispuso le diesen a Muchacota su peso en oro, a lo qual el cavallero por la satisfición que tuvo comenzó luego a fazer saltos, zapatiestas et otras muestras de gozo, que, pese a tanto fierro como le cubría, nunca le habían visto más aligero al hideputa...»

Consultando a expertos en heráldica, he averiguado que Muchacotas hubo hasta hace doscientos años, en que la falta de descendencia por parte de la rama masculina provocó que el apellido fuera escondiéndose detrás de otro, y éste a su vez detrás de otro, y detrás de otro, y detrás de otro, hasta la quinta o sexta generación en el caso de la rama femenina. Lo cual determino que acabará extinguiéndose del uso común y quedará reducido a los árboles genealógicos, e incluso allí cada vez más profundo.

Dije arriba que en este tramo de la calle Larga, al fondo, se aprecian las lejanías del paisaje, bella y, sobre todo, pictórica expresión que me da pie a adentrarme en una avenida que parte de esta vía de conexión: la avenida de Gante, llamada así no porque nuestra ciudad se halle hermanada con esa hermosa villa flamenca, sino que debe su nombre al general Evaristo Gante, que, enviado por el Gobierno Central, en enero de 1849 entró en la ciudad durante los tumultuosos días del Puñado de Trigo y rindió a los revolucionarios que se habían hecho fuertes, rodeados de barricadas, en algunos barrios, después de haber derribado y prendido fuego a varias iglesias, como la de San Gabriel y la abadía de Valdacá. Gante se lanzó contra las barricadas, saltó con sus hombres por encima de ellas y puso en desbandada a los «revoltosos», como los calificaba el Gobierno. La represión posterior fue atroz: junto a las barricadas quedaron tendidos cerca de un centenar de cuerpos; y en días posteriores, Gante mandó fusilar contra la tapia del cementerio a otro centenar. D. Evaristo personalmente era quien daba las órdenes de carguen, apunten, y luego dejaba caer el sable al tiempo que gritaba ¡fuego! Así mismo, y para escarmiento público, ordenó colgar a los cabecillas: Terol, Losa y Herrero, en multitudinaria ejecución pública junto a la plaza de Abastos. Todo esto le hizo merecedor no ya del ascenso a mariscal de campo, que enseguida firmó el Gobierno en sesión extraordinaria, sino a una avenida, que rápidamente se rotuló, en el lugar escenario de sus hazañas.

Sin embargo, y pese al homenaje que se le quería hacer a D. Evaristo con la dedicación de una vía pública, la de Gante es una avenida sucia, flanqueada de edificios pobres y viejos. Una zona deprimida que en ocasiones llegó a ser la más deprimida de la ciudad. Apenas medio siglo después de su «gesta», en 1890, Gante se hallaba convertido en un arroyo negruzco y lleno de basura, flanqueado de hileras de casas de habitaciones realquiladas, pensiones infectas, portales de un tufo tan apestoso que repelía desde la otra acera; y una vez dentro de los edificios: desconchones y grietas en las paredes, escaleras que crujían, rellanos en tinieblas, ventanas de vidrios rotos, olor a orines, polvo, cucarachas, ratas... por no hablar de los gritos y discusiones del vecindario, las ropas astrosas colgadas de las cuerdas, los borrachos tendidos en las escaleras...

¡Parece mentira que, en medio de esta cochina mugre, se estuviera gestando, heroicamente, justo en aquellos momentos, el arte moderno! ¡Que de aquel lodazal pudiera estar brotando una expresión renovada!

En los pisos superiores de estas casas-corral, con preferencia en las buhardillas, comunicándose entre sí por los tejados, y siempre con la preocupación de que el casero no les desahuciase por falta de pago (además de ese fastidio sempiterno de tener que comer de vez en cuando), vivía un conjunto de pintores a quienes hoy se conoce como «grupo de Gante». Seguramente para su desagrado si de pronto resucitasen y lo oyesen, porque no es de creer que estuviesen orgullosos del lugar en que (mal)vivían, ni conformes con que un general acabara dándole nombre a su movimiento artístico. Ellos hubieran preferido, sin duda, llamarse Círculo de Hassenfraz, que es una denominación más estética, dónde va a parar.

¿Y quién fue Hassenfraz?; ¿uno de ellos? No. Hassenfraz fue un pintor que, en 1790, nada menos, justo un siglo antes, había dicho ante el *Jury national des Arts* de Francia: «Tengo la convicción de que todos los temas de la pintura pueden ser ejecutados con regla y compás». «Los de Gante» (conservo la denominación común, aunque no sea muy halagadora) adoptaron como base artística esta afirmación, pero en lugar de tomarla en sentido literal e internarse por el sendero directo de la línea y el círculo (que les hubiera ofrecido la gloria a los pocos pasos, con varias decenas de años de antelación), llevaron la frase de Hassenfraz al campo temático. Creyeron que, de igual manera que los pintores de París estaban en ese instante descomponiendo la luz y las formas en pinceladas de color básico, ellos podrían descomponer los temas que causan conmoción a los hombres en sólo unos pocos; en sólo dos, en concreto: el placer y el dolor. El mundo humano, pensaban, está en realidad construido sobre estas dos sensaciones; todos los sentimientos del hombre son variantes sobre estos dos estímulos básicos; variantes más o menos sofisticadas, pero variantes. De ahí que la mayoría de los cuadros de los del Círculo de Hassenfraz busquen hacer retroceder al espectador, asustado ante la cercanía del dolor; o acercarse porque el lienzo les suscita algún tipo de excitación relacionada con lo sexual...

Para subrayar este dualismo: la reducción de los temas pictóricos a dos radicales (placer/dolor; atracción/repulsión; Omuz/Arimán; regla y compás) tomaron por norma los pintores de la avenida de Gante instalarse ante la naturaleza, asentar sus caballetes en El Bohorque o Monte Tazón, en las afueras de la ciudad, y, una vez allí, pintar «con independencia del entorno». Reproducir los temas básicos que, de previo, «llevasen» ya en la cabeza... Los viandantes curiosos (de esos que siempre se acercan por detrás cuando ven a alguien tras un caballete, armado de una paleta y unos pinceles, a atisbar qué está pintando) se extrañaban de que, hallándose a la intemperie y frente a la naturaleza, el pintor estuviese pincelando una escena de interior. Sentado al aire libre enfrente, pongamos, de un árbol, de un arroyo o de una floresta, estaba terminando el retrato de un hombre compungido por el dolor o de una incitante mujer que parece que va a abrirse de piernas.

Al margen los planteamientos teóricos, arriba dichos, algún estudioso del Arte sostiene que la verdadera razón de esta conducta estribaba en que en la avenida Gante el ambiente era putrefacto, mefítico, inmundo, y de ahí el marcharse cada mañana temprano a las afueras a pintar, donde el aire era más puro. También seguramente por que no les pillase el casero. Comoquiera que fuese, hubo un año, 1893, en que estos artistas «de Gante» estuvieron en un tris de conocer el triunfo. O algo parecido. Fue con motivo de la exposición que dicho año organizó el xxiii marqués de la Carrera, don Leopoldo Máuriz, hijo de aristócrata ciclista y tipo excéntrico como toda su estirpe. A este xxiii marqués, en concreto, le había dado por ser mecenas artístico y dárselas de *connaisseur* de las últimas tendencias pictóricas. Como tal, D. Leopoldo se había empeñado en instruir artísticamente a la ciudad y para ello había alquilado el palacio de Labohe, al que ya se llegará, con objeto de montar una amplia exposición de las últimas tendencias pictóricas. Qué mejor escenario, pensaron entonces los de Gante, para darse a conocer. Convencidos de que les iban a convocar a la exposición, estos pobres pintores locales estuvieron durante un tiempo relamiéndose con la idea de empezar a comer caliente, echarse a dormir sin tener prevista la escapatoria, o poder pasear por un cuarto sin necesidad de sortear los cazos puestos aquí y allá para recoger el agua de las goteras. El marqués, sin embargo, era excéntrico, pero no tanto, y pensando en que la inclusión en su muestra de poetas vecinales, conciudadanos suyos, tipos con los que cualquiera podía encontrarse por la calle, reduciría por fuerza el nivel de la exposición, acabó por rechazarlos.

Llevados de la desilusión, y rendidos por la miseria (que otra virtud no tendrá, pero es constante y muy, muy paciente), al final muchos del Círculo de Hassenfraz acabaron abandonando y otros, más sencillamente, murieron de hambre. Estremece pensar lo que Laguna, Estévez o Superbielle, los tres principales nombres del Círculo, famosos ahora a nivel mundial, hubieran conseguido hacer sólo con no morirse, como el primero, de tifus a los 25 años, el segundo suicidarse apenas un año después, y qué hubiera quedado de ellos para la posteridad únicamente con que las goteras de sus habitáculos no hubieran echado a perder la mayor parte de sus óleos.

———

Nota de la editora X: En la cafetería del hotel, en efecto, pueden verse varios cuadros (es decir, la reproducción de varios cuadros) de estos autores, inscritos en un cerco blanco, con su nombre arriba, en una presentación muy comercial. Pueden adquirirse posters en recepción y también postales que, usando de estas pinturas, hacen publicidad de nuestra ciudad. Cierto es también, ahora recuerdo, que oyendo hablar allá en Nueva York a gente culta y bien formada, algunos de los apellidos de arriba salieron en la conversación. En un primer vistazo, los cuadros me han parecido bastante expresivos; no bonitos, es verdad, pero de alguna manera conmovedores. Quizás se trate de esa clase de pinturas en las que no reparas cuando te las encuentras en un museo, pero después parecen perseguirte cuando has salido, y su recuerdo es algo así como una quemazón mal curada que te motiva a volver a la ciudad a ver la pintura de nuevo.

— — —

A pocos pasos ya de las afueras de la ciudad, se encuentra la barriada de Jesús Obrero, una humilde colonia de casas edificada en los años 40 del siglo XX para acoger a cuantos emigrantes (y entonces eran muchos) llegaban a nuestra ciudad procedentes del depauperado campo. Los bloques que componen la colonia, y que ahí siguen todavía, se alzaron de manera rápida y un poco chapucera, a decir verdad, como si hubieran sido fabricados en el suelo y los hubieran alzado después con sogas. Aun así, parecieron poco menos que palacios, con agua corriente y retretes individuales, a las familias a las que se les asignó y que hasta ese momento habían debido guarecerse en chabolas de chapa y cartón y hacer sus necesidades en la cuadra. La inauguración de la barriada la hizo, con mucha pompa, banda de música y tijeras de oro para cortar la cinta, un ministro del Régimen que había llegado a la ciudad en triunfo, tanto por venir a repartir casas como por estar recién casado con una paisana, de la que dijeron surgió la idea de que el Régimen hiciera esa colonia; sea o no verdad, nuestra ciudad siempre la ha tenido por gran benefactora. El ministro decidió aprovechar la ocasión de la entrega de viviendas para alargar su luna de miel, y en nuestra ciudad, en compañía de su reciente esposa, estuvo bastantes días, hasta que de la capital le llamaron para decirle que ya estaba bien, que una cosa era cumplir los deberes maritales, lo que agrada a Dios y fortalece la sociedad, y otra no salir, como decían algunos, de la alcoba en dos semanas, lo que tocaba ya en piedra de escándalo. Conque le ordenaron que, a la mayor brevedad, se reincorporase a dirigir su ministerio. El ministro, entonces, respondió, de manera sorprendente para todos, pero en especial para el jefe de Gobierno, que no tenía gana alguna de salir de la ciudad, y aunque quisiese, sentía como si no le fuera posible, por lo que dimitía de forma irrevocable antes que tener que volver a la capital. A esto, la respuesta oficial fue mandarle un coche con banderitas delante para que se dejase de tonterías y se metieran él y su esposa dentro, de grado mejor que por la fuerza (fuerza para la que, en último caso, estaban autorizados los escoltas), y arreando de vuelta a Madrid. Así que el ministro no tuvo más remedio que obedecer, pero apenas había cruzado el vehículo el término municipal cuando, nadie sabe por qué, quizás a causa de un bache o un obstáculo en la vía, al coche le falló la dirección, el conductor, pese a su experiencia, no pudo hacerse con el volante, y acabó chocando contra un árbol. Terrible accidente en el que perecieron todos los ocupantes.

Barrio de gente humilde y trabajadora, pese a aquel manso y resignado «Jesús» con que el Régimen bautizó la barriada, pensando con ello dulcificar a sus habitantes, el barrio ha pasado por diversas etapas, o mejor sería decir «arranques», vindicativos y luchadores. Al principio, estos arranques tuvieron especial violencia; luego se fueron apaciguando, a medida que quienes se sucedían en el poder, alarmados, los fueron reprimiendo o adormilando. Con todo, cada cierto tiempo prende de pronto la mecha y el Jesús Obrero vuelve a arder. Los gobernantes no sabrían, qué más quisieran, establecer una causa concreta ni una periodicidad.

A veces, uno piensa que algo de esa ferocidad latente se impregna en los habitantes del barrio desde muy temprana edad; o quizás se encuentre inscrita en sus genes. Del barrio de Jesús Obrero, por ejemplo, surgió Fugo Guijarro, «el Bombardero del Excelsior», quien a punto estuvo de vencer a la pobreza a puñetazo limpio. Y casi vecinos de la familia Guijarro eran los Aylagas (taxista él, peluquera ella), padres de María, la chica que con quince años oía canciones románticas italianas y besaba suave, y sólo un año después, convertida en «Mary Lay» y vestida de cuero, inflamaba a rasguidos de guitarra el barrio de Luaces.

Pero no todos los personajes del Jesús Obrero tuvieron un trágico final. Es más: muchos vivieron un instante mágico...

Corría el año 1952, era en concreto el 22 de diciembre, fecha mágica del Sorteo de Lotería de Navidad. Las once y diez en punto, más en concreto, marcaba el reloj cuando, en medio del tercer alambre de la cuarta tabla, uno de los niños de San Ildefonso puso de pronto su mano sobre los alambres. El que estaba cantando silabeó el número que tenía en la mano, como formulando a su compañero una pregunta: «¿25.766?», a lo que el otro estalló: «¡¡Quince millones de pesetas!!». «¡¡25.766!!», salió entonces corriendo el primero con la bola en la mano. «¡¡Quince millones de pesetas!!», le seguía el otro a corta distancia.

La escena, así narrada, vista con frialdad, cierto es que tiene un punto grotesco, pero no parecen reparar en ello los presentes en el Salón de Sorteos de la capital, que aplauden enfervorizados. Mucho menos reparan en la posible comicidad los periodistas y fotógrafos desplazados al acto, que a la carrera se arremolinan en torno a los niños, quienes muestran, sonrientes, las bolas en todas direcciones. Al poco, el Organismo de Loterías, una vez cotejadas sus listas, anuncia a la prensa que el número agraciado, 25.766, se ha vendido «casi íntegramente» en la administración número 815, del barrio de Jesús Obrero de [aquí el nombre de nuestra ciudad]. Con la mayor rapidez, se telefonea entonces desde la central del periódico en Madrid al corresponsal en provincias, que se persona en el barrio escopetado cuando ya la gente está en la calle dándose abrazos y llorando de la emoción. Entre los primeros en llegar, los chicos de la radio, que por entonces, a falta de televisión, son los más rápidos en cubrir las noticias...

Aquí es necesario un inciso antes de seguir contando: la práctica informativa de esa época, en lo referente a la radio (práctica que luego se adaptó a la televisión), era el «bucle», o «falso directo», como también se ha denominado alguna vez. Se trataba de un recurso de la censura dominante: las declaraciones, o las imágenes, eran emitidas con un par de minutos de retraso respecto al «riguroso directo». El objeto era poder interrumpir la emisión, o rápidamente «pasar a negro», cuando el regidor oía alguna frase o veía alguna imagen inconveniente para el Régimen, antes de que dicha frase o la tal imagen llegara a ser vista u oída por el ciudadano común...

Sin embargo (y acaba aquí el inciso), las prisas, la emoción y la alegría del momento, junto con la inocencia que siempre acompaña a un sorteo de lotería, no hacía presagiar nada inconveniente. Esto hizo que aquella mañana el regidor de la radio se relajase y nadie anduviera prevenido, controlando la emisión. Nadie atento para intervenir y cortar la señal, mientras los reporteros colocaban el micrófono delante de los afortunados y les hacían la pregunta clásica: «Y usted, ¿qué tiene pensado hacer con tanto dinero?»; a lo que recibían las respuestas ya por entonces tópicas:

—Tapar algunos agujeros...

—Ayudar a los hijos...

—Emprender un negocio...

—Alargarme el pene...

«¡Dios!», exclamó para sí el realizador, consciente de su descuido. «Demasiado tarde», murmuró su ayudante, que se encontraba al lado. «¡Pero qué pasa con esa gente de la dirección, ¿es que está dormida?!», gritaría seguramente el Caudillo, después que, de un puñetazo, hiciera temblar la mesita donde se hallaba el aparato de radio, en torno al cual se habían sentado a escuchar la retransmisión el general con su mujer y su hija. «¡Aquí van a rodar cabezas!»

Hubo orden, por supuesto, de decir que nada había ocurrido. Nada. Los oyentes no habían escuchado aquellas palabras; es más, tampoco se habían dicho en realidad, sino algo así como «adquirir más bienes» o «largarme a Fene» (pueblo de Galicia). La gente es que es muy mal pensada. Sin embargo, fue inútil: todos los radioyentes lo habían oído con nitidez, y transmitido en conversaciones de bar y charlas festivas, con nitidez se mantuvo el recuerdo de la frase latente durante más de veinte años. «¡Alargarme el pene!», bufff, y se reían por lo bajo.

—...Son cosas que no se pueden consentir, ustedes lo entienden —les dijeron, a modo de conclusión, al realizador, al ayudante y al director general de radio después de comunicarles su fulminante despido.

Durante un tiempo, la célebre frase fue un ejemplo de resistencia al sistema y a su moral represora. Pero el tiempo pasa, las opiniones cambian, y con la llegada del aperturismo, en los 70, eso de alargarse el pene pasó a ser representativo del machismo arcaico, simple y bruto de los años franquistas. Ejemplo de una bruticie centrada en los genitales y refractaria a toda intelectualidad. Poco después, con la llegada de la democracia, una de las revistas más sensacionalistas de entonces desveló el nombre del autor de la célebre frase: se llamaba Nicolás Pellicer y aquel año en que le tocó el Gordo trabajaba de empleado en una imprenta. Otros compañeros agraciados con los que compartía el número, quien más, quien menos, habían dejado de trabajar, o habían montado un negocio, o habían comprado un piso, un coche grande, incluso habían derrochado la pasta en fiestas; Pellicer, sin embargo, después de un breve viaje que hizo a Londres para resolver *su* asunto, siguió trabajando en la misma imprenta hasta la jubilación, casado con la misma esposa, viviendo en la misma casa, pero, eso sí, con un cuajo y con una cachaza....

El plumilla de la revista sensacionalista lo primero que hizo, al abordarle a la salida del hogar del jubilado, fue, obviamente, preguntarle por su complejo.

—¿Qué complejo?

—Su complejo de... ya sabe...

—Ah, bueno. Ese hace años que lo tuve, pero ya no tengo ninguno.

Hombre de vida ordenada, morigerada incluso, fiel, como se ha dicho, a su esposa y padre de dos hijos, a Pellicer le preguntó después el periodista si creía haber malgastado su dinero en aquella operación.

—No —contestó Pellicer con rotundidad.

—Sin embargo, sus compañeros...

—Mis compañeros son mis compañeros; yo soy yo.

—Algunos sostienen que gastar tanto dinero en una cosa así...

—Pues que sostengan lo que quieran.

Como se ha dicho, con el correr del tiempo las opiniones cambian y Nicolás Pellicer siempre fue uno de nuestros conciudadanos más controvertido, tanto o más si cabe que el famoso Juan de Montenegro. A finales de los 70 y durante los 80, como se ha dicho, nuestro hombre era un ejemplo de subdesarrollo carpetovetónico; en los 90, sin embargo, Pellicer pasó a convertirse en un referente para quienes entonces luchaban por que se les reconociera su identidad sexual: hablo de homosexuales, *transexuales, bisexuales, transgénero...* En ese tiempo, Pellicer era todo un símbolo... Hasta que en torno al año 2000, de nuevo un cambio en la mentalidad dominante le convirtió otra vez en paradigma del pensamiento básico y rudimentario.

—¿Cómo le afectan —le preguntó otro periodista, en esa época, para un programa de televisión— estos giros en la apreciación de la gente?

—Lo cierto es que no me importa la apreciación de la gente.

—¿Qué opina de quienes le tildan de «machista»?

—Bueno, pues que me tilden.

—¿Cree usted que sus atributos le han dado más seguridad en sí mismo?

—Igual sí o igual no, nunca me lo he planteado.

Hace poco, apenas unos meses, la sección de obituarios de un periódico nacional informaba de la muerte de Nicolás Pellicer, a quien (en 2015, cuando escribo), entre otros calificativos, se le llamaba «luchador por la libertad», «un hombre contra el ambiente ramplón», «el primer moderno de este país»... Ésta es la opinión actual sobre Pellicer.

Seguramente, a no mucho tardar, cambie por completo, pero esto, si a Nicolás nunca le afectó en vida, definitivamente ya habrá dejado de afectarle.

Esta calle Larga por la que ando concluye en la carretera de circunvalación de la ciudad, conocida popularmente como «carretera de las Rotondas», por las muchas y muy seguidas que hay situadas durante el trayecto hasta dar la vuelta a toda la ciudad...

— — —

NOTA DE LA EDITORA X: Pese a mi negación para el dibujo, ya demostrada, voy a intentar transmitir, mediante una imagen gráfica, una idea de lo mucho y muy seguidas que están las rotondas en esta carretera, por lo que se ha merecido el apelativo. Algo así como:
0-0-0-0...
Y esto, a su vez, formando un círculo que rodea la ciudad. Algo así como...

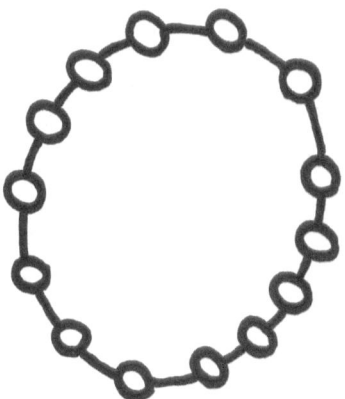

...Bien, ya dije que mi negación para el dibujo estaba demostrada.

— — —

La explicación municipal a tamaña sucesión, casi continua, de plazoletas circulares es que con ellas se pretende evitar conflictos en las intersecciones, al tiempo que se obliga a los conductores a, cada pocos metros, reducir su velocidad. Hay quienes sostienen, sin embargo, que con tanto vaivén constante de izquierda a derecha, y otra vez a izquierda, y a derecha, el objetivo del Ayuntamiento es convertir a sus conciudadanos en tipos inmunes al mareo cuando viajen en el exterior de autobuses, tranvías y barcos agarrados a las barras. Otros más desconfiados sostienen que el Ayuntamiento marcha a medias en el negocio de los talleres mecánicos («revise aquí su suspensión», «equilibrado al instante») y las farmacias («pastillas contra el mareo») que con grandes carteles luminosos se anuncian durante toda la circunferencia. En esto anda dividida la opinión popular.

Leí en un libro cierta vez que Rotonda era una antigua diosa del Olimpo a la que, por alguna gamberrada a que tan proclives eran las viejas divinidades, el padre Zeus castigó con la diseminación de su estirpe por la tierra, allí donde hubiera un cruce de caminos. Añadió el dios Tonante al castigo que en el centro de estas intersecciones a los hombres les diera por plantificar cuanta estatua fea y adorno extravagante pudiera surgir de su imaginación... y bien sabía Zeus que el mal gusto de los mortales es infinito. Así, en esta circunvalación de nuestra ciudad no hay rotonda de las que le dan el sobrenombre que no tenga en su centro, de modo ostentoso, ya una escultura retorcida, al parecer abstracta, ya una menina colosal, ya una mano que parece surgir de la tierra, ya una esfera armilar... En otra hay un vagón de tren, en la siguiente nada menos que una silla gigantesca, y en la que se atisba más adelante han colocado, directamente, un dolmen...

En la rotonda del p.k. (punto kilométrico) 7,200, se halla el clásico, sin duda, entre los clásicos en este tipo de «decoración urbana»: sobre un mínimo montículo, unas letras en blanco, colocadas con cierto desorden, como dejadas caer al azar, forman el nombre de nuestra ciudad, de parecida forma (salvando el tamaño de las letras y la importancia del lugar) a como en la colina de Hollywood se encuentra dispuesto el célebre letrero. Sí, ese: ¿quién no lo ha visto alguna vez en fotos, con esa «H» famosa de la que se ahorcaban los aspirantes a estrellas cinematográficas que no conseguían triunfar? Pues bien, en la rotonda justo donde se halla el letrero, mucho más humilde, con el nombre de nuestra ciudad, a unos pocos pasos de la calzada, muestra su entrada La Galería, un curioso club (aunque no de ese tipo de *club* que piensas, lector, pese a hallarse junto a una autovía) cuya historia merece detenerse un momento en ella.

La Galería surgió a finales de los años 40 por iniciativa de dos amigos, Daniel Recuenco y Emilio G. Fernández, extraños tipos de extrañas aficiones (pero tampoco se trata, amigo, de *eso* que estás pensando). A Recuenco y Fernández, sencillamente, les gustaba el jazz. Fernández había vivido en una metrópoli antes de la guerra y allí había frecuentado los *hot clubs* y se había aficionado al *ragtime*; Recuenco, por su parte, había conocido los sonidos de Chicago y Nueva Orleans cuando trabajaba de chófer en el consulado de Estados Unidos. Hacia 1948, ambos se hallaban aburridos y aislados en un país grisáceo, apartados de

119

toda corriente moderna, teniendo que recibir los discos poco menos que de manera clandestina, y lo que aún les parecía peor: rodeados de todo aquel flamenquerío patrocinado por el Régimen, con sus ayes a voz en grito, el palmerío, el zapateo, el quejío... y cuando los dirigentes querían tiznarse de cultos, esos orfeones descomunales y coros de niños cantores. Así que no por nada, pues, sino con cierto carácter simbólico, decidieron ambos socios abrir La Galería en las afueras, lejos de los «sonidos oficiales» que dominaban el centro. Allí donde el rodeo de la ciudad acababa entonces de trazarse. Adquirieron un local lindante a esta avenida de circunvalación, local que había sido carbonería, y en él montaron nada menos que el primer o segundo club de jazz que se fundó en nuestro país después de la guerra. Les costó un trabajo ímprobo limpiar la antigua carbonería, metáfora también, en gran medida (tanto polvo, tanta mugre, tanta roña como tuvieron que rascar) de las trabas, los impedimentos y prejuicios a que debieron hacer frente para abrir su club. Primero fueron las trabas burocráticas: la mirada esquinada de los funcionarios del Régimen cuando se les pedía permiso para la actuación de un grupo «de música extranjera»; la presencia del censor en un rincón de la sala y el cuidado con que habían de explicarle «qué demontres» era eso del *swing*. Pese a todo, alguna vez el tal censor suspendió la función de inmediato e hizo ir a Recuenco, o a Fernández, o a ambos a la vez a comisaría para que explicaran mejor eso del *swing* o el *swang* ante la autoridad superior. «A ver que yo lo vea...»

Esto fue en los primeros años. Luego la llegada a España del Plan Marshall, la reconciliación con los americanos y, sobre todo, la asistencia cada vez más continua, aunque de incógnito, de unos cuantos gerifaltes al local (atraídos algunos por la música, otros para darse un aire de «mundana

120

elegancia» y otros porque era un buen sitio donde acabar la farra con licores exóticos e incluso, siempre se ha rumoreado, algo de ese polvo blanco que traían las bandas extranjeras y que entonces se tomaba hundiendo delicadamente el meñique en un sobre entreabierto), todo esto hizo que La Galería comenzara a verse por la autoridad con muy mejores ojos... al mismo tiempo que despertaba recelos entre la juventud y la gente de espíritu moderno que hasta entonces había estado acudiendo, casi a escondidas, al local.

—Eso se ha convertido es un sitio de señoritingos —repetía la opinión generalizada...

Es muy difícil sobrevivir en el punto medio. Tanto Recuenco como Fernández no tenían, desde el principio, más compromiso que con la música de su gusto, y ya de paso, con la buena literatura, los buenos licores, la mejor cerveza... Nunca fue culpa suya que durante una época su club, a causa de la clientela, fuera denominado «una cueva de fascistas», como tampoco de que, tiempo después, pasara a ser «un antro de rojos» cuando los gerifaltes se cansaron del lugar y éste fue retomado por gente de espíritu cosmopolita amante del buen jazz, el whisky y las luces tenues, gente que hablaba de novela negra, de Chandler, de MacDonald, de Simenon, o de Cortázar, el que había escrito un largo cuento sobre Charlie Parker; que hablaban también de la generación *beat* al paso que descubrían el *be-bop*...

Como tampoco estuvo en las manos de Recuenco y Fernández evitar que lo tildaran, pocos años después, en los 80, de lugar retrógrado, caduco y decadente, porque quienes abandonaban La Galería arrugaban la nariz y fruncían el ceño ante la música *punk*... bueno, música por llamarla de alguna manera, ruido discorde y meramente escandaloso que salía del Garcilaso y de otros centros de la «eclosión musical».

Me desviaré justo por esos años para salir de la circunvalación y sus numerosas rotondas. Es 1981 y los dueños de La Galería han conseguido traer a su sala, de invitado para unas cuantas sesiones, nada menos que a Edelmiro *Edwin* Aguilar, directamente desde Nueva Orleans. Contratado, en principio, para quince días, a *Edwin* le han buscado un buen y moderno apartamento en las afueras de la ciudad, desde donde, para tocar a diario en el club, y luego volver, debe recorrer toda la circunvalación. Rotondas para ir, rotondas para volver...

Edwin tiene fama de ser un pianista espléndido, magnífico, y tanto Fernández como Recuenco lo consideran ya, antes de que toque en su club, uno de los mejores músicos que hayan pasado nunca por La Galería. Así también lo consideran los aficionados al jazz de la ciudad, que, atraídos por su renombre, acuden desde todos los barrios a escucharle. Y la primera actuación de *Edwin* es, en efecto, espléndida, magnífica, brillante... se podrían agotar los adjetivos halagadores. La segunda tampoco está mal, es cierto. El público, sin embargo, aplaude con frialdad las siguientes actuaciones: la tercera, la cuarta y no digamos, en cuanto a aplausos de compromiso, la quinta...

—Confiemos en que se trate de un bache pasajero —anima Fernández a su socio, preocupados ambos por lo que parece un monumental pinchazo del pianista—. Quizás le haya mareado la fama...

—No, no, nada de mareos. Me ha contado que, desde que trabaja aquí, no sabría decir por qué, se siente inmunizado contra los mareos. Es algo mucho más sencillo... o más raro, según se mire. Ya lo has visto: sube al escenario, se sienta al piano a ejecutar unas improvisaciones y la primera vez, acuérdate, fue extraordinario, pero la segunda...

—Sí... —admite, con disgusto, Fernández.

—¡La segunda improvisó lo mismo! Nadie pareció darse cuenta, pero así fue. A la tercera ya corrió un rumor generalizado. No te digo a la cuarta... El caso es que siempre improvisa igual.

Tras la sexta actuación, ambos van a hablar con el pianista para expresarle directamente su malestar. *Edwin* acepta lo que le dicen, es más, él mismo se ha dado cuenta de ello, ¿qué se pensaban? Es un profesional.

—Por eso mismo, he intentado arreglarlo retrasándome de pronto aquí, acelerándome allá, y así todo, pero soy consciente de que, en el fondo, no dejan de ser variaciones sobre la primera improvisación. ¡Es desesperante! Sea por lo que sea, he caído en un círculo del que no puedo salir. Al final, vuelvo a lo mismo... ¡Toco siempre igual! Yo en un principio lo achacaba a los nervios, a la tensión de estar tocando en un club tan importante (adulando aquí a los dueños, por si acaso), pero lo cierto es que estoy comenzando a cansarme de tantas repeticiones y a aburrirme de mí mismo....

Fernández y Recuenco le convencen para que tenga un poco de paciencia; seguramente se trate de un súbito bajón de forma que, igual que ha llegado, se disipará. Pero no. En su quinta, sexta y séptima actuación, cada vez que *Edwin* Aguilar aborda una improvisación, pasado cierto tiempo, vuelve al punto de partida y la improvisación se repite, como si hubiera entrado en una especie de bucle.

Hablan de nuevo, el pianista y los dueños del local sobre lo que está ocurriendo. «Yo no paro de darle vueltas», admite Edwin. De pronto, uno de los dos, Fernández o Recuenco, expone una teoría que, ya advierte, puede sonar peregrina, o incluso estúpida, pero aun así la expone: ¿es posible que el tener que recorrer tantas rotondas, y venga rotondas, a diario, del club al apartamento y del apartamento al club, haya provocado este problema? A lo que *Edwin* responde:

—No, hombre, no. Qué tontería. Menuda explicación. ¿Cómo se le ocurre? Desde luego; qué tontería, insisto. Menuda explicación. ¿Cómo se le ocurre?...

A los quince días, ocurrió lo que parecía inevitable: concluido su contrato, los dueños de La Galería no renovaron al pianista. Muchos admiradores que, pese a todo, conservaba le aconsejaron volver a Nueva Orleans, pero Aguilar, no sabría decir por qué, se sentía ligado a esta ciudad. Por nada del mundo, dijo, estaba dispuesto a abandonarla, aunque fuera a costa de su carrera artística. Entonces comenzó a acudir como vulgar espectador al club, y a veces, cuando ya todo el público se había ido y estaban preparándose para cerrar, subía al escenario y se sentaba ante las teclas... Pero nada, inútil, nunca más volvió (ni volvería) a tocar con soltura. Se quedó *Edwin* en nuestra ciudad incluso a costa, es más, de su salud física y mental, pues agotados sus ahorros e incapacitado para encontrar trabajo, cayó en una espiral de autodestrucción de la que no consiguió salir y cierto día (qué pena da contarlo), el en otros tiempos excepcional artista tomó un revolver, giró el tambor por un gusto postrero de ver cómo giraba, trazó un amplio círculo con el brazo para ponérselo en la sien, y luego apretó el gatillo para, como dejó escrito en una nota al juez, «cerrar por fin el círculo».

Ya he dejado atrás el cinturón de asfalto en torno a la ciudad y me encuentro en las afueras. Las afueras: momento de respirar hondo, tomar aire con que henchir los pulmones, y luego soltarlo con tranquilidad, al tiempo que se intentan captar los olores, aunque sean agrios, de las plantas de alrededor.

Buena parte de estas afueras, por el lado de la ciudad por el que acabo de salir, la ocupa el famoso parque de la Campa, extenso y ondulado prado cubierto de hierba mullida y salteado de montículos o pequeñas «tetas». La Campa goza de gran celebridad, por supuesto entre nuestros conciudadanos, pero también a escala nacional.

—Ah, primavera en la Campa —suelen decir con énfasis quienes alguna vez nos han visitado.

Así es como se ha extendido la fama de este verde descampado que, desde mediados de marzo, cuando el cielo comienza a lucir azul brillante, se va cubriendo progresivamente de actividad, de paseantes, de corredores y ciclistas, de estudiantes que se tienden en el césped... De bullicio y de risas. Primavera es, sin duda, la época idónea para andurrear por este parque, porque luego el calor se va apoderando de la pradera y llega a resultar fatigoso, y sudoroso, cruzarla sin poder refugiarse en ninguna arboleda. La hierba se vuelve entonces amarillenta y sopla una brisa tórrida...

Pese a todo, o precisamente por eso, es entonces, en la mayor canícula, cuando se celebran en la Campa, desde hace un par de siglos, las fiestas en honor de Santa María Ignífuga, patrona de la ciudad. El ambiente es como el de tantas otras ciudades en fiestas: carpas de partidos políticos y asociaciones vecinales, atracciones, tómbolas; y en nuestro caso, en la pradera central, en honor de la Virgen: tragafuegos, malabaristas con antorchas, paso de los más valientes, descalzos, sobre un reguero de brasas, algunos con su novia o su esposa a la espalda (en los últimos tiempos, *alguna* con su esposo o su novio a la espalda)... Hay también aros de fuego, que juegan a atravesar de un salto los más (o las más) valientes... Desde mucho antes de llegar a la Campa, se aspira el olor de los «tizones», dulce típico de la ocasión: rosquillas fritas (pero muy fritas) y espolvoreadas luego con azúcar que han de tomarse calientes, en homenaje a la Virgen.

En la Campa, al hilo de estas fiestas, han ocurrido también algunos de los más importantes acontecimientos de la ciudad, como fue la llegada del cinematógrafo o como fue la elevación en el aire, impulsado por un chorro de aire caliente, de uno de los primeros globos aerostáticos de que se tiene noticia en nuestro país, a bordo del cual, en una barquilla, iba el XIX marqués de la Carrera, don Feliciano Máuriz, otro más de los de su familia afectado de aficiones excéntricas y adelantadas a su tiempo. Uno de sus descendientes, el XXII marqués, don Avelino, cruzaba hacia 1870 por este parque subido a una de aquellas bicicletas de rueda alta, espectáculo extrañísimo que convocaba a los paseantes, fascinaba a los niños y causaba cierta risa entre los señores serios.

Es habitual en este parque, en los días festivos de primavera, que se monten espectáculos de títeres para los más pequeños. A estas funciones llevaban sus padres a Germán Quílez, el escritor, uno de nuestros conciudadanos más preclaros. Germán tendría por aquel entonces apenas ocho años y cuenta en uno de sus artículos que le sentaron en medio de ese corro infantil, entre los niños que observaban, embelesados, a los muñecos que evolucionaban encima del cajón. Refiere Quílez en dicho artículo como a él todos aquellos gritos y berridos de la chavalería a su alrededor cuando uno de los muñecos aparecía con un garrote por un lado, y los críos, a voces, trataban de advertir al otro títere del peligro que se le acercaba por la espalda, todos esos chillidos, a veces desesperados, le causaban estupor. No acababa de entenderlos, le parecían una actividad grotesca y absurda, aunque algún que otro niño, a su lado, enrojeciera a fuerza de gritar...

«...Prefería mil veces, aunque mis padres estuvieran empeñados en que los niños necesitan divertirse, pasear por el parque de la Laurentina en solitario, acariciando las extrañas hojas de las plantas...»

Abandonados al espíritu soñador, el paseo por la Campa puede llevarnos mucho más atrás, al siglo XVIII, por ejemplo, cuando la Campa no era tal sino una zona de sembradíos y huertas. O al siglo XV, en que era sólo descampado, arenero, albañal. O al siglo XII, una planicie a secas por donde pasaron corriendo los árabes cuando, al otro lado de su ciudad, una pedrada destruyó su muro. O a los tiempos visigodos, porque en la Campa fue donde plantaron sus respectivos campamentos quienes acudieron a la ciudad con motivo de la famosa Controversia.

Y aún podemos retroceder incluso más: aquí fue, seguramente, según se deduce de la *Historia civitate* de Tosco Decembrino, en traslación de fray Montán Gallego, donde acamparon las tropas del romano Quinto Láurico cuando vinieron a conquistar a los berjetas...

¡¡Pum!!

De pronto, el sonido de un disparo me saca de estas ensoñaciones. Abro los ojos y estoy en junio de 1946. Es día 14, sobre las ocho de la tarde; el sol luce todavía con fuerza en el cielo. La gente apura sus paseos por este grato lugar hasta que casi sea noche cerrada; caminan lentamente, saboreando el declinar de la tarde después de un día caluroso, aspirando la realidad de una primavera reluciente. Aunque es miércoles, los senderos del parque de la Campa están muy concurridos de paseantes, que han ido a disfrutar del aire libre nada más salir del trabajo. Incluso los más atareados encuentran un hueco, en tardes así, para aparcar cuanto antes sus obligaciones y salir de paseo. En algunos quioscos con sus respectivas terrazas, atendidos por camareros de largo delantal, los clientes parecen expandir el pecho en respiraciones profundas, relajadas y satisfechas mientras sorben, lentamente, su refresco, su cerveza o su copa de coñac, y las esposas, al lado, hacen lo mismo con su horchata o su granizado.

Muchos son los paseantes que, al cruzar por el lado de aquel quiosco, de pronto bajan la voz y le comentan a quien camina junto a él: «Mira a ése, ¿le has visto? Es Aguirreche». «¿Quién?» «El comisario. Con su familia». Todo el mundo sabe quién es aquel comisario, el amo de la ciudad, el hombre que con una sola mirada puede hacer que le tiemblen las piernas a cualquiera, porque cualquiera acaba convencido de ser sospechoso y estar ocultando algo cuando Aguirreche clava sus ojos en él. En este día de mediados de junio, de agradable atardecida, sosteniendo con dos dedos un vaso de balón, sentado ante una mesa de mármol, está dándole vueltas al líquido se diría que con aire desafiante, en los dedos un grueso sello de oro y en la muñeca una sortija maciza, deslumbrante también en amarillo viejo...

—Es él —se detienen, de repente, dos hombres, antes de llegar a la altura de las mesas—. Rápido, dame el arma —y sin esperar la respuesta del otro, le abre la chaqueta y le coge la pequeña pistola que éste lleva siempre en su bolsillo interior.

—¿Estás loco? —intenta detenerle el compañero.

Pero quien así ha tomado la pistola, «el camarada Macías», no atiende ya a palabras. Echa a andar con el brazo que sostiene el arma caído a un lado. Confía en que, de este modo, la pernera la oculte aunque sólo sea el tiempo necesario para llegar hasta el hombre al que intentaron hacer volar por los aires hace menos de una semana. Éste se halla meneando, con ostentación chulesca, su copa de balón. «Macías» pasa rápido entre las mesas. Llega al lado del comisario, sin que aquél, en efecto, haya notado su presencia. Le apoya la pistola en la sien. «¿Qué coño...?» Aprieta el gatillo por dos veces. Luego echa a correr. Quienes, en la terraza, se hallan sentados junto al hombre que ahora aparece con la cabeza echada a un lado se han quedado un momento estupefactos. Una mujer se mira las manchas de sangre que, de pronto, le han brotado en el vestido, antes de prorrumpir a gritar y antes de que los hombres, volcando las mesas y sillas próximas, hagan por levantarse y correr tras el asesino.

Pero «Macías», aprovechando los momentos de estupor, ya ha saltado entre dos setos, atravesado la explanada, salido de la Campa y ganado una calle lateral, de casas bajas de extrarradio, por la que corre, al principio desaladamente, cuesta abajo, al tiempo que guarda la pistola en su bolsillo. Luego, introduciéndose por una calle lateral, disminuye un tanto la carrera; en otra bocacalle, se para a regular la respiración. Mirando a un lado y al otro, atento a que nadie le vea, arroja en una alcantarilla cercana la pistola; luego sale a otra calle más grande con cara de sorpresa. Allí para a uno que sube apresuradamente hacia el parque de la Campa.

«¿No ha oído? Un par de tiros. Dicen que han disparado al comisario...» «¿A Aguirreche? No es posible.»

Cerca de la Campa, parque que en los días de acontecimiento deportivo es utilizado como aparcamiento, se encuentra el Estadio Municipal. Tocante a deportes, y quitando, claro, a Fugo Guijarro, «el Bombardero del Excelsior», campeón continental de los pesos medios, nuestros conciudadanos nunca han destacado por sus buenos resultados. Los equipos de la ciudad, tanto de fútbol, como de baloncesto, como de balonmano, como de voley, como de todo lo demás, siempre se mueven en las divisiones intermedias, en los puestos tibios de la clasificación, ni muy beneficiados ni en extremo perjudicados por las decisiones arbitrales. Tampoco en las individualidades los deportistas de nuestra ciudad, ni los gimnastas, ni los ciclistas, ni los tenistas, ni los nadadores, ni los halteras, ni... han sobresalido nunca y siempre han ocupado, más bien, posiciones anodinas...

Sin embargo, en nuestra ciudad ocurrió una de las hazañas deportivas más extraordinarias de las que se tienen noticia, y precisamente en este estadio junto al cual estoy paseando. Una hazaña que levantó a la gente de sus asientos, admirada, y provocó que, a su salida del hospital, el protagonista fuera paseado por el centro de la ciudad, en un coche descapotado, saludando a la gente que le ovacionaba en las aceras y desde los balcones.

Corría (y aunque sin querer, nunca mejor dicho) el año 1978. 24 de mayo. Sobre el tartán, entonces ceniza, de este Estadio Municipal, algunas de las principales figuras comarcales y un par de estrellas de nivel nacional, en un critérium organizado para celebrar la remodelación del estadio. En el foso de saltos, tres triplistas de mediana fama en el mundillo, otros cuatro de fama más escasa, y luego Antolín Sabando, un saltador local a quien se había llamado para completar el cupo. A las 17, 25' de la tarde, Antolín Sabando se situó en la línea de carrera para el que sería su tercer salto. Hasta entonces, las marcas estaban siendo discretas, en torno a los doce metros, pero aun así la clasificación de Sabando para la siguiente ronda peligraba, porque apenas si había llegado a los diez metros. A las 17, 26' Sabando inició la carrera. Llegó a la tabla. Saltó...

Ya en la batida, se vio que el salto iba ser bueno; en el paso intermedio, que iba a ser, de hecho, muy bueno; en el salto final, nadie sabe de qué manera logró este hombre, Sabando, coordinar su cuerpo, lanzar sus brazos hacia delante, proyectarse en un empujón final (lamentablemente, el evento no se televisaba ni se conserva grabación alguna), que cuando cayó sobre la arena todos los espectadores, que estaban hasta ese momento comiendo pipas pacíficamente, quedaron boquiabiertos y con las cáscaras entre los dedos.

Un gran «¡ohhhhh!» recorrió las gradas, conmovido el público tanto por la longitud del salto como por la manera en que el atleta se retorcía en el suelo (con posterioridad se sabría que, al caer, Sabando se fracturó un tobillo y se dislocó el otro). Los jueces corrieron a medir, alguno se echaba las manos a la cabeza. En previsión de suspicacias que vinieran luego, y como los mismos árbitros dudaban de sus propios ojos, uno de ellos tomó el micrófono y por megafonía se escuchó: «¿Hay algún notario entre los presentes?», para que bajara a dar fe.

A las 17, 45', cuando ya Sabando había sido evacuado en camilla, apareció en los marcadores su registro: 20,06 metros. Para hacernos una idea de su importancia, baste decir que, por aquel entonces, muy pocos atletas en el mundo habían llegado a los diecisiete metros y medio, que se tardaron más de diez años en superar los 18 metros, y que a día de la fecha el récord se ha ido a los 18,29 y no parece que pueda prolongarse mucho más.

No hace falta decir que la noticia del salto de Sabando corrió rauda por entre las federaciones de atletismo, e incluso apareció en algunos noticiarios internacionales. «Un desconocido salta más de veinte metros.» «*A completly, completly unknown*», recalcaban en los informativos en inglés eso de *unknown*. Como era de prever, surgieron las suspicacias: la medición estaría mal hecha (pero allí estaba el notario bajado del público para negarlo); habría un gran viento de cola (no, en realidad no soplaba el menor viento, y esto lo atestiguaban todos los atletas); estarían, tal vez, las zapatillas del atleta dotadas de alguna especie de muelle o propulsor (pero esto también lo había verificado el notario cuando los enfermeros descalzaron a Sabando para atenderle). Al fin, las federaciones internacionales no tuvieron más remedio que «tragar» con la marca, pero, eso sí, al no haberse producido en una competición internacional, sino en un critérium amistoso, nunca se inscribió en la tabla oficial de récords. Sin embargo, pese a que no se institucionalizara, ni se vaya a institucionalizar, todo el mundo del atletismo sabe que «ahí están» los 20,06 de Sabando, desafiando a las generaciones venideras.

No contribuyó, desde luego, a diluir las suspicacias y a prestigiar el salto el hecho de que Sabando, una vez repuesto, a las dos semanas, de sus fracturas y concluido el desfile triunfal por las calles, se negase, de ahí en adelante, a salir de la ciudad y volver a saltar, por más que comenzaran a lloverle, de todo el mundo, ofertas económicas, y hasta invitaciones para actuar en *shows* televisivos.

—No estoy dispuesto —se excusaba siempre— a ir arrastrándome por esas pistas de Dios, saltando la mitad de lo que se espera de mí, y que acabe resultando el patético hazmerreír de los atletas serios.

«Serios», decía, en efecto, porque Sabando nunca se engañó a sí mismo. Nunca perdió la perspectiva de quién era, ni de cuán lejos (de nuevo, nunca mejor dicho) podía llegar. Pero del mismo modo, con igual criterio y con una vehemencia y un sentido de la justicia admirables, defendía «sus 20,06».

—Los salté. ¡Ya los creo que los salté! Aún no sé cómo, y nunca he negado que fue chiripa. Pero eso no debería avergonzarme ante los demás atletas; no sé por qué la buena suerte es un baldón deportivo. Cierto que la mayoría de ellos se entrenan con pesas, siguen dietas específicas, se concentran en altura para mejorar su rendimiento, y cosas así; cierto también que yo no hice, hago ni haré nada de eso y que jamás volveré a acercarme a esa distancia. ¡Pero un día salté, volé durante veinte metros y seis centímetros, y nada, nada puede manchar esa belleza!

Abandonado el atletismo, Sabando siguió sin querer moverse de su lugar de origen. Durante un tiempo, en los primeros años, dio varias conferencias en nuestra universidad sobre el «factor suerte», pero según fue extinguiéndose la novedad y fue olvidándose su nombre («fueron haciendo que se olvidara», sostenía Sabando, quien siempre sospechó que había una conjura de triplistas en su contra), las conferencias se fueron espaciando hasta desaparecer...

La suerte que Sabando defendía con tanta pasión, a la que le estaba tan agradecido y que tantísimo le había arropado en su salto, no le acompañó el resto de su vida. Su novia, saltadora de pértiga, con quien tan feliz se le podía ver en los meses previos al famoso critérium, acabó por abandonarle, abrumada o acomplejada por el súbito e inigualable salto de su prometido y porque no quisiera seguirla ya por esas pistas. Posteriormente, Sabando se casó con una estudiante que se quedó fascinada por él en una de sus conferencias, pero al no verle después, en muchos años, hacer nada extraordinario, al final metió su ropa en una maleta y le dio puerta. Probó fortuna con un negocio de prendas deportivas, pero no prosperó, porque tampoco sabía lo suficiente de deportes; intentó hacerse locutor de televisión, pero ni sabía hablar bien ni sabía, en realidad, mucho de atletismo. Abrió un bar, que quebró; escribió un libro contando su vida, pero poquísimos lo compraron, porque a nadie le interesaba su existencia más allá de los cuatro o cinco segundos que duró el salto, y por más que uno intente estirar literariamente cuatro o cinco segundos, sacar de ellos más de ciento cincuenta páginas es excesivo.

Así, en resumidas cuentas, el saltador se fue hundiendo en la desesperación, luego en la bebida, para acabar en la indigencia... y aquí se perdió su pista.

Intentando recuperar, para esta *Guía breve*, el rastro de su figura, me enteré por varios de los compañeros vagabundos y alcohólicos que le acompañaron en sus últimos años que este Antolín Sabando falleció en nuestra ciudad hacia el año 2008, treinta después de su famoso salto, sin que nada excepcional le ocurriera entretanto...

—Pero espere... —me interrumpe mientras tomo nota uno de los vagabundos—. Eso de que nada excepcional le ocurrió... Ahora me acuerdo de algo. Lo que no sabría decirle fue el día exacto, ni siquiera el año en concreto en qué ocurrió. Estábamos todos borrachos. Llovía. Entramos en un bar a comprar tabaco con el dinero que habíamos reunido pidiendo. Este tipo, ¿Antolín dice que se llamaba?, de pronto se paró en la puerta, tomó una de las monedas, la más gorda, y, como si estuviera poseído por no sé qué espíritu, con la mirada como ida, nos dijo: «¿A que la cuelo

134

en la máquina?» ¡Y la máquina de tabaco estaba situada al fondo del bar! «¡Venga ya, fantasma, eso es imposible!», le respondimos todos, pero él, sin hacernos caso, tomó la moneda, la lanzó por los aires con este gesto así, *clic*, de cuando jugábamos a las chapas de chavales, el cangri entonces fue cruzando al aire... ¡y se coló limpiamente en la ranura!... Nos quedamos asombrados. Él se limitó a mirarnos y dijo: «Siempre he tenido mucha suerte».

Recorridas estas afueras, llego a un segundo cinturón de asfalto que bordea la ciudad por su extrarradio, trazando un círculo más amplio que no se ve interrumpido, de continuo, por rotondas. En el caso de este anillo, la pista (de tres, cuatro y a veces cinco carriles) pasa por debajo o por encima de otras carreteras, siempre con el objetivo de hacer lo más fluida posible la circulación y el acceso a todas las salidas de la ciudad. Se llama este segundo óvalo en torno a la ciudad autovía Periférica, y pudiera pensarse que no tiene mayor historia, como tampoco tienen historia otros cinturones perimetrales en torno a las ciudades. Así fue, en efecto, hasta hace poco... hasta 2014.

La avenida Periférica de nuestra ciudad enlaza, mediante nudos, cruces a distinto nivel, salidas, incorporaciones, vías de servicio, carriles de aceleración y desaceleración, y otras soluciones de ingeniería, las distintas salidas en dirección Norte-Sur-Este-Oeste. También Noroeste, Sureste, Sursuroeste, etc... Entre medias de todos estos enlazamientos, ramales, intercambiadores, quedan (en nuestra ciudad y en cualquiera otra del mundo) parcelas de césped, trozos de terreno, isletas a veces arboladas, o montículos pelados rodeados de asfalto... Tierra de nadie que, en el mejor de los casos, se mostró verde, cuidada y con flores el día de la inauguración, pero después de eso fue abandonada a su suerte en medio del pasar incesante de tráfico. Pues bien, fue en estos restos inútiles de la naturaleza, en estos sobrantes inevitables en el trazado de las carreteras, donde en abril de 2014 tuvo lugar una acción sorprendente, la primera de varias que ocurrirían luego.

Es lástima que no se haya guardado constancia fotográfica de esta primera acción. Ocurrió dicho día de abril del 14 que, en medio de uno de estos trozos de terreno, en medio a su vez de un nudo de autopistas, en medio éste a su vez de la salida Nornoreste, de repente «apareció» el salón de un piso cualquiera. Una sala pequeña, pero completa, con su sofá orejero, la mesilla al lado, junto con una lámpara de pie, el televisor enfrente, una mesa de fumador delante y hasta una pequeña estantería con libros en el otro lado; muy similar, ya se ha dicho, a cualquier otro salón, salvo en el hecho, claro, de que estuviera a cielo descubierto.

El Soplo, nuestro periódico local, se hizo eco de aquello como noticia breve, de apenas cuatro líneas, y el tema ocupó unos minutos en las charlas de bar. Pero cuando una semana después «apareció» otro «salón», igualmente montado, en otro cruce de autovías; y a los diez días esta vez una cocina (con electrodomésticos incluidos) y poco después el aula de una colegio, pizarra incluso, el asunto trascendió el interés local y se habló de ello unos segundos en el telediario nacional.

A los salones, a la cocina y al aula siguieron, en noches sucesivas, un dormitorio, un par de filas de butacas de cine, un piano de cola con un arpa al lado, un baño completo (ya estaba tardando en «aparecer»)... La policía municipal, ayudada por el servicio de limpieza, pronto desmantelaba todo aquello, a veces apenas si duraba un par de horas la «instalación». Suficiente, sin embargo, para que los automovilistas que pasaban por la avenida, al ver la sala, la consulta o el aula, orillasen el coche, provocando el consiguiente atasco, y se bajaran a hacer unas fotos, que casi al momento circulaban por las redes sociales e Internet.

Nunca aparecieron dos «instalaciones» al mismo tiempo, y entre una y otra solían transcurrir cuatro o cinco días, a veces una semana.

La policía local trabajaba sobre el supuesto de que no se trataba de la gamberrada de un solo individuo, sino seguramente de un colectivo organizado. Se basaban en la evidencia de que cargar, por ejemplo, con el tresillo de una «instalación», o con el piano que se ha dicho apareció un día, era imposible para una sola persona; habría de haber, al menos, tres tipos (o tipas) en el ajo: dos que cargasen y descargasen y otro que, mientras tanto, fuera poniendo la lámpara, el revistero, la alfombra en el suelo (que a tal grado de realismo llegaban las «instalaciones»), el toallero, el bidé...

La policía había supuesto este *modus operandi* de la banda: llegaban de noche cerrada con una furgoneta, estacionaban junto a la isleta elegida, bajaban rápido, abrían la trasera del furgón, lo disponían todo a la mayor velocidad, cerraban la trasera, se largaban pitando...

¿Y de dónde sacaban los «instaladores» los muebles, los accesorios de baño, o nada menos que un arpa y un piano? En esta dirección se encaminaron las investigaciones policiales; además de ello, hubo un aumento en la vigilancia de las cámaras de tráfico y un llamamiento a la colaboración ciudadana para que los conductores, en cuanto advirtiesen algo extraño en alguna isleta (una furgoneta aparcada, por ejemplo, o gente corriendo), enseguida diesen aviso al 933... Todo en aras de la seguridad vial, porque qué duda cabe de que los conductores se distraían del volante viendo aquellas «instalaciones» y era entonces cuando se producían los choques en cadena, las colisiones, los atropellos...

Ninguna de estas medidas, sin embargo, ha sido efectiva hasta el momento. De todos modos, hace mucho que no ha aparecido en la Periférica ninguna nueva «instalación» y es posible que esta nueva modalidad de «actuación» callejera se haya extinguido ya. Que haga ya cerca de año y medio que no aparecen «instalaciones» provoca en las autoridades, no sabrían decir por qué, un gran alivio. El resto de los ciudadanos, sin embargo, sueña, con una difusa esperanza, tampoco podrían decir por qué, con que la noche menos pensada, tanto tiempo después, una furgoneta salga, en medio de la noche, furtivamente, procurando no hacer ruido, de una calle cualquiera. Y que ese amanecer, camino de la oficina por la Circunvalación, nos sorprenda con... y aquí cualquiera puede imaginar lo que guste: una consulta médica, una sala de dentista, el interior de un taller, o un comedor montado con sus manteles, sus platos, sus vasos... ¿te figuras, lector?

Desde esta autovía Periférica, se pueden ver, al fondo, las casas de El Bohorque, pueblo muy cercano a la ciudad y sin duda pintoresco. Desde el año 1890 y hasta 1900, aproximadamente, acostumbraban a llegarse hasta este pueblo de El Bohorque los pintores de la avenida Gante, aquellos chalados del Círculo de Hassenfraz con sus caballetes, sus telas y sus maletines. Cargados con sus bártulos, recorrían a pie, al amanecer, por el sendero que hoy se llama «de los Pintores», los apenas tres kilómetros que separan ambas localidades, y volvían, ya de anochecida, después de un duro día de trabajo al aire libre, a sus cuartuchos de la avenida Gante con varias obras bajo el brazo. Acomodaban las telas de cualquier modo (en ocasiones, unas sobre otras), en los rincones de sus buhardillas, rellenaban las paletas, tomaban, quienes podían, una cena frugal, apuraban la botella de vino, echaban un sueño breve, y, al día siguiente, otra vez al sendero.

Lo más sorprendente, y por lo que se han hecho un pequeño hueco en la Historia del Arte estos pintores, es que, como se ha dicho, componían exclusivamente escenas de interior, pero pintadas al aire libre. Aunque demasiado tarde para ellos, esto ha acabado por hacerles un hueco en la admiración de las gentes, y son muchos los turistas que hoy recorren el sendero entre nuestra ciudad y El Bohorque deteniéndose, a indicaciones del guía, a admirar, por ejemplo, aquel árbol todavía en pie frente al que Superbielle pintó, según está documentado, su *Cocina con fogón encendido*; o aquel almiar junto al cual, demostrado está también, Laguna pintó su serie de autorretratos. «Escuchen», dice el guía y, si guardan silencio, los turistas pueden escuchar sobre sus cabezas un piar de pájaros que no debe de ser muy distinto al que oía Estévez mientras pintaba en un prado de El Bohorque su célebre *Habitación del artista*.

Recorrido el sendero, y ya en la pequeña población, los guías suelen hacer una parada, para comer, en la fonda Félix, donde acostumbraban sentarse los pintores a mediodía a tomar una modesta comida: unas rodajas de salchichón y a veces solo un vaso de tinto, no había dinero para más. Hoy la fonda, por supuesto muy reformada y convertida en restaurante, ofrece a los turistas un menú de degustación con los platos que, dicen, solían comer los pintores (o hubieran comido, si tuviesen con qué). Tras un rato de asueto, vuelta a la ciudad en autobús, pues recorrer de vuelta el sendero resulta fatigoso, además de innecesario, porque ya se ha visto todo lo que había que ver. Durante este trayecto de vuelta, los turistas suelen hablar, admirados, del encanto que tiene aquello que han visto, del aliento artístico y épico que parece flotar por las cercanías. Qué espléndido es el arte, la creación humana, y qué maravillosa vida debió de ser la de aquellos tipos inspirados que pintaron allí. Llegando el autobús ante la puerta de su hotel, el guía cita a los turistas para el día siguiente, también bien temprano por la mañana, en que acudirán al palacio de Labohe, donde verán esos cuadros tan curiosos, famosos y, sobre todo, polémicos, que han extendido la fama del Círculo de Gante por todo el mundo.

Mesólogo, o palabras más o menos por el medio de la editora X

Hice mal en subestimar a mi representante, la verdad. Le dije que estaba en mi ciudad natal resolviendo el asunto de una herencia y que me iba a tomar unos días libres, y poco le costó averiguar cuál era, en concreto, la ciudad donde había nacido y plantarse aquí, en el primer vuelo. En sólo un par de días, preguntando por las recepciones de los hoteles sobre una mujer que se hubiera hospedado allí con nombre falso pero de tales señas, tal estatura e incluso tal maleta, ayudado por las ganas de colaborar que siempre despiertan unos cuantos billetes, había conseguido dar conmigo. Estaba leyendo el libro, recién salido el autor del pueblo de El Bohorque, cuando llamaron a la puerta.

—Un momento...

Me puse las gafas de sol, para que la camarera o el botones no me reconociesen, porque seguramente era alguno de ellos quien llamaba para cualquier minucia como traer unas nuevas toallas o rellenar el mini-bar. Luego fui a abrir. Giré la llave, porque solía encerrarme por dentro para leer, y al abrir, ¡allí estaba! Mi representante, con sonrisa indolente, como quien se enfrenta a una niña mimada que tiene una rabieta por cualquier tontería.

Después de unas cuantas reconvenciones morales, que me ahorro transcribir, me dijo, en resumen, que ya estaba bien de tonterías. Llevaba ya demasiados días, entre unas cosas y otras, oculta en aquella ciudad y era hora, inevitablemente, de volver a mis obligaciones, a la Fashion-Week, a los anuncios publicitarios, a las sesiones fotográficas que me estaban esperando y ya no podían demorarse más... Dos semanas sin salir en las revistas es la muerte comercial, conque... «*C'mon!*», dijo, tomando mi maleta, poniéndola sobre la cama y llenándola él mismo de cualquier forma. Luego, a la manera de las películas, entró en el baño a tomar entre sus brazos mis cremas y potingues e igualmente, de manera precipitada, los volcó y apretujó en la maleta. Entretanto, me informaba de que ya había pagado la habitación y concertado con una agencia de viajes nuestro vuelo de vuelta. Yo me resigné con un encogimiento de hombros, me vestí, salimos juntos de la habitación, y andábamos por el pasillo cuando, de pronto...

—¡Espera! —le dije—. Dame la llave. Se me ha olvidado una cosa...

Me dio la llave, volví a la habitación y cogí la *Guía breve*, que había quedado encima de la cama y que había decidido llevarme conmigo para acabar su lectura en Nueva York. En realidad, y bien mirado, la estaba robando, pero seguro que el primer hotel no me la iba a reclamar.

Bajamos en el ascensor. Hacía entonces justo catorce días que estaba en la ciudad haraganeando.

Serían las once y media de la mañana cuando salimos del hotel. El botones nos pidió un taxi y éste paró al pie de las escaleras. Mientras el taxista introducía mi maleta en el maletero de su coche, yo me acomodé junto a mi representante en el asiento de atrás, deseosa de pronto, con una rara urgencia, de que arrancara ya rumbo al aeropuerto.

Llegamos al aeropuerto sin incidencias. Eran las 12, 01' según el reloj del amplio vestíbulo. Estaba arrastrando mi trolley por el hall, hacia la puerta de embarque cuando, de repente, metí el pie en una baldosa que estaba medio desprendida, con tan mala fortuna que me caí y me rompí una pierna.

Mareada por el dolor, tendida en el suelo, podía ver cómo mi representante daba vueltas sobre sí mismo mientras pulsaba atropelladamente el móvil. Luego me metieron en una ambulancia y me llevaron hasta un hospital cercano. «Una rotura, sí», oí que le decían a mi representante. «Por cuatro partes, mucho me temo que va a tener que quedarse ingresada...»

Así que allí me quedé, en el hospital, como en las películas: con la pierna fracturada, en alto, suspendida de un hierro, escayolada hasta casi el muslo... Imposible moverme de allí. Aburrida ante la perspectiva de las rutinas hospitalarias, de tener que ver los programas de las televisiones generalistas, y de no recibir visitas, porque no conocía a nadie de la ciudad (la única compañía, la de mi representante, y éste no haría sino hablarme de negocios y del dinero que estábamos perdiendo con la dichosa tontería de quedarme en la ciudad), menos mal que junto conmigo habían llevado al hospital mi maleta. En ella estaba la *Guía breve,* que le dije a una enfermera que me acercase para proseguir con su lectura. Baquero estaba volviendo, por un camino distinto, de las afueras al centro de la ciudad...

Guía breve de la ciudad y sus lugares interesantes
(reanudación)

Tosco Decembrino, en su *Historia civitate*, cuenta (siempre según la sospechosa traducción de fray Montán Gállego) que hacia el año 140 a.c. las legiones romanas plantaron el *Aquila* y los estandartes con el SPQR cerca del Benayas. Mandaron entonces a una avanzadilla que subiese a un altozano junto al río y desde él observase el poblado que se extendía a la orilla, para tomar posiciones antes de atacarlo. Desde aquel mirador, los exploradores observaron cómo, advertidos los indígenas de la llegada de las legiones, se habían reunido en torno a una gran estatua, supusieron que de su divinidad, erigida en el centro del poblado, y le llevaban ramos de esa planta que luego sería llamada «laurentina». Vieron cómo a sus pies amontonaban haces y haces de aquella verdura, que luego quemaban y a su alrededor bailaban enfebrecidos, invocando a la divinidad para que les defendiese del inminente invasor.

Dice Tosco (o sea, fray Montán) que, después de ser así vistos por los vigías, tan bélicos y preparándose para el combate, «danzando extasiados y dando gritos a Berj, Berj, Berj con tamaña furia que causaba espanto, no sabía Quinto Láurico, el capitán, ante aquesto qué fazer. Haviendo poca tropa, creió opportuno esperar refuerços, pero yendo a ver al otro día, cataron los romanos con assombro que del poblado havían bajado al río et allí lavaban sus ropas et sus cuerpos et sus cavellos et reíanse entre sí desenfadados de todo. Advertido lo qual, las legiones se prepararon para arremeterlos et conquistarlos desprevenidos, pues que los vían desde un altozano fablando et riendo entre sí con el mesmo desenfado que antes. Entonces dijo Láurico, el capitán: "¡Nune!", que es "¡Agora!", et los romanos arrojaron sus *pilum* en son de batalla et bajaron las cohortes del altozano en arremetida et assí les vencieron».

Aunque siempre debe leerse con reservas la *Historia civitate*, no hay que desdeñar del todo esta breve crónica de la incruenta batalla, ni la descripción posterior que, los romanos ya ocupantes del poblado, se nos da del ídolo de los indígenas, Berj. Su figura es, se dice, alta y bien proporcionada, aunque se le representa encorvado; tiene rayos sobre la cabeza, en expresión de lo divino, pero el rostro es a propósito feo e incluso tiene expresión de estulto. Para mayor énfasis de incongruencia, se le caracteriza tuerto de un ojo y el otro demasiado abierto; sus manos son finas y delicadas, pero sus pies grandes y bastos. Otros rasgos había en su figura igual de contradictorios. Se le muestra, por último, coronado por unas ramas de laurentina trenzadas.

Respecto de sus atributos, por lo poco que pudieron inferir las legiones (y ha llegado a nosotros Decembrino y fray Montán mediante), sabemos que era un dios capaz de lo excelso y, un momento después, de lo grotesco; de dar valor a sus fieles y de seguido dotarles de una total indiferencia; de verter suerte y quitarla casi a la vez; un dios, en fin, de lo relativo, de la falta de importancia de las cosas, del qué más da. Pero quizás más que las noticias vagas de Decembrino, nos puede servir de referente, para entender la naturaleza del dios de estos pagos, el que los romanos no lo añadieran a su Panteón. Sabido es que los romanos, cuando conquistaban un pueblo, tenían por norma adoptar sus dioses e incluirlos en su mitología como manera de congratularse con los vencidos y mantener la paz. A este Berj, sin embargo, de los berjetas, no debieron de encontrarle acomodo, pese a tener incluso dioses para la Duda, la Indecisión y hasta para el Caos. Porque, ¿dónde situar a este Berj que obraba pero al poco se abstenía, que se aparecía en majestad pero casi al momento se escabullía acuciado por el aburrimiento, esta deidad que acababa por restarle, al parecer, importancia a las cosas y todo lo resolvía con un encogimiento de hombros? Ni los permisivos romanos tenían hueco en su mitología para el dios de la Pasividad.

Paso junto a la calle «del Tosco», dedicada a Tosco Decembrino, el escritor poco más arriba citado, un nombre profundamente ligado a la historia de nuestra ciudad. Tosco fue un historiador tardorromano de prestigio en aquellos tiempos de finales del Imperio, que llegó a nuestra ciudad para contar la victoria habida por el capitán Quinto Láurico contra los berjetas y la posterior romanización de estas tierras. En la redacción de la *Historia civitate* anduvo inmerso el Decembrino durante más de cinco años, en concreto hasta que le sorprendió la muerte en el año 252 d.C., sin salir de la ciudad por más que muchos le insistieran en que no podía llevarle tanto tiempo contar lo sucedido aquí (al fin y al cabo, ver, llegar y vencer por parte de las legiones). «Nec non et», solían decirle: «Tampoco es para tanto». No podía demorarse años y años en crónica tan sencilla un historiador que había narrado la victoria de los romanos contra los partos, la conquista del Asia Menor o la extensión de las legiones por la Galia. Sin embargo, así ocurrieron las cosas.

Al hablar del Decembrino, es imprescindible referirse a fray Montán Gállego, amanuense medieval y traductor de su *Historia*. Se sabe, por las difusas noticias que de fray Montán nos han llegado, que entró en la abadía de Valdacá como aprendiz de latín y ayudante en el *scriptorium*. Bien pronto, el fallecimiento de los otros monjes copistas le hizo quedar como único responsable de esta tarea. Hubo de dedicarse entonces a transcribir del latín, en solitario, numerosos textos sagrados y homilías, así como multitud de cantos gregorianos, salmos, textos de los primeros padres, escritos de la doctrina y la liturgia, un número aún por determinar de Biblias... Los libros salidos de su mano denotan, según los expertos, marcadas carencias con respecto a los de otros monasterios, tanto en la iluminación, no muy brillante, como en el trazo, que a veces no se muestra muy firme, como en la letra, no muy bien redondeada. Todo ello parece denotar cierta prisa y descuido en la ejecución, quizás producto del cansancio.

En la Biblioteca Nacional de la capital, se conserva una carta de puño y letra de fray Montán donde, en el castellano dubitativo de entonces, todavía entreverado de latín, solicita al superior de su Orden se le provea de algún novicio que, al menos, le ayude a cortar las péñolas, raspar, fabricar la tinta, coser los cuadernillos... «Ca non est solo escrevir», protesta en un determinado momento. Luego cuenta a su superior cómo se halla casi todos los días del año, a todas

148

horas, solo en su cubículo, volcado sobre la labor copista «mientras el resto de la comunidad, assi Dios me libre de maldizencias, anda orando et plorando el cantando psalmos sin ál que hacer», concluye su misiva.

Mucha leyenda ha corrido sobre la traducción que hizo fray Montán de la *Historia civitate* del Decembrino. Para el novelista Alonso Margallo, el fraile realizó una traducción espuria, apresurada y de aliño, introduciendo mucho de su inventiva allí donde la técnica, las fuerzas o las ganas le fallaban. Esto es creíble por cuanto coincide en el tiempo con otra carta de fray Montán dirigida de nuevo a su superior donde le insiste que, de no ponerle al menos un ayudante, y cuanto antes, es posible que sufra «una crisis de feé». Se conserva la respuesta del superior de la orden en que dice al monje copista que su petición está bien fundada y, en verdad, debe asignársele un ayudante, pero entretanto lo buscan, haga caso al prior y vaya traduciendo del latín algunos escritos de Aristóteles, Cicerón, Boecio...

Al recibir esta respuesta fue cuando, según se desprende de una carta del prior de Valdacá a su superior, fray Montán cayó en pecado de «superbia», «pero superbia extrema», puntualiza el abad. Arrojando, al parecer, los libros que le tendía el prior al suelo, fuese para su *scriptorium* y tomó entre brazos cuantos papiros y pergaminos encontró allí, traducidos ya por él o pendientes de traducir (entre ellos, ay, el rollo original de Decembrino). Cargado con todo aquello, salió a toda velocidad por la puerta de la abadía, corrió hacia el río Benayas y, una vez en la orilla, lo arrojó a la corriente, que por entonces, y ya es raro, venía crecida. Al poco, llegaron sus compañeros monjes, alarmados por el escándalo, y tomándole de los brazos le arrastraron de vuelta a la abadía, donde quedó preso en una celda como castigo a su arranque de furia.

Largo tiempo tardó el prior en perdonarle su exceso y abrirle la puerta de la celda; sin embargo, no volvió fray Montán a sus labores de traductor y copista. Había decidido, sin vuelta atrás, olvidarse por completo de las letras, apartarse de todo aquello de la lectura y la escritura, de que estaba tan harto. Y es aquí cuando surge el llamado «caso fray Montán», objeto de estudio y motivo de largas discusiones entre la comunidad educativa. ¿Puede alguien desalfabetizarse a voluntad? Una persona como el amanuense Gállego, autor de una ingente labor de escritura, lectura, copia e incluso dibujo durante años y años, día tras día, mientras hubiese algo de luz, ¿puede a propósito desmemoriarse de la instrucción recibida?, ¿o será como dicen que ocurre con quien sabe montar en bicicleta: que ya nunca se olvida?

Difícil resulta establecer la verdad, sólo sabemos, por los testimonios de algunos monjes compañeros de fray Montán, que en efecto el ex copista no volvió a tocar un libro, ni siquiera el sagrado. Cuando en el refectorio le tocaba leer párrafos del Evangelio para acompañar la comida de los monjes, él optaba por permanecer callado, aunque le costara un encierro en la celda; y a la hora de los cánticos, mientras todos en grupo iban leyendo en los grandes libros puestos en el facistol en medio de la sala, él disimuladamente tarareaba y sólo se unía a los otros cuando decían «¡amén!». Fuera todo fingimiento o fuera progreso verdadero en la deseducación, de lo que pueden dar fe los monjes compañeros de Montán es que, tocante a eso de leer, parecía de verdad que se le había olvidado en el mo men to de su eme u e erre de... no, te... y ésta que es como un lacito ya no me acuerdo del nombre.

Otro escritor natural de nuestra ciudad, como Montán Gállego, y como posteriormente Quílez, es Salvador de Oriz. Nacido en 1452, reinando Juan II de Trastámara, Salvador de Oriz es un caso único en las letras castellanas. No tanto por su calidad (mala), que sobre esto no hay discusión, como por el modo en que comenzó a escribir. Sin estudios algunos (ni primeros ni segundos, ni eclesiásticos ni seglares, ni bachilleratos ni licenciaturas), Oriz era uno de tantos arrapiezos que se apostaban en torno al mercado de Abastos, uno más entre los muchachos que ofrecían sus servicios de mozos de cuerda a los compradores y a los tenderos para portarles la mercancía donde dijesen, y que, a la que éstos se descuidaban, arramplaban con todo o parte. Un golfo, en resumen, de los que, como apuntó Luxanes en su *Guía de viageros (y oriente en los peligros)*, luego perdían su botín en juegos de naipes, apuestas y otras bellaquerías que se organizaban en torno al Puente Romano, segunda residencia de Salvador.

No más de dieciocho años había cumplido Oriz en esa vida cuando, llevando una carga de viandas a la abadía de Valdacá, en lo que el monje iba a por unas blanquillas con que pagarle, que no llevaba encima, vio Salvador, de reojo, entornada la puerta de la biblioteca del convento. Una biblioteca en la que se sucedían y apilaban los volúmenes que en su día copiara, como amanuense principal y único, fray Montán Gállego. Salvador, como analfabeto que era, no entendía qué pudieran decir aquellos librotes, pero aun así entró en la biblioteca, según algunos «imantado por la magia de la escritura», según otros «atraído por lo que pudiese mariscar». Sea como fuere, no había acabado de poner la mano sobre este primer libro cuando volvió el monje con su paga, y viendo al pícaro con la mano en el tomo le preguntó qué hacía. Oriz respondió que quería aprender a leer, para entender las grandes enseñanzas que en tantos libros tenían que contenerse. Fuera verdad, fuera evasiva, o incluso fuera cálculo del mozo, que se sentía ya con pocas ganas de acarrear y le convenía arrimarse a alguna parte, el caso es que Oriz acabó ingresando en el convento como lego, ayudante del copista que ocupaba entonces el *scriptorium*. Copista que llevaba varios años pidiéndole al superior un auxiliar.

Fue así cómo, contra toda costumbre e incluso contra toda lógica, Salvador aprendió primero a escribir, reproduciendo las pequeñas partes de los códices que le encargaban. Más tarde aprendió a leer lo que estaba escribiendo. Y admirado de cómo corría la pluma por él manejada, más que movido por algún prurito literario, Oriz escribió, en los ratos libres que le dejaba su labor ayudantil, su famosa *Chrónica cibdana*, en que reunía las historias que había oído narrar en la calle a los más ancianos.

La *Chrónica cibdana* pergeñada por Oriz cuenta la historia de nuestra ciudad desde donde la dejara Decembrino hasta sus días. La extraña manera en que se había alfabetizado el autor, junto con el poco rigor de la información que recopilaba, el hecho de escribir para divertirse y la naturaleza pícara, callejera y poco refinada de Salvador... toda esta mezcla explosiva dio como resultado, para muchos, todo un catálogo de expresiones procaces, comparaciones torpes, poesía nula, oraciones aturulladas. Para otros, sin embargo, se trata de un texto fresco, triunfo del desparpajo, escrito con esa gracia que da el apego a la calle y la falta absoluta de ambición.

¿Qué juicio es el correcto? No se sabe. Quizás si Oriz hubiera escrito algo más... pero las últimas páginas de su *Chrónica* cuentan cómo el amanuense al que ayudaba tuvo noticia de un ingenio creado en Alemania que imprimía varios ejemplares seguidos. Entonces le habló al prior de adquirir uno, y éste le transmitió la petición a su superior. El superior, sin embargo, se mostró partidario de seguir con la copia manuscrita, que le parecía era prestar mayor servicio a Dios. Ante esto, el copista se fugó del convento y entonces el abad (aquí se transcriben las últimas líneas de la *Chrónica*) «encomendóme a mí las copias, et io le pedí un novicio de aiuda, et el abad et el superior dixeron que non havía aiuda nin tampoco dinero para emprentas, ca por meior servicio al Altíssimo escreviesse a mano».

A lo cual Oriz, y aquí concluye su *Chrónica*, tras unos meses de tarea en solitario, «como el abad siguiesse sin comprar la tal machina de Alemaña nin me pussiera aiuda, tomé una copia de las *Quaestiones quodlibetales* de Duns Scoto et iendo para su celda hicésela tragar con gran scandalo de la congregación et luego vine a la celda et escribí aquesto et volvíme a la puente con los colegas». Y aquí concluye, como decía, su *Chrónica cibdana*.

La noche es larga, sobre todo en la época en que no se habían establecido todavía horarios de cierre. Hace doscientos años, los «noctívagos» (hoy los llamaríamos «cierrabares»), puestos los ojos en felino, buscaban entre las tablas cerradas de las puertas un resquicio de luz que les indicase la existencia de una taberna. Una tasca donde el mesonero, «hombre que nunca duerme», pudiera despacharles una frasca de vino.

Sigamos a aquel tipo medio embozado que entra, a altas horas de la noche, en una de las tabernas de este barrio, en los arrabales de la ciudad. Saluda con una palmada en el hombro al mesonero, hombre al que conoce de hace tiempo. Es el mesonero un tipo silencioso y retraído, pero parece de fiar. Al fondo del local, dos tipos, los únicos clientes, parecen estar aguardando a alguien en actitud reconcentrada. Están sentados en sendos taburetes, con sendos vasos ante sí sobre una mesa en la que innumerables navajuelas se han entretenido desde hace años en trazar nombres, fechas, dibujos... El recién llegado se acerca a ellos, toma un taburete próximo y se sienta ante los dos. Uno es un tipo delgado, de aspecto hético; el otro, un hombre rotundo, de cara ancha y barba caudal y entrecana.

—Vengo del cuartel —les dice mientras se desemboza, y tomando la frasca y arrebatándole un vaso a uno de los reconcentrados, se sirve un largo trago de vino. Apura el trago.

—El capitán, decididamente, está de nuestro lado —dice, dejando el vaso vacío sobre la mesa con un golpetazo—. Él también aborrece ya de los tiranos, de los infames ministros que sólo piensan en su beneficio personal. Opina como nosotros: que es preciso levantarse contra la camarilla, aunque de antemano sabe que correrá la sangre...

—El general vendrá a por nosotros, eso de seguro —interviene el de la barba entrecana—. Le llamará el Gobierno, así lo han hecho en otras ciudades, y es cierto que correrá mucha sangre...

—Eso es inevitable, amigo Terol, pero es un riesgo que debemos asumir. Lo importante es que no sólo el cuartel, también la Guardia Municipal nos apoya. Conque todo parece ya dispuesto: el capitán ha establecido el día y el lugar donde prender la mecha: en el Puñado de Trigo, este próximo miércoles a mediodía.... pero, ¿por qué torcéis el rostro, Herrero?

—Demasiado sencillo me parece todo... —dijo el tipo de aire enfermizo—, aunque no sé, quizás sean los nervios y la desconfianza propios de cuando se acerca el momento. —¿A ti también te lo parece, Terol?

—No sé lo que me parece, camarada, pero será mejor que bajes un poco la voz y no te dirijas a nosotros por nuestros nombres. Nunca se sabe. Igual detrás de esa pared hay escuchando un agente del Gobierno...

—Tienes razón —dijo el recién llegando, bajando un poco la voz, aunque no demasiado—. De todas maneras, pronto no será necesario tomar todas estas precauciones: nuestra victoria es segura, como me llamo Eloy Losa González. Ahora, amigos, tomad vuestros vasos y brindemos juntos: ¡por la libertad!

—¡Por la libertad! —respondió, casi por acto reflejo, el de la barba entrecana, es decir, Lucas Terol. El de aspecto tísico, Pablo Herrero, también se unió al brindis, pero en voz algo más baja y después de unos segundos de hacer señas, nerviosamente, a sus camaradas para que bajaran el tono. Nunca se sabe...

Se les va a los tres un buen tiempo fantaseando sobre los tiempos esplendorosos que aguardan al país en cuanto triunfe su causa. De noche ya cerradísima, dejan unas monedas sobre el mostrador, salen del local y, después de abrazarse a la puerta, se dispersan cada uno por una calle, en dirección a sus respectivas casas. El mesonero toma las monedas y queda un rato, pensativo, mirando ora el dinero, ora hacia la mesa que acaban de desocupar aquellos tres, la menos coja de las cuatro o cinco desvencijadas que tiene repartidas por su mísero local. Un local de luz escasa, olor mefítico y manchas de humedad en las paredes. Si tuviera siquiera fuese un par de monedas de oro para montar una taberna en otro sitio...

El mesonero, ya se ha dicho arriba, es hombre introvertido y de pocas palabras, poco amigo de meterse en problemas, y seguramente por ello es que los tres que acaban de marcharse confían en su silencio.

Cruzo una calle, llamada de la Divisoria, antiguo límite municipal. La calle Divisoria es larga, y hacia el final de ella, en el número 187, para ser exactos, vivió hasta el término de sus días (1962) Marina Melgar, equilibrista, la mayor estrella del circo nacida en nuestra ciudad... y podría decirse que en nuestro país. Una placa a la puerta de la vivienda recuerda sus días de gloria. En esta casa del número 187 tuvo la Melgar una vejez reposada y plácida, rodeada de los suyos, hasta su muerte dulce y casi sin sentir... Un final muy agradable y bucólico, en verdad, pero contradictorio con la vida en el filo del abismo que había llevado hasta entonces.

Hija de un farmacéutico, don Melitón Melgar, con comercio abierto en una calle del centro, cuarta de siete hermanos (dos de los cuales, una hembra y un varón, la pequeña y el mayor, fallecieron a temprana edad sin que los «específicos» del progenitor pudieran evitarlo), Marina fue educada en un colegio religioso. Allí mostró, ya de niña, una extraordinaria habilidad para, por ejemplo, saltar afuera y adentro de la goma y acabar pisándola con los dos pies, «entrar» a la comba en total derechura, o recorrer las líneas de la rayuela sin inclinarse un milímetro a un lado u otro.

Teniendo sólo doce años, una tarde que sus padres la llevaron, junto con sus hermanos, a una función del circo que acababa de llegar a nuestra ciudad, Marina de pronto tuvo claro que su vocación era ser equilibrista. Hasta entonces, sus paseos por el filo nunca habían pasado de dar la vuelta entera a los arriates de los árboles, pero esa misma tarde-noche en que, después de la función, retornaron a casa, el padre, a petición de Marina, siguiéndole el juego, tendió una cuerda, lo más tensa posible, entre dos árboles del patio. A un palmo apenas del suelo, eso sí. «Esto lo hago, hija mía, para que veas que no es tan fácil como parece». Pero entonces la niña, ¡epa!, se subió de un salto a la cuerda y caminó por ella con la mayor naturalidad. Los vecinos que habían acudido a observar cómo la mediana de los Melgar iba y venía con tanta soltura coincidieron en que aquella niña parecía haber nacido para funambulista... «Tonterías», dijo el padre.

Aquí un inciso: existe un estudio reciente del famoso oftalmólogo y paisano Jaime Bielsa sobre la base de las fotografías de Marina Melgar tomadas de frente. Fotografías en las que se aprecia, por cierto, que era una mujer no del todo fea, aunque también es verdad que no del todo guapa, una cosa así como en el medio. Pues bien; dicho estudio ha establecido que la famosa equilibrista sufría un trastorno visual; en concreto: un ligero estrabismo (o una bizquera, dicho sea a lo vulgar), con los ojos orientados hacia dentro. Esto hacía que toda su atención visual se sumiera en el punto que tenía justo enfrente, algo parecido a un «efecto pasillo» que la aislaba de cuanto hubiera alrededor y con ello la liberaba de la distracción y el vértigo. Sin duda, concluye el estudio del doctor Bielsa, esto explica sus asombrosas, míticas facultades para andar sobre el alambre.

Después del éxito en el patio de su casa, Marina decidió dedicarse al equilibrismo, aunque a mayor altura, que es donde parece adquiere verdadero mérito (aunque lo de andar por la cuerda, como en el patio de su casa, a sólo unos centímetros del suelo, tenga la misma dificultad, pero, por lo que sea, no goza del mismo reconocimiento). Su padre, que ya se ha dicho era farmacéutico y se llamaba Melitón, de lo cual se infiere que era hombre serio y con los pies en la tierra, trató de disuadirla, pero fue inútil. Cierto día que llegó un circo a la ciudad, Marina se fugó de casa y se enroló en él. Una vez entre la *troupe*, nuestra vecina causó la admiración de empresarios y compañeros al ver el desparpajo con que caminaba por el cable. ¡Y no sólo caminar! Los espectadores se quedaban extasiados al ver cómo Marina también se acuclillaba, se acostaba, se sostenía sobre un pie sólo, luego sobre el otro, saltaba a la comba y, lo que era sin duda su número más vistoso, andaba de rodillas por la cuerda. Pronto comenzaron a congregarse multitudes nada más que por ver a la renombrada equilibrista; y allá en la capital, donde meses después concluyó la gira, las hazañas de Marina tuvieron amplio eco en los periódicos, y hasta llegó a competir en popularidad y público con los toreros de la época.

Como era natural, tanta fama acabó traspasando fronteras y llegó a los oídos de uno de los hermanos Ringling, famosos empresarios estadounidenses. Los Ringling mandaron enseguida un ojeador a Europa para que confirmase si era verdad o no lo de esa española que, según decían, había desarrollado a tal extremo sus habilidades funambulistas que era capaz de bailar el *fox-trot*, cambiarse de vestido e incluso hacer *espagats* rodados sobre la cuerda.

«*It´s true. STOP. It´s true*», decía el informe telegráfico que mandó el delegado de los Ringling.

Marina fue invitada, pues, a viajar a los Estados Unidos, y vista por los Ringling en persona, enseguida pasó a formar parte estelar, y con un sueldo exorbitado, de la célebre compañía Ringling Brothers, Barnum and Bailey. Con ella recorrió todos los Estados Unidos y hacia ella se dirigían todas las miradas cuando actuaba en su famoso circo de tres pistas. En Nueva Jersey, se casó Marina con un faquir del circo, con quien tuvo sus buenos y sus malos momentos hasta que un día, al hombre, un sable que estaba tragando se le fue por el otro lado y falleció. Marina estuvo a punto entonces de caer en el desánimo, pero siguió adelante por sus hijos. Había tenido del faquir un varón y una hembra; el varón le salió rebelde, tarambana, y acabó abandonando el circo para instalar, en la peor tradición familiar, una farmacia en Boston; la hija, sin embargo, se mantuvo firme y establecida en la vida trashumante, si bien no puede decirse que hubiera adquirido, por herencia, las habilidades de la madre.

Cuando la Gran Depresión acabó golpeando el circo de los Ringling Brothers, Marina, que tenía ya casi cincuenta años y estaba mayor para el cable, decidió retirarse de la vida activa circense y, todavía en la cima de la popularidad, volver a su ciudad de origen, por la que sentía cierta nostalgia. La acompañó su hija, convaleciente aún de sus últimas fracturas. Una vez de vuelta en nuestra ciudad, Marina decidió montar un circo aquí, pero fuese porque los bolsillos de nuestros vecinos no andaban muy boyantes por esa época, fuese porque los números no eran de gran calidad, o fuese, simplemente, porque Marina, como decían muchos, «no tenía vista para los negocios», el caso es que su circo no acabó de despegar. Se mantuvo en la mediocridad, ni para un lado ni para el otro. Varias veces intentó la antaño famosa equilibrista salir con él de gira, incluso se planteó volver a América, pero siempre había una luxación, un esguince o un coma inducido de su hija que se lo impedían y la obligaban a estar a su lado. Así que al fin, Marina desistió e hizo estable el circo, hasta que poco antes de la guerra acabó por cerrarlo y se instaló en esta calle de la Divisoria, donde acabó sus días. No del todo rica, pero tampoco en la ruina. Con un mediano pasar. Aún hoy, en el número 187, una placa recuerda su figura: «Aquí falleció la célebre equilibrista Marina Melgar, famosa en medio mundo, aunque desconocida, todo hay que decirlo, en el otro medio».

Procedente del arrabal, me he ido internando de nuevo, casi sin querer, en los barrios bajos y entre las calles más antiguas. He llegado a la calle llamada «de los Acosta»; si recuerdas, lector, aquella familia algunos de cuyo miembros se llevaron presos los corchetes, azuzados por el fraile Santirso, de una casa de la calle Huertas.

Porque los herejes judíos se juntaban en esta casa a hacer conventículos contra nuestra santa fe catholica, el Santo Officio de la Inquisición condenó a derrocarla e asolarla. Reinando en España Philippo II e presidiendo la Iglesia romana Paulo IV. En 17 de junio de 1560.

Así rezaba el «padrón de ignominia» que la Santa Inquisición mandó colocar en esta calle, junto al número 8, en las ruinas de lo que había sido la mansión de la familia Acosta. Tras capturar, según se ha dicho, a algunos miembros, como a Blasco Acosta, la acusación de judaizantes se extendió a toda la parentela, que fue penada en el sangriento Auto de Fe del año 1560. Allí, en lectura pública, se ordenó derribar su casa solar, y no sólo eso, sino verter luego sal sobre el terreno, para que no volviera a haber construcción en el lugar. Después, se colocó el citado padrón y éste se mantuvo allí (aunque sin renovar y con las letras poco a poco borrándose) más de dos siglos y medio. El temor ancestral y supersticioso de los vecinos a contravenir las disposiciones del Santo Oficio, pese a hallarse todos convencidos de la inocencia de los Acosta y de la vesania de Pedro Santirso, les hizo no tocar el letrero, por si acaso. Hasta que en 1809, los franceses, al entrar en la ciudad, por orden del alcalde Juan de Montenegro, arrancaron el cartel y arrasaron con todos los símbolos de la intolerancia, quemaron los sambenitos que colgaban de las iglesias y soltaron a los presos (o mejor, al preso) que quedaba en la cárcel de la Inquisición. Esta calle, que se llamaba «de las Carboneras», pasó a llamarse entonces «de los Acosta», en homenaje a la infortunada familia conducida a la hoguera.

Una extraña leyenda rodea este lugar. Habiéndose quitado el cartel ignominioso, y vuelto a edificar en el solar, correspondiente al número 8, pronto empezó a correr el rumor de que, en el edificio, de noche, se escuchaban voces lejanas, parecía haber presencias lumínicas y se sentían gemidos lejanos, como de ultratumba... Todo ello ante el enfado de los sucesivos propietarios del edificio, que época tras época, generación tras generación, iban viendo cómo los inquilinos del inmueble a toda prisa rescindían sus contratos, o se marchaban directamente sin pagar. Ruidos, presencias, gritos, lloros... Hace pocos años, un programa televisivo se hizo eco de esta leyenda y mandaron al lugar un equipo de «científicos» (así se llaman a sí mismos, sin rubor), cargados de aparatos al parecer de medición. Los propietarios, al principio, se mostraban reticentes a que los periodistas entraran en la casa y difundieran su mala fama por el país, pero esta reticencia pronto se convirtió en colaboración al escuchar el frusfrús de los billetes. El caso es que los «investigadores» (me da bastante pudor llamarlos así) obtuvieron unos resultados dicen que sorprendentes: unas fotos movidas de algo que lo mismo puede ser una presencia que estuviera pasado el carrete, y unos sonidos a los que llaman psicofonías que si me dicen que el cámara no había comido y le sonaban las tripas, me lo creo como más probable. Sea como sea, el número 8 de la calle Acosta ha acabado por atraer una sucesión de curiosos y aficionados a estos temas que, en ocasiones, pagan una verdadera fortuna para que el propietario les deje pasar una noche en la casa... de la que salen al día siguiente contando unas experiencias tremebundas que, por respeto al lector sensato, prefiero no detallar y seguir caminando.

––– ––– –––

NOTA DE LA EDITORA X: Contra el escepticismo del redactor de esta *Guía breve*, que considera estas cuestiones «fantasmagóricas» risibles y estrafalarias, creo que la entrada dedicada a esta calle quedaría incompleta si no se ofrece noticia de lo que los equipos «dicen que científicos», como los llama el redactor, han descubierto y los programas televisivos «de misterio» se han encargado de divulgar. Buceando desde mi cama del hospital en Internet, encuentro que, según parece, fueron detectadas varias presencias, cerca de veinte, dentro de la casa, siendo las de mayor fuerza la de un hombre de mediana edad, que no encuentra el descanso eterno porque se halla atormentado por una idea fija, parece ser que la de cumplir una venganza, y en su furor a veces derriba objetos (con el consiguiente enfado del propietario de la casa). También se detectó la de una joven pura y delicada, que en ocasiones se muestra en forma de resplandor luminoso; y una presencia malvada, muy malvada, que es la que algunas noches se ha captado en las psicofonías suplicando «piedad, misericordia, piedad». Algunos de los que han pernoctado en la casa y que gozan de facultades de médium, dicen haber visto de pronto, justo después de esas voces sobrenaturales, un espectro en lo alto de la escalera con los ojos ensangrentados. Pero la aparición que, al parecer, más miedo causa, es la de una anciana que se muestra en forma de cadáver descompuesto porque fue extraído, dicen los médiums, por alguna razón, de su eterna sepultura...

— — —

No gritos ultraterrenos, sino reales y corpóreos (podría decirse, por provenir indudablemente de entes carnales), además de femeninos y jóvenes, se oían, según la leyenda, por el barrio por el que ahora transito desde principios de 1809 hasta 1814. Tras seis años en que aquellos gritos cesaron, hubo luego un rebrote en torno a 1820...

Si ajusto tanto en las fechas es porque éstas son clave; el 10 de enero de 1809 entraron los franceses en nuestra ciudad; poco después de esa fecha, fue cuando comenzaron a oírse esos alaridos aterradores que se expandían por las calles de este barrio que ahora recorro. Siguiendo su eco, el extrañado, el asustado, el curioso, acababa por toparse con el palacio de los duques de Montenegro, familia principal y la más adinerada por aquel entonces de nuestra ciudad.

A principios del xix, el palacio estaba ocupado en solitario por D. Juan de Montenegro, hijo único de los anteriores duques. Estos habían fallecido con poco tiempo de diferencia: él, por una súbita complicación digestiva; ella, por una repentina y accidental caída por las escaleras señoriales. A causa de ambas muertes, la mansión Montenegro había quedado (desde 1805, más o menos) en exclusiva para el hijo.

Cuando dije arriba que el palacio estaba «ocupado en solitario» por D. Juan quería decir, por supuesto, por D. Juan con su servidumbre, aunque ésta era en extremo reducida. De hecho, demasiado reducida para las posibilidades monetarias de un rico heredero. De sólo un lacayo, llamado Perico Bellas, que le servía desde antiguo y que le hacía de factótum, se servía el duque, y a todos parecía rara esta escasez de sirvientes. Sin embargo, y bien mirado, era coherente con las ideas del señor, porque D. Juan era un hombre de talante liberal, pese a su condición aristocrática; un personaje bastante adelantado a su tiempo en modales e ideas. El pintor Diego Sirvent, con quien coincidió en París en los tiempos de la Convención (pese a su título, D. Javier simpatizaba con los revolucionarios; aún más: se inclinaba del lado jacobino), nos lo pinta como un ferviente partidario del democratismo. De un Gobierno «sin más fines que la felicidad de la Nación, el bienestar de los ciudadanos, la elevación del pueblo llano y las clases más humildes», hasta alcanzar «el dorado sueño de una nación sin tiranía, sin privilegios arcaicos, un conjunto de hombres libres y dignos». Tales eran las expresiones recurrentes de Montenegro, según Sirvent.

«Yo os aseguro que a mi país, la supersticiosa España, pronto llegará la libertad. La tiranía está al caer. Los españoles aborrecen ya del servilismo y se expande la causa de la razón y el bien común entre los que un día serán llamados ciudadanos», gritaba, en francés, subido a un cajón, la barretina sobre la cabeza y en la pechera la escarapela tricolor.

En París residía un amigo de Sirvent llamado Tomás Papín. Dicho Papín estuvo carteándose con el artista cuando éste se hallaba en nuestra ciudad llamado por el Consistorio, para pintar el que luego sería célebre cuadro *Fiesta en la Ladera*. En sus cartas, Tomás informaba a su amigo de las novedades políticas que sucedían en Francia y a menudo se refería a D. Juan Montenegro (el cual se desprendía del aristócrata «de» nada más cruzar la frontera), con quien solía coincidir en las calles de la capital francesa. Al parecer, don Juan iba y venía de España a Francia con tanta frecuencia que apenas si paraba quince días en uno u otro lugar (según los más desconfiados, el duque estaba actuando como agente de Napoleón; aunque fuese apoyado en un emperador, luchaba por introducir en nuestro país el progreso para el pueblo llano). A esto, Diego Sirvent responde a vuelta de correo que, pese a esa identificación de Montenegro con el pueblo, él le había visto hacía sólo unos días pavoneándose en el parque de la Ladera entre la gente aristócrata, aunque disfrazada de plebeya. Cierto era, sin embargo, que debía de aborrecer en el fondo esa noble compañía, porque le había contado su lacayo, Bellas, que, entrada la tarde, ambos se habían marchado disimuladamente de la reunión y habían bajado hacia el Benayas en busca de «sorprender» (esa fue la expresión, literal, dice Sirvent, que usó el lacayo) a alguna de las lavanderas, «como otras veces». «Pero con ésta se ha excedido», dice Sirvent, extrañado, que concluyó el tal Perico. Y aunque el pintor quiso saber con más detalle a qué se refería el lacayo, y por qué, conforme soltó la expresión, había quedado apesadumbrado, el sirviente se cerró en banda y no quiso seguir hablando.

Cuando los franceses entraron en nuestra ciudad, en 1809, colocaron en el puesto de alcalde a Montenegro. Casi desde el primer día, se lanzó D. Juan a realizar medidas benéficas; la principal, el cierre de la antigua casa de la Inquisición, de donde liberó al último y solipsista preso. También mandó cerrar bastantes iglesias, desalojar monasterios y llevar a cabo obras públicas. Sin embargo, ni estas obras ni aquellas acciones fueron en su momento lo bastante apreciadas por el paisanaje, porque éste se hallaba más preocupado por los sobrecogedores gritos que, a poco de tomar el duque posesión de su cargo, comenzaron a oírse en medio de la noche provenientes del palacio Montenegro. Gritos, sollozos, chillidos como de jóvenes doncellas que les sobresaltaban en medio de la noche y ya no les dejaban dormir. Ningún vecino, sin embargo, se atrevió a inquirir por la razón, siendo D. Juan, amén de alcalde, gente aristócrata, de mucha influencia y con suficiente dinero como para buscar la ruina a cualquier preguntador. El vecindario se limitaba a aguantar con paciencia y entre murmuraciones, esperando el momento en que la vuelta del rey legítimo al Trono, que no podía tardar, acabase con tal gritería nocturna.

Estos gritos no concluyeron, en efecto, sino hasta el fin de la guerra con el francés, en que el palacio de Montenegro, y el barrio por ende, volvieron a conocer el silencio por las noches. Aunque un silencio denso, eso sí, porque los agentes del monarca reinstaurado peinaban las calles con mirada severa, vigilantes contra quien hubiese colaborado con el invasor. Nadie sabe por qué entonces no se largó Montenegro del país, como tantos otros de su cuerda, ni por qué no fue sacado de su palacio y represaliado, siendo al fin el que más lo merecía, por alcalde del intruso. Seguramente para que le dejasen en paz hubo de repartir bastante dinero entre los nuevos gobernantes. Comoquiera que fuese, en nuestra ciudad quedó D. Juan, discreto y podría decirse que callado, hasta que, de pronto, cambió la situación política. En el año 20, los liberales retomaron el poder y nombraron alcalde de nuevo a aquel veterano revolucionario. Entonces los alaridos volvieron a oírse durante un tiempo, sólo que esta vez, cuando las tornas cambiaron nuevamente y a Montenegro y los suyos les tocó las de perder, la gente ya se encontraba harta de no tener tranquilidad por la noche y de no poder conciliar el sueño...

—¡Viva el Rey! ¡Mueran los masones! ¡Abajo la libertad! ¡Cese el escándalo!

Armados de teas, los vecinos se dirigen en muchedumbre hacia el palacio Montenegro. Es hermoso, terrible pero hermoso, ver, de noche, esas luminarias temblorosas reflejarse en las cristaleras de los edificios junto a los que van pasando. Al fin, la multitud, congregada ante la casa del antiguo liberal, acaba por romper la puerta a hachazos, entra en tropel, se desparrama por los salones, tira los espejos, raja los cojines, vuelca varios muebles... De pronto, alguien grita «¡aquí!». Los asaltantes, reunidos en torno a la voz, quedan durante unos segundos extáticos, imantados ante el arranque de una estrecha escalera que conduce al subsuelo, como fascinados por la puerta de madera negra que se advierte al fondo.

Finalmente, el asaltante más impulsivo se sacude el estupor y comienza a descender, con cierta instintiva prevención. Le siguen otros, en fila, porque la escalera es estrecha. Descerrajan la puerta. A los pocos segundos, se oyen detrás de las maderas reventadas gritos, sonido de golpes, imprecaciones, maldiciones, ayes...

—¿Qué pasa ahí abajo? —pregunta, intrigado, desde lo alto de las escaleras, el que dirige a los asaltantes, y que unos dicen que por grueso y otros que por perezoso había creído oportuno no descender.

—¡Aquí están! ¡Los hemos descubierto! —anuncia uno de los asaltantes, sacando la cabeza por el cerco de la puerta.

—¡¡Subirlos!! —ordena del jefe de los asaltantes.

Quienes han bajado suben, al poco, a Montenegro y a su lacayo, Perico, a rastras, tomados de los hombros, y los arrojan a los pies del jefe. Luce el uno un ojo tumefacto, el otro muestra la mandíbula rota de un culatazo, y ambos rasguños innumerables.

—¡Ya os hemos pillado, cerdos! ¡Alborotadores! —dice el jefe, arreando sendas patadas a los que estén en el suelo.

—Señor, baje a ver esto —asoma la cabeza, desde el sótano, uno que ha quedado allí.

—¿Qué es? ¡Traerlo pacá!

—No podemos. Tiene que venir a verlo.

—¡Pardiez! ¡No, si al final voy a tener que bajar! —exclama el jefe, contrariado. Y en desahogo, antes de emprender el angosto descenso, arrea una nueva patada a los que están el suelo custodiados por sus hombres—. ¡Liberales! ¡Bulliciosos!

Cuando el jefe de los asaltantes entra en el cuarto, a la luz de las antorchas, ve sobre algunas mesas y colgados de las paredes pequeños y grandes látigos, varios azotes de verga de buey, guanteletes y mordazas de cuero, botas talonadas con espuelas, disciplinas diversas, collares de hierro...; en el techo, poleas de las que cuelgan sogas; en las paredes, argollas donde sujetar ataduras. En un rincón, hay un secreter de nogal, de cuyo primer cajón, al abrirlo, salta gran cantidad de grabados pornográficos; debajo, textos en francés (alguno en alemán). En los dibujos, se muestra a mujeres desnudas sometidas a suplicios. En el cajón de abajo encuentran velas, tenazas... Y por todas partes, restos negruzcos de sangre, manchas secas de distintos fluidos... En escasos días, el antiguo alcalde y su lacayo fueron colgados de sendas sogas por escandalosos, irreverentes, lascivos, masones, por supuesto, libertinos, impúdicos, obscenos, pornógrafos, sátiros y cerca de otro centenar de cargos que se le ocurrieron al Tribunal.

He dicho arriba que la de Montenegro es figura que suscita controversia, y esto es así porque hay quienes piensan que los cargos por los que se le colgó fueron inventados por los jueces. Como no nos han llegado los instrumentos, al parecer de tortura, que se hallaron en el sótano, y como los grabados pornográficos de alguna extraña manera se repartieron y diseminaron por entre los asaltantes, no hay, en efecto, nada material sobre lo que establecer si la condena se ajustó al derecho de entonces. Debido a ello, hay quienes sostienen que esta historia del gabinete encontrado en el sótano fue, en realidad, una mera excusa para colgar al duque por liberal y punto; y otros, es más, afirman no ser posible que un tipo tan altruista y amigo de las libertades, luchador contra la tiranía y propulsor de los derechos del hombre, y que tanto hizo por el progreso ciudadano, pudiera, al mismo tiempo, haber sido, como sugiere lo encontrado en el sótano, un torturador, un bárbaro, una fiera... Sencillamente, no les cuadra.

A propósito de los Montenegro, a cuento viene que efectúe aquí una parada en el paseo para entrar en una iglesia cercana a la mansión familiar: la parroquia de Santa Inglelisa, importantísima en la historia de la familia porque de ella surgió, podría decirse así: a rostro descubierto, la duquesa madre de don Juan, la mujer que, tiempo después, caería accidental y aparatosamente por la escalinata de la mansión. Pero esto ocurriría más tarde, y antes procede contar lo sucedido en el interior del templo el año 1783 y que hizo que la santa Inglelisa, a la que está advocado, cobrase fama de milagrera, aunque en verdad sólo se haya registrado por su intercesión un prodigio sobrenatural.

Es necesario indicar, antes de seguir con la historia, que la iglesia de la que estoy hablando se halla como encajonada entre casas, de tal manera que su interior suele estar bastante oscuro; no tanto, por supuesto, como el de la Catedral troglodita, pero pocos son los rayos de luz, y sólo a determinadas horas, que consiguen iluminar el interior. Dicho esto, es el momento de hablar de Sancha Carrillo, una mujer del vecindario célebre en dicho año 1783 porque, de gran belleza y no muy mala apostura, tenía, sin embargo, un detalle en el rostro que la afeaba mucho, y era que sobre su labio superior lucía un tupido vello («bozo» es el nombre apropiado, «bigote» el despectivo que le aplicaban los vecinos) que alejaba de ella a los pretendientes. Tal vez por ello, por estar destinada, a causa de su pelambre sobre el labio, a vestir santos, Sancha pasaba el día en esta parroquia de Santa Inglelisa, ayudando en las ceremonias, barriendo y fregando el suelo, adecentando la capilla...

Dicen que fue por agradecimiento a su dedicación que la santa, desde el Cielo, decidió premiarla. Cierto día de julio, 1783, en que Sancha estaba asistiendo a misa de once, sentada en su lugar de costumbre, la cara algo levantada hacia lo alto, los ojos cerrados, reconcentrada en la oración... un rayo de sol, entrando a través de un cristal tintado de la vidriera, cristal que le confirió al haz de luz un extraño color verde intenso, se posó en su labio. A ese calorcillo, tan agradable, Sancha quedó quieta y sin moverse un buen rato... Hasta que el sacerdote dijo el «*ite, missa est*». Entonces, levantándose ya los parroquianos para abandonar la iglesia, de pronto quienes estaban cerca de Sancha se la quedaron mirando, con la boca abierta. La mujer, ante aquello, se palpó el rostro, preguntando qué le ocurría a su cara que la miraban así, y en ese momento le pareció notar que tenía la tez toda limpia, incluso en aquella parte sobre el labio donde todavía notaba el calorcillo. Y pidiendo un espejo, se miró y al instante cayó desmayada.

—¡Milagro!, ¡milagro! —comenzaron a gritar los más cercanos cuando vieron el rostro de la mujer en el suelo totalmente limpio de bozo.

Como consecuencia de este milagro, la gente comenzó a acudir a la iglesia y muchos son los que, aún en la actualidad, pululan nerviosos por el templo, en espera de que la refracción de la luz en la vidriera, a cierta hora y en determinadas circunstancias, provoque aquel extraño rayo verde que despeluchó a Sancha. Entonces los parroquianos corren a ponerse debajo, los calvos sobre todo, porque enseguida se dedujo que los prodigios de santa Inglelisa no eran para lisiados, enfermos ni tullidos, sino que eran maravillas sólo de índole capilar. Sin embargo, sea porque la gente se pelea tanto por colocarse bajo el haz (en especial, los fieles más calvorotas) que ninguno logra estar mucho tiempo debajo sin recibir un empujón de quien también quiere ponerse, o sea porque el designio de la santa amparó sólo a su fiel sirviente Sancha Carrillo, el caso es que, aparte del de la mujer, ningún otro prodigio parecido se ha obrado en la iglesia hasta hoy.

Prodigio, el de Sancha, además, que le fue doblemente beneficioso, porque hallándose en misa el duque de Montenegro, cuya mansión estaba cerca y en la iglesia tenía establecido un oratorio particular, salió de éste al eco del porrazo, y al acercarse, curioso, al corro de gente en torno a la joven desmayada, viendo el rostro de ésta sin pelusa alguna, se enamoró de ella a tal extremo que, pese a la diferencia de clase, no paró hasta convertirla en su esposa. Por ello es que, desde entonces, las preces que los fieles dirigen a la santa comienzan de esta forma:

Santa Inglelisa, imploro tu ayuda,
tú que hiciste duquesa a la bigotuda.

Estoy retornando al centro de la ciudad bordeando el barrio, antes citado, de Luaces por su parte norte. Ya se ha contado cómo este distrito se hizo famoso por la eclosión musical de nuestra ciudad en los años 80, fenómeno que hizo olvidar al ilustre paisano, Esteban Luaces, por quien se puso nombre a este barrio. Para contar su historia, aprovecho que cruzo en estos momento la calle de Nardiz, el otro implicado (¡y de qué manera!) en el caso que voy a contar, para cerrar los ojos e imaginar...

...*Cro cro cro...* (sonido del crotorar de numerosas gaviotas)

Santander, año 1741. Un escalofrío científico sacude a las grandes potencias marítimas: Inglaterra, Francia, Holanda, y por supuesto, España. Todas estas naciones están organizando expediciones oceanográficas, fletando buques llenos de matemáticos, geógrafos, naturalistas... Se suceden las circunvalaciones de nuestro planeta para delimitar las latitudes, los grados, los minutos y segundos, tomar nota de los vientos, los pasos, las corrientes, así como de las poblaciones indígenas, sus costumbres, la calidad de sus tierras, con vistas a su cultivo o a establecer una explotación minera...

Cro, cro, cro... pasan las gaviotas entre los grandes mástiles donde se despliegan las distintas velas: foques, jarcias, trinquetes, mesanas...

Es 14 de septiembre y un navío, lentamente, se desliza para salir de la bahía de Santander. *Avizora*, luce en su costado. Desde el puerto, Sisinio Máuriz, xvii marqués de la Carrera, observa la maniobra con un pinzamiento en el corazón. Él hubiera querido estar a bordo de ese barco; sentir, en ese momento, la emoción de la partida y los primeros golpes de la brisa marina en el rostro. Aficionado, como pocos, a la náutica (prueba de ello es su cuarto de estudio en el palacio de Villacarrera, repleto de sextantes, astrolabios, brújulas y otros instrumentos de navegación), asiduo del Ministerio de Marina y amigo de grandísimos navegantes y científicos como Jorge Juan, Ulloa, o el mismo La Condomine, el marqués ha invertido un buen montón de dinero en financiar esa expedición y fletar ese navío; él mismo en persona se ha encargado de seleccionar al patrón, a los científicos que irán a bordo, de surtir las bodegas y hasta de enrolar a la marinería. Durante meses, ha ido descontando, con expectación, los días que restaban para hacerse a la mar; pero («¡ay!», suspira mientras el navío, desplegando velas, se pierde en el horizonte) una cosa es calcular coordenadas, rumbos y derroteros desde la comodidad de una mansión y otra pisar unas tablas bamboleantes... Al marqués desde siempre le han fascinado el mar y los buques, sí, pero en los grabados, o divisando el mar desde una loma costera: el puerto, la bahía y la inmensa extensión azul, pero nunca se había embarcado en maldito el buque. Por probar cómo sería, sólo una semana antes de la partida de la expedición subió a bordo de una pequeña corbeta para cubrir el trayecto de Santander a Gijón... y tuvo que hacer la vuelta en carruaje, afectado de un mareo devastador que incluso le originó fiebre. Impensable, en esas condiciones, partir en la *Avizora*, que ya no se distingue en el horizonte...

Cro, cro, cro...
Cro, cro, cro...

Qué lejos estaba D. Sisinio Máuriz de imaginar que su mareo le libraba de morir víctima de la más terrible muerte de todas: ¡¡comido por sus semejantes!!

Cerca ya de mes y medio hacía que la *Avizora* había abandonado el puerto de Santander, y casi dos semanas que había doblado el cabo de Hornos, cuando, a la altura de la isla de San Ambrosio, frente a las costas de Chile, estalló un motín entre la tripulación. En realidad, mucho estaba tardando, porque, como pronto se vio, la mayoría de los científicos que componían la expedición eran en realidad gente aventurera y maliciosa que (echando las pelucas y las casacas al suelo, y blandiendo los cuchillos) lo que querían era hacerse con el control del barco para llevarlo hasta Acapulco o a cualquier otra base de piratas y allí unirse a la hermandad de bucaneros.

Para apoderarse del barco, acuchillaron al capitán y amenazaron al resto de la tripulación con que seguirían la misma suerte si se les oponían. A esto, todos los demás del barco que no habían entrado bajo capa de científicos levantaron las manos y se rindieron... excepto dos. Dos personas, dos marineros, a los que el marqués de la Carrera había elegido precisamente por ser sus conciudadanos: Esteban Luaces y Cristóbal Nardiz, dos héroes de fidelidad y honradez, los únicos que se mantuvieron firmes al servicio de Su Majestad el Rey de España, también del marqués y de la ciencia. «¿Estáis seguros?», les insistieron los amotinados. «¡Siií!», respondieron al unísono. «¿Pero seguros seguros?» «¡Siií!», volvieron a contestar. Ante su rotunda respuesta, los amotinados dudaron, en un principio, qué hacer con ellos, si dejarlos secos allí mismo, sobre cubierta, de un hachazo, si hacerlos pasear por una plancha y arrojarlos al mar, o si subirlos a un bote sin remos y dejarlos a la deriva, para que el sol abrasador, la sed y el hambre acabasen con ellos.

Esto último fue lo que definitivamente hicieron. Una vez puestos a la deriva, Nardiz y Luaces, Luaces y Nardiz, entendiéndose prodigiosamente, remando con las manos, relevándose para dormir, consiguieron llegar hasta una isla desierta. Muy, muy desierta. Tras un rápido vistazo en torno, pronto concluyeron, ambos a la vez, que aquel islote minúsculo les ofrecía pocas posibilidades de sobrevivir. Árboles había pocos, y ninguno que diese fruto comestible; podían alimentarse, en caso de que consiguieran cazarlo, de algún insecto o algún reptil de los que de vez en cuando oían revolverse por los matorrales, pero eso poco sustento les proporcionaría; también podrían pescar algún pez o... *cro, cro, cro...* derribar alguna gaviota, pero eso precisaba de una paciencia infinita que, siendo sinceros, no creían tener. Así que, mirándose mutuamente, entendieron que sólo les quedaba una remota oportunidad de seguir con vida: el canibalismo.

—Duele decirlo —sentenció Luaces—, pero así es.

Sin embargo, como hombres modernos que eran y, aunque simples marineros, componentes de una expedición científica, decidieron ejercer el canibalismo si no quedaba otro remedio, pero eso sí, de una forma racional...

...Ordenada...

...Civilizada...

Cro, cro, cro...
Cro, cro, cro...

Más de dos meses estuvieron Nardiz y Luaces en aquel pequeño islote en medio del océano, hasta que, en febrero de 1742, les avistó un buque español que hacía la derrota entre Lima y Valparaíso y al que un pequeño temporal había desviado de su ruta. Aunque más que «les avistó», lo propio sería decir «le avistó», porque cuando echaron una barca al agua y llegaron a la isla, solamente encontraron una persona. La cual persona contó a sus salvadores lo que hasta aquí se ha dicho, y además de ello cómo los dos marineros habían llevado a cabo un canibalismo mutuo. Mutuo, sí, cuyo resultado era la persona que tenían enfrente: mitad Luaces, mitad Nardiz; o dicho de otra forma: mitad Nardiz, mitad Luaces...

Los del barco entre Lima y Valparaíso (y a la vuelta, entre Valparaíso y Lima) se quedaron estupefactos al oír aquel relato, y decidieron embarcar al/los náufrago/s y llevarlo/s a tierra firme, para que el virrey contemplase aquel extraño fenómeno. Y, en efecto, lo contempló el virrey, quien quedó maravillado y dispuso lo necesario para que fuese/n enviado/s a la península y lo/s contemplase el rey, y sus ministros, y por supuesto el marqués de la Carrera, quien, al recibir noticia de cómo su/s paisano/s, en comandita, habían sobrevivido, aprestó todo lo necesario para él mismo, en persona, ir a Sevilla a darle/s un abrazo nada más bajar por la pasarela.

Por desgracia, el marqués no llegó a hacer su viaje, porque el galeón en que volvía/n el/los náufrago/s fue asaltado por una escuadra de corsarios y todo el pasaje y la tripulación se hundieron en el mar, y con ello el secreto de la supervivencia de Nardiz y Luaces. El mundo científico, y el común también, se quedaron con las ganas de saber de qué manera se habían organizado...

Puesto a hablar de paisanos nuestros que destacaron en el Nuevo Mundo, es necesario que me refiera a Gonzalo Pacheco. Cerca de por donde camino se halla la plazuela que el Ayuntamiento le dedicó en su día. «A Gonzalo Pacheco, descubridor de tierra ignota», reza la placa a la entrada de la pequeña plaza.

Pacheco había emigrado a las Indias en busca de mejor fortuna y en el año 1510 le podemos encontrar, según los documentos, en la isla Española. Este año embarcó con Diego de Nicuesa en la expedición en que éste iba a tomar posesión del gobierno de Veragua, ya en Tierra Firme. Según el censo de embarcados, Gonzalo Pacheco era entonces alférez y estaba al mando de unos quince soldados, todos aguerridos, todos valientes, todos bien protegidos tras sus armaduras y deseosos de cambiar su suerte.

Llegados a Veragua, encomendó Nicuesa a Pacheco que, en compañía de sus hombres, se internara en la selva en demanda del pueblo de los tolcotelcas, que una lengua le había dicho tenían su poblado no muy lejos de allí. Se rumoreaba también que estos tolcotelcas tenían en sus chozas gran número de perlas y labores de oro. «Tolcotelcas, tolcotelcas», se fue repitiendo Pacheco el nombre del pueblo que tenía que conquistar, para que no se le olvidara. Seguido de sus hombres y a golpe de machete, ya le tenemos abriéndose camino por la espesura; una espesura tan tupida que, a las dos horas escasas de abrirse camino, al volver la vista atrás, no eran capaces de distinguir el campamento de donde habían partido.

Pernoctaron en la jungla y, al día siguiente, al ir a ponerse en marcha, observó Pacheco, con preocupación, que de sus quince soldados le faltaba uno. Atribuyéndolo a alguna trampa nocturna en que los indios, escondidos por las cercanías, le hubiesen capturado, ordenó a sus hombres que extremaran las precauciones; luego siguieron abriéndose camino selva a través, en busca de los tolcotelcas. A media mañana pararon, hizo Pacheco recuento de sus hombres y halló que sólo tenía doce; siguieron avanzando y a la tarde sólo nueve le quedaban. Ordenó Pacheco que extremaran todavía más las precauciones, pero, comoquiera que fuese, a la noche, cuando cayó el sol y llegó la hora de dormir, encontró que sólo seis soldados había, con él, en torno de la hoguera.

Se levantó apenas alborear, sobresaltado. Mirando en derredor, se encontró solo, sin hombres. Aun así, se levantó y siguió avanzando. Transcurridas unas horas, llegó a un claro de la selva y se topó entonces con un hombre sentado en medio de este claro, un hombre de cabellos largos, con el torso desnudo y los ojos cerrados, en actitud de estar reflexionando o durmiendo. Tenía pintadas la frente y las mejillas con largas pinceladas de barro rojo, trazadas con sus dedos; también el pecho y los brazos los mostraba así decorados; y en las orejas, las muñecas y los tobillos lucía abalorios de hueso. Echó Pacheco, casi por instinto, mano a la espada para ir a por él cuando oyó una voz que decía:

«Yo soy los tolcotelcas».

Asombrado, Pacheco se detuvo ante aquella voz que parecía haber resonado en su cabeza sin que, podría jurarlo, la figura que tenía enfrente hubiera movido los labios, siquiera abierto los ojos. Después cayó en la cuenta (y se asombró más todavía) de que aquellas palabras habían sonado en su idioma, sin necesidad de lengua que las interpretase...

«Siéntate», dijo la voz. Y Pacheco, obediente, enfundó la espada y se sentó frente al hombre.

—¿Dónde está tu pueblo? —le preguntó Pacheco

«Yo soy todos los tolcotelcas —respondió la voz—. El de Arriba no ha tenido tiempo, ni paciencia, para imaginar más.»

—¿Cómo «El de Arriba»...?

El hombre sentado abrió entonces los ojos y estos eran claros y emitían una especie de luz brillante...

«El Creador —dijo—; pero también el Sostenedor. Aquel que nos está ahora mismo imaginando...»

—No acabo de entender —se revolvió Pacheco, incómodo en la postura en que se había sentado.

El tolcotelca, o mejor, «los» tolcotelcas le explicaron a Pacheco que todo alrededor: el airecillo que entonces soplaba, la espesura en torno, incluso su propia existencia, la de Pacheco y la de los tolcotelcas, todo era producto del ensueño de un ser. Así lo había intuido el que estaba en el claro, tras largo tiempo de reflexión. Hasta el barco en que Pacheco había llegado, y sus años pasados en la Española, y la ciudad en que nació y de la que había partido, sí, pese a sus recios muros de piedra y musgo, y sus edificios del tiempo de los romanos, y las calles que resonaban al paso de las monturas, y las iglesias, y los conventos. Todo ficción. Y quienes por esas calles paseaban, hasta los corchetes y alguaciles, y hasta la lluvia o el viento que de vez en cuando las azotaba, e incluso el olor que a veces se expandía por el ambiente... todo ello provenía de una sola imaginación que juntaba las palabras para construir el mundo. Una imaginación poderosa pero que, sin embargo, ignoraba que, sentado en aquel claro, los tolcotelcas, el tolcotelca, como único medio de persistir, estaba en aquel momento esforzándose por invertir la situación. Por imaginar que el Creador no era en realidad un ente, una existencia, sino un producto de la imaginación tolcotelca. Que si estaba redactando era tan sólo porque así se lo figuraba el hombre del claro...

...Dijo mientras, de pronto, se abrían sus ojos desmesuradamente y de ellos surgía una luz brillante como este relator no es capaz de describir.

Asustado, Pacheco se levantó y echó a correr, fuera de la espesura. Enseguida llegó donde estaba el gobernador, en expedición por la costa en busca de riquezas, y le contó lo ocurrido.

—¿Cómo que somos ensueños? —se palpaba Nicuesa—. ¡Pardiez, ¿qué sandez es esa?! ¿Dónde están sus hombres, alférez?

Logró Pacheco eludir el pronto airado, y asesino, del capitán. Admitió que todo en su relato podía deberse a haber inhalado, o comido, durante la expedición algún fruto de apariencia como los de Castilla, pero en verdad estupidizante; y que la pérdida de sus hombres podía estar causada por «brujerías de indios». De todas formas, y aunque no lo degollase allí mismo, Nicuesa mandó a Pacheco, en el primer barco que pudo, a La Española, y de ahí le retornaron a la península, donde, oído su relato, le internaron en una casa de salud. Aquí concluye la historia de Pacheco. Poco queda decir salvo una mera y leve curiosidad, y es que a veces le ocurre a quien pasa por la plazuela que lleva su nombre que le inunda esa extraña sensación de quien se siente observado, y entonces es común que se pare en medio, mire hacia todos lados sin encontrar a quien pueda tener los ojos fijos en él, y luego siga caminando con cierta prevención. A los últimos metros, es posible que acelere el paso y salga de la plaza rápido. No es agradable, todos coinciden, cruzar por allí...

———

NOTA DE LA EDITORA X: Al leer estas últimas páginas, confieso que me ha entrado curiosidad por saber qué de extraño puede ocurrir o puede sentirse en la plaza citada, y de no estar postrada en esta cama a buen seguro que iría a dar una vuelta por allí. En Wikipedia he leído, en un pequeño artículo, que se siente la sensación como de no ser, y me pregunto (mientras me palpo, y toco mi pierna escayolada, y miro a mi alrededor la habitación del hospital) cómo demonios puede ser esa situación. Así que me apunto en la agenda del móvil, para cuando pueda volver a caminar, aunque sea con muletas: pasarme por la plaza de Gonzalo Pacheco; atravesarla, además, muy despacio, esperando esa desconcertante sensación...

———

Acabo de cruzar la calle Planchadoras; al fondo de ella, la entrada al barrio de Luaces, ya citado varias veces, famoso por la llamada «eclosión musical». En la crónica de esta época, años 80 del siglo xx, la calle Planchadores, y en concreto el número 45, jugaron un papel fundamental. Si para narrar, en páginas anteriores, cómo era el barrio entonces, me serví de una entrevista con David Molina, «Moulinex», cantante, músico, escritor, ilustrador, uno de los protagonistas de aquellos días, para intentar dibujar qué fue y qué representaba este número 45 de Planchadoras, frente al cual me acabo de situar, echaré mano de una entrevista que la cantante Fuga Rubio, «Cuarzo» en la época, concedió bastantes años más tarde de lo narrado (en 2006) no a una revista del sector musical, sino a un *magazine* generalista, porque, de pronto, y en otro de los cambios bruscos del gusto del público, aquel tiempo tan lejano, Luaces años 80, tan lejano que ya casi parecía irreal, se había puesto de moda.

En esta entrevista, tras una breve introducción en que el entrevistador se vanagloria de haberla rescatado del olvido, Fuga Rubio, «Cuarzo» (vocalista que fue de varios grupos; en especial de La Agencia Pinkerton, banda con la que un par de veces llegó, como se decía en la época, «a lo más alto de las listas»), describe lo que se encontró la tarde en que, no siendo aún famosa, sino una adolescente que acababa de llegar a la ciudad con la intención, o más bien la excusa, de estudiar una carrera, unos compañeros que «estaban ya en el rollo» la invitaron a acompañarlos al número 45 de la calle Planchadoras, en cuyo ático se habían instalado cuatro jóvenes estudiantes de Bellas Artes.

O algo parecido.

«Ya detrás de la puerta se podía escuchar —recuerda "Cuarzo" en la entrevista—, aunque atenuada, una música que yo no había escuchado nunca, unos ecos de batería y de guitarra como, desde luego, no se estilaban en la radio-formula. Cuando uno de los estudiantes, Paco, nos abrió, mientras daba dos besos a aquellos amigos míos que le conocían y yo esperaba a que me presentasen, me llegó aquella música "distinta" con mayor claridad, y por encima de su hombro entreví la casa. Estaba pintada con unos colores, y decorada con unos cuadros y unos posters como yo no había visto en mi vida. Luego, dentro, había unos tipos que también me parecieron de lo más singular, estrafalarios algunos como, según las fotos de las revistas, se vestía en Londres.

»Aquella gente pululando por allí, y esa música extraña, y esa decoración insólita, y los grupos que se formaban de gente, y las risotadas a todo pasto... Mi primera impresión, si te soy sincera, fue que, de pronto, había aterrizado en otro planeta. Pero enseguida advertí que la clave estaba en no asustarse, ni coartarse, aunque fueras una adolecente. Es más, cuanto más joven, mejor; menos prejuicios, se suponía. Allí, por primera vez, ¿te lo puedes creer?, vi besarse a dos chicos, y también vi cómo dos chicas se metían, de la mano, en una habitación... ¡Y no llevaba en la casa más de cinco minutos! Todo era natural, todo era divertido. Y, sobre todo, se hablaba... Se hablaba a raudales. La peña parecía estar loca por contarse cosas. Este grupo de aquí hablaba de modas, aquél de música, ese otro de pintura. Recuerdo que me senté en un sofá junto a unos tipos que charlaban de libros y que decían estar "¡hartos ya!", con una indignación vivaz y alegre, de esas novelas de lenguaje rebuscado y llenas de adjetivos que sucedían en pueblos mesetarios y que acababan en tragedias tremebundas entre tipos llamados Indalecio, Acisclo o Eustaquio, "que cuando no acaban forzando a su hija disminuida, se follan a las gallinas; ¡vamos, ya está bien!"».

»Y te reías a carcajadas, porque lo cuestionaban todo, y no estaba prohibida la frivolidad ni la *boutade*, y todo *funcionaba*. Aquella noche, sin ir más lejos, me junté a uno de los grupos que hablaba de música, me preguntaron si yo cantaba, les dije que había estado en el coro de las Salesianas y para ese mismo lunes me invitaron a ir a hacer una prueba en el garaje donde ensayaban. Y allí fui y, a partir de entonces, vino todo rodado. Así de sencillo.»

El periodista interrumpe aquí a «Cuarzo». Es inevitable preguntarle por las drogas que, es fama, abundaban en el 45 de la calle Planchadoras. «Pues sí —responde Fuga Rubio—, sí. Naturalmente. Drogas, cómo no, claro que las había. Es más, nos parecían necesarias, una forma de marcar todavía más la diferencia. Las tomábamos con orgullo, y las había de todas clases: desde hachís hasta dexedrinas, desde coca hasta rohipnoles. Por allí corría de todo y había que probarlo todo; lo único que nos daba un poco de palo, ya sabes, por aquello de las agujas, era la heroína inyectada, pero como decían los de mi grupo: "todo es ponerse". De todas formas, no quiero que nadie piense que a Planchadoras 45 la gente iba sólo a colocarse; que sí, que también se colocaba, pero *no sólo*. Es más, en un principio los cuatro estudiantes del piso eran de lo más reacio que había al desparrame; enseguida te dejaban claro que si estabas allí nada más que por *ponerte*, estabas de más. Allí el rollo, ya te digo, era hablar, contarnos cosas, tener ideas... y siempre en tono divertido, tirando a frívolo, desenfadado... ¿cómo contarte?

»Fueron tres, quizás cuatro años, de diversión a tope. La gente que estábamos en el rollo salíamos de marcha por el barrio de Luaces e infaliblemente acabábamos en

Planchadoras 45; por allí pasaron todos los de la ciudad que entonces eran algo, o aspiraban a serlo, no sólo en la música. Te podría decir muchos nombres, pero quien más me impactó en su momento fue María Aylagas, Mary Lay, que andaba por allí en principio tan asombrada como yo y a quien metí en nuestro grupo al principio para que se soltara haciendo coros; o Encarni, "Charni", una chica a la que ya nadie recuerda, que quería ser actriz y que tenía la piel más suave que nunca he tocado, y el rostro más dulce que nunca he visto...»

Aquí el entrevistador, ignorante o prudente, no ahonda en la «casualidad» de que las dos figuras de esos días más recordadas por Fuga Rubio sean, ambas, mujeres. O no conoce, o prefiere obviar, la fama de homosexual que siempre acompañó a la cantante de La Agencia Pinkerton. En su lugar: «Luego todo se fue disgregando», apunta...

«Supongo que fue inevitable —continúa Fuga Rubio—; empezamos a tener, quién más, quién menos, nuestros bolos, nuestras actuaciones, incluso nuestras giras; otros hasta montaron exposiciones, primero aquí y luego fuera. Charni, de quien te he hablado, comenzó a rodar películas. Sí, nos diseminamos por ahí, triunfamos fuera, y a la vuelta...»

Según el entrevistador, «Cuarzo» hizo una pequeña pausa, como si le costara seguir. Pero, tras ese momento de silencio, continuó:

«Entre unas cosas y otras, giras, conciertos, grabaciones y promoción del disco, yo llevaba cerca de dos años fuera de la ciudad. Cuando volví, venía bastante "tocada": por el cansancio, por la convivencia con la banda, por los mil sapos que te tienes que tragar para estar arriba y darte cuenta entonces de que eso no arregla nada... También había empezado a perder el control sobre mi consumo y empezaba mi época, yo la llamo así, sucia. Lo primero que pensé, al llegar a la ciudad, fue ir a Planchadoras 45 por si, de algún modo, no sé cómo, podía volver a empezar desde el principio. Y lo que me encontré fue desolador. Si cuando yo me fui la norma era el antidesfase, en esos pocos años el desfase se había apoderado de todo: Paco y Guillermo [otro de los cuatro estudiantes de Bellas Artes] estaban en la cárcel: los «estupas» [policías de estupefacientes] los habían trincado con no sé cuánto material, pero mucho [Paco, de hecho, no saldría nunca de presidio: moriría en una reyerta con otro recluso]. Y entre quienes quedaban y aún pasaban por la casa no había... en fin, ya muchas ganas de hablar. Tampoco risas: de qué coño iban (íbamos) a reírnos un puñado de yonquis. Mary Lay ya estaba con su banda, Las Ovejas Negras, y todos sabéis el trágico fin que tuvo; Charni se había liado con un productor, y la había dejado en la calle, tirada por completo, y ese mismo año, una madrugada, amaneció muerta de sobredosis en una casa abandonada. Todo, de pronto, se había vuelto negro...»

Con mucho tacto, el entrevistador deja aquí el tema, y anima a Fuga Rubio, quien, bien es cierto, tras aquella larga noche parece haber rehecho su vida... «Cuarzo», o por mejor decir: Fuga Rubio, ensaya una sonrisa:

«Sí, es verdad. Parece que las cosas se enderezan. Lo único que lamento es no haber tenido hijos, pero llevo ya tiempo, mucho tiempo, limpia, y sin ninguna gana, definitivamente, de volver atrás. El año pasado me concedieron un piso, y hace apenas un mes, al cumplir cuarenta y cinco, me hicieron fija indefinida, como celadora, en el Hospital Municipal...»

Y en este punto acaba la entrevista del *magazine*.

———

NOTA DE LA EDITORA X: ¡Vaya casualidad! Levanto la vista del libro y le pregunto a una de las mujeres que vienen a hacer la limpieza de la habitación si conoce a una tal Fuga, celadora en el Hospital. Me gustaría hablar con ella, por si pudiera ampliarme, de primera mano, alguna de las cosas que aparecen en el libro. La limpiadora me responde que con ese nombre hay varias empleadas. Fuga Rubio, le puntualizo, fue cantante... trato de ampliar, pero ya se ha situado con el apellido y me responde «sí, hubo una hace tiempo...» mientras baja la vista...

La limpiadora me cuenta entonces una historia que quizás más adelante traiga a uno de estos márgenes, para completar el libro de Baquero. Aunque no sé si debo, en realidad. De momento, y en lo que tomo una decisión, vuelvo al 45 de Planchadoras, frente al que se ha plantado Miguel antes de seguir camino...

———

Me paro a echar un último vistazo al edificio. El ático que un día habitaron los estudiantes de Bellas Artes lleva ya casi dos décadas cerrado, y retrocediendo un poco desde el portal y mirando hacia arriba, se pueden ver los restos de un toldo, una deshilachada banderola verde que se agita en los días de viento...

187

Pero no es momento de ponerse triste, porque por una calle perpendicular a ésta de Planchadoras podemos salir a la plaza del Fuero, la más amplia y soleada, quizás, de la ciudad, y escenario habitual de sus festejos. Aquí, a esta misma plaza, dicen que llegó, gozoso, el rey cristiano en cuanto le anunciaron el derrocamiento del muro y conquista de la ciudad; a su lado, orgullosos, el alférez Máuriz, convertido en marqués de la Buena Carrera, y el caballero de Muchacota, a quien, como premio por la rendición de la ciudad (aunque poco, en verdad, y detrás de muchas capas, había intervenido en ella) se había dado su peso en oro.

Cuentan que, apenas llegar aquí el monarca y descabalgar, preguntó por el soldado que había colocado la catapulta y hecho el disparo que había agujereado el muro. Ante su real presencia, entonces, se postró con mucha humildad un soldado a quien el monarca hizo levantar y dijo ante todos, y delante de sus escribanos para que lo anotasen en sus libros, que de ahí en más le concedía el señorío de Vayatino, con una gran asignación de tierra y rentas, para sí y sus herederos.

Antes de seguir adelante, debo decir que, de los tres títulos que llevamos concedidos en aquella gloriosa jornada, sólo el de la Buena Carrera, o de la Carrera a secas, sigue existiendo y reproduciéndose a día de hoy. Los otros dos no tuvieron tan larga vida y extensa progenie. El apellido Muchacota ya se ha visto cómo acabó extinguiéndose y fue cubierto por otros a las pocas generaciones. El de Vayatino quedó extinguido en aquel mismo artillero al que se lo concedieron, quien no acertó a mantenerlo lo suficiente para legárselo a algún sucesor. El mérito que había obtenido con el tiro de la piedra lo dilapidó (¿cuándo mejor dicho?) en compañía de amistades mal escogidas, con

188

las que entró en malas andanzas, broncas, pendencias... Se hizo asimismo asiduo a los vicios de taberna y a las mujeres perdularias. Como bien dice en este punto Salvador de Oriz, en el estilo inconfundible de su *Chrónica cibdana*, «al fin fin, ge lo gasstó en putas». Con lo que, en menos de treinta años de ser fundado, al morir el artillero en oscuras circunstancias a la salida de un burdel, el título llegó a su fin.

Pero esto, entonces, el capitán Osorio, jefe de las tropas que habían rendido la ciudad, no lo podía saber. Él esperaba que, después de aquellas mercedes del monarca, y nombramientos nobiliarios, a él le correspondería uno todavía mayor; no en vano, le había sido encargado rendir la plaza y lo había hecho en un tiempo no conocido en historias modernas ni antiguas. Así pues, aguardaba expectante el momento el que el rey cristiano derramara sobre su cabeza un número nunca visto de loores y galardones. Entretanto esperaba, Alfonso el Octavo dio a la villa conquistada, en agradecimiento, título de ciudad y un fuero, que es el que celebra esta plaza, o ley local donde se recogían una serie de exenciones a la ley común. Exenciones tales como que sus naturales pudieran marchar tan ufanos por las calles con espada o daga al cinto, con independencia de lo que estableciese el regidor; pasear a caballo o en carroza libremente, sin hacer caso tampoco de lo que el regidor dispusiera; e incluso miccionar contra los muros del castillo donde el regidor moraba, sin que éste fuera quién para prohibírselo. Una vez dictado este fuero, o conjunto de privilegios, entonces sí, el monarca se dirigió al capitán y le nombro solemnemente regidor perpetuo de la ciudad.

Largo tiempo había estado nuestra villa en poder de los árabes. En 715 entraron en ella, llamados por el pérfido Gosubando, *comite* que esperaba por mano extranjera recuperar el poder perdido en el hecho de la Controversia. Los árabes, sin embargo, tanto aquí como en el resto de la península, lejos de devolver el poder a los condes rebeldes, se quedaron con él, y desde 715, pues, hasta 1210, estuvo nuestra ciudad en manos musulmanas. Cerca de esta misma plaza del Fuero se alzaba el palacio «del Almojarifazgo», en el que residía el gobernador. Este palacio fue construido por Ibn Zulica, el mismo que proyectó la muralla, y aunque de apariencia formidable, estaba hecho en realidad con yeso, escayola, ladrillo, y era bastante frágil, como se demostró cuando, a la entrada de los cristianos, y para indicar que aquella pasaba a ser la morada del regidor, un soldado fue a clavar un cartel a la entrada del palacio. Del primer martillazo, se vino abajo buena parte del muro, en la zona donde estaban los aposentos, por lo que el regidor hubo de apañarse, entretanto los albañiles cristianos volvían a levantar las paredes, con un lecho de tijera en el suelo donde dormir, apartado, además, de los muros, donde los naturales habían tomado por costumbre, ya que no podían decirles nada, ir a miccionar. Poco tiempo después de esto, fueron cayendo otra estancias, desmoronándose los arcos, cediendo los techos....

Transcurridas apenas dos décadas desde su desalojo, podía decirse que la ruina del palacio era total, y a final de siglo apenas si quedaban del Almojarifazgo unos cascotes, una pilastra y media ojiva. Hoy, en definitiva, ya no queda ningún resto de la estancia árabe por nuestras calles, salvo estos versos del poeta andalusí Al-Hazamín, que visitó nuestra ciudad poco antes de su caída, vio el Almojarifazgo y en su poema *La noche* se lamenta de tantos objetos de valor como cambiaron de manos con la toma de la ciudad por los infieles:

Ya llora el almojarife
tantas riquezas perdidas;
las fuentes y surtidores,
las estancias, las alfombras,
los cojines, las vajillas...
que ya no habrá ante su vista.

Ya llora el almojarife
tanto como se perdió,
incluso aquello que otrora
como un estorbo miraba:
las sillas descuadernadas,
las camas cojas, e incluso
llora por aquel gran mueble
incautado a los cristianos,
siempre en medio del pasillo,
siempre pendiente de abrir.

Ya llora el almojarife
la ciudad que se ha perdido
por una sola pedrada;
llora último de sus hombres
eixiendo de la ciudad.
.

© de la traducción: Antonio Altrán. *Las 101 mejores poesías andalusíes,* editorial Zigurat, Málaga, año 2001.

Me encuentro, he dicho arriba, en la plaza del Fuero, del Fuero, y no «del Fuego», como aparece en algunas guías, aunque es verdad que fue en esta plaza donde el mismísimo regidor de la villa, aquel infame Osorio, «nuevo Nero», inició por su propia mano, «anno de 1214», el fuego devastador que acabó prendiendo en la mayor parte del caserío. En la leyenda popular, se nos pinta a este primer alcalde cristiano contemplando desde un balcón las llamaradas con una gran sonrisa, mientras grita, de hacer caso a la *Chrónica cibdana* de Salvador de Oriz, «venid agora, viles, venid a miar». «Del Fuero», insisto en que se llama esta plaza, y no «del Fuego», pese a que algunos años después, reconstruido el lugar y empedrada la plaza, aquí fue donde se celebraron los Autos de Fe de la Inquisición, y en especial aquel solemnísimo en que se condenó a la hoguera, junto con un buen número de luteranos, a toda la familia Acosta, por judaizantes.

15 de junio de 1560. Nunca antes se había visto en el Fuero (y quizás, ¡ay!, no se vea más) tamaño despliegue de actividad y colorido. Desde varios días antes, los carpinteros se afanaban en la construcción de diversas tarimas, púlpitos, gradas para los penitentes, así como un corredor con suntuosos asientos de terciopelo para que en ellos se instalase el representante real junto con otros caballeros principales, sus damas y servidumbre. Aquí y allá, se habían dispuesto reposteros en dosel para proteger a los relatores y ministros del Santo Oficio del impacto del sol; y donde iba a congregarse la multitud, se habían extendido toldos de anjeo soportados por palos con que se defendiese de la insolación. Un pregón, echado el día antes por todas las plazas de la ciudad, anunciaba que hasta el anochecer siguiente quedaban suspendidos los privilegios seculares de andar armado o

a caballo, en previsión de que los partidarios de los reos pudieran formar algún alboroto.

Con dos o hasta tres noches de antelación, quienes querían asistir al espectáculo habían dormido arrimados a los soportales, o al raso, para asegurarse un buen puesto cuando se permitiera acceder a la plaza. Se rumoreaba que algunas eminencias eclesiásticas y familias principales, con derecho a asiento en la plaza, habían hecho negociejo pretextando una indisposición de última hora que les impedía asistir al Auto y habían arrendando acto seguido la localidad a que tenían derecho por diez o doce reales de vellón (20 en concreto, se murmuraba en el caso de los cuatro miembros de la familia Hurtado). Con estos chismorreos, la gente entretenía la espera hasta la mañana del gran día.

A las seis, apenas alboreó el sol, y mientras las campanas doblaban en todas las parroquias y conventos de la ciudad, se abrieron las puertas y la multitud entonces, gritando y a la carrera, procedió a precipitarse en el recinto, con especial prisa para ocupar los primeros puestos. Al poco, comenzó el gran espectáculo con un sermón cercano a las dos horas del obispo electo Rvdo. Padre Gil de Toledo, quien estuvo arengando a la multitud que le escuchaba, absorta. El sentido de su homilía podría resumirse en estos términos: que no se hicieran luteranos ni judaizantes o acabarían muy mal. Tras esta sentida prédica, el arzobispo Vergara, acompañado del inquisidor principal y de un escribano público, tomó juramento al representante del rey, quien reafirmó su defensa de la fe católica y que descuidase la gente, que seguirían persiguiendo a herejes y apostatas allá donde se escondieran, a lo que respondió la concurrencia con un gran clamor. Luego de esto, entraron a los penitenciados.

La procesión la encabezaba el segundo inquisidor general, que marchaba portando una maza, símbolo de autoridad. Tras él, un mozo sosteniendo en alto el pendón del Santo Oficio. Seguían a estos los penitentes, flanqueados por guardias y entre un pasillo de público que les denostaba; primero los acusados de luteranismo, luego los judaizantes, portando todos ellos velas y cruces verdes en las manos, descalzos y vestidos con el sambenito. Los que iban a ser azotados, marchaban con sogas gruesas al cuello; los otros, y otras, a quienes iban a quemar, lucían una caperuza en la cabeza en que se habían dibujado llamas. Inmersos entre el grupo iban también varios religiosos, exhortando a los penitentes al arrepentimiento, así como diversos familiares de la Santa Inquisición, entre los que destacaba el fraile Santirso, a quien los espectadores señalaban como el que había descubierto toda aquella caterva de luteranos y judíos. Cerraban la comitiva varias efigies de quienes habían conseguido huir al extranjero o permanecían sin capturar, el cadáver de una mujer que, en la cárcel de la Inquisición, se había suicidado arrojándose de cabeza contra un muro, los restos también de un hombre que había fenecido en el potro, y por último, en una caja, los huesos de una anciana, al parecer abuela de los Acosta, que se habían mandado desenterrar.

Una vez se acomodaron los penitentes en las gradas que les habían dispuesto (separados judaizantes de luteranos, a petición de éstos, que consideraban a los judíos «facinerosos, impíos y blasfemos»), se procedió a dar lectura a las penas por parte del escribano público. Primero, los acusados de herejía protestante, punidos casi todos por negar el purgatorio, error en el que los había hábilmente descubierto aquel sagaz Santirso a quien señalaba la gente, y por confiar sólo en el beneficio de Cristo y no en la intercesión de los santos. Estos herejes fueron condenados de la siguiente forma:

—cinco de ellos, ministriles (es decir, zapateros, albañiles, curtidores... de poco más o menos categoría), fueron entregados al brazo secular, para ser quemados. Visto, no obstante, el arrepentimiento y contrición con que acogieron la sentencia, los señores calificadores les concedieron la gracia de morir a garrote y que sus cuerpos, después, fuesen colocados en la pira.

—por igual delito, cinco clérigos, de mayor o menor consideración, fueron condenados a cárcel, hábito perpetuos y confiscación de bienes.

—ítem, por igual delito, dos religiosas fueron penadas con azotes, hábito perpetuo, penitencia de silencio y que en el convento no tuviesen voto activo.

—dos oficiales de obra mayor fueron condenados a confiscación de bienes y obligación de oír misa y sermón todos los domingos, así como a comulgar a diario y guardar los ayunos correspondientes.

—don Fausto Máuriz, xi marqués de la Carrera y al que le había dado por cuestiones teologales, fue condenado a no usar sedas, oro, plata, caballos, joyas o cualesquier otro atavío propio de los caballeros, y a no ser retratado nunca como ellos, ni de frente ni de perfil.

El rigor de estas quince sentencias, con cada una de las cuales se estremecían los espectadores, vino a incrementarse cuando llegó el turno de los judaizantes, grupo compuesto en su totalidad por la familia de los Acosta: hijos, sobrinos, primos, tíos, y hasta la abuela, madre del cabeza de familia, a la que, como se ha dicho, habían ido a desenterrar para que compareciese en el Auto y cuyos huesos eran los que cerraban el cortejo. A todos ellos, catorce, se les leyó la misma sentencia general: muerte en la hoguera, donde serían quemados vivos, sin posibilidad de que, por medio del arrepentimiento, se les diera garrote antes de ser atados al palo.

—Cúmplase la sentencia... —iba a decir el representante del rey, pero como vieron todos que Blasco Acosta, el cabeza de familia, hacía gestos y ademanes de hablar al público, creyendo que iba a retractarse públicamente de sus errores y pedir perdón a Dios, callaron. Entonces, en medio del silencio, el cabeza de los Acosta dijo:

—Juro por cuanto es sagrado que en el plazo de quince días, maldito Santirso, he de encontrarme contigo entre los muertos.

Pronto le forzaron a callar y los oficiales ordenaron se le pusiera una mordaza, con la que marchó camino del quemadero (de igual manera que, años después, igualmente amordazado porque, encima, era muy aficionado a las blasfemias, marcharía Cosme Rincón, el mayor truhan conocido). Además, y por pertinacísimos, se añadió a la pena contra los Acosta derribar todas las casas que la familia tuviese en la ciudad, esparcir sal sobre sus ruinas y colocar en ellas un padrón de ignominia. Una vez leído esto por el escribano, fueron entregados los diecinueve reos, hombres y mujeres, a los que se iba a quemar (todos los Acosta más los ministriles luteranos) a los alcaldes ordinarios, para que fuesen conducidos al lugar señalado.

Tal lugar no se hallaba muy lejos de la plaza. En concreto, era la plazuela hoy conocida como «de la Cruz Verde», porque una cruz verde, emblema de la Santa Inquisición, encabezaba las procesiones de quienes iban a ser ajusticiados. Precedidos del estandarte, los alguaciles y corchetes iban detrás arrastrando a los reos, entre un tumulto de gente que, por lo común, los insultaba (a los culpados, se entiende, no a los corchetes), les arrojaba lodo y hasta pugnaba por agredirlos. Llegados al lugar, en cuyo centro se alzaba una pira, los tales corchetes colocaban a los reos sobre la leña y los ponían en disposición.

Según las crónicas, ese 15 de junio de 1560, a eso de las cinco de la tarde, se prendió la pira y en ella murieron los diecinueve condenados mostrando diversos grados de desesperación. Blasco Acosta, sin embargo, y según parece, pereció callado, con los ojos cerrados tras el bozal; su hija Leonor con la mirada en lo alto y apenas sin moverse, ante la mirada del inquisidor Santirso. Consumidos los cuerpos, fueron saliendo de la plaza, en fúnebre comitiva, los señores principales, luego los eclesiásticos... Por último el pueblo fue poco a poco desalojando el lugar, mientras los ministriles del Concejo retiraban las cenizas...

Cosme Rincón fue el último reo a quien se quemó vivo en esta plaza de la Cruz Verde cercana a la del Fuero, en 1593. Dicho año se siguió una causa contra hechiceros, blasfemos, sodomitas... de los cuales solamente uno salió hacia la hoguera, Cosme Rincón, aunque, eso sí, acusado de todo.

Existe en el Archivo General de la Inquisición una «relación» regularmente detallada de cómo fue el proceso contra este hombre. Se le acusaba de obrar de curandero y de simular visiones, éxtasis y llagas para obtener clientela. Diferentes testigos informaron de que, echadas las cortinas de la casa donde curandeaba, Rincón ofrecía a las mujeres todo tipo de ungüentos, y entre ellos bebedizos para hacerlas abortar; también se jactaba de tener pactos con el demonio, al que decía poder convocar mediante ensalmos, nigromancias y sortilegios con huesos de fallecidos. Practicaba, además, la alquimia, falsificaba moneda... Era Cosme Rincón, encima de esto (también refrendado por testigos), onanista; era bígamo, y además, consentidor; sodomita pero aun así, en según qué días, solicitante de monjas y casadas. Era frecuentador de viudas añosas, estuprador de doncellas y hasta de algún doncel, amigo igualmente de vestirse de dama y decían que se ofrecía ataviado de tal forma en los caminos, como si fuera una moza de partido. También «dizque ansí» había practicado actos deshonestos con cierto galán en una sacristía, donde ambos se colaron desnudos y se habían servido de los elementos de la misa. Otrosí, a veces tomaba de los caminos ciertas yerbas que fumaba a imitación del tabaco, y en la soledad de su cuarto algunos habían visto ciertas alquitaras en que, echando cebada y otros cereales, destilaba una especie de licor, y también que buscando y tomando la planta que llaman «cornezuelo del centeno», la hervía y...

—¡¡Basta!!

Llegados a este punto, interrumpió al relator el padre Florián Hernández, uno de los inquisidores.

—Pero padre, deje usted que concluya la acusación. Tengo curiosidad por saber hasta qué punto... —terció otro padre, de apellido Cardoso.

—¡No, es suficiente!

Alzado en su banco, Hernández expuso que ya había oído bastante y que, decididamente, desaprobaba aquel estilo de vida. A esta opinión de sumaron otros inquisidores, que calificaron las andanzas de Rincón de muy poco edificantes y, por voto casi unánime de la congregación (con la sola abstención del padre Cardoso, que insistía en que se siguiera sustanciando el proceso) se decidió el trágico, pero lógico, final en la hoguera de Cosme Rincón, a quien se califica al término del proceso como «delincuentazo».

Yo bien quisiera sacudir toda la tristeza que nos ha dejado esta plaza adyacente a la del Fuero, pero por desgracia no va a ser posible, porque a apenas un par de esquinas, casi enfrente de lo que entonces era el edificio del Repeso municipal, fue donde cayó abatido por la policía, el 22 de junio de 1946, el militante comunista Valentín Rodríguez, más conocido como «camarada Macías». Aquel hombre llegado de Francia para activar la célula comunista en nuestra ciudad y que, apenas unos días antes, había acabado por sí solo, sin ayuda de nadie, de dos fulminantes y sorpresivos disparos a bocajarro, con la vida del comisario Aguirreche.

Domingo Aguirreche, antiguo pasante de abogado, fue nombrado, cuando las tropas vencedores entraron triunfantes en la ciudad, comisario de policía, en pago del afán con que se había empleado en la Guerra a favor de los ganadores. El puesto venía a ser, en la práctica, como nombrarle gobernador, *sheriff*, o mejor sería decir «*führer*», porque apenas tomar posesión del cargo, una mano en los Evangelios y la otra en los Principios del Movimiento, el antiguo pasante comenzó a comportarse con una dureza y una crueldad en la represión de los vencidos y sus familias que pronto se convirtió en proverbial. Un ejemplo de ello es que habilitó el Preventorio, antigua institución sanitaria a las afueras de la ciudad, como lugar de internamiento e «interrogatorio» (evidente eufemismo por «tortura») de los posibles elementos subversivos y sospechosos de desafección hacia el nuevo Régimen. Él mismo se encargaba muchas veces, personalmente, de «hacer cantar a esos malditos rojos».

Enfebrecido de poder y saña, Domingo Aguirreche acabó considerando la ciudad como sus dominios, y llevado del frenesí represor, llegó a «molestar» a varias personas protegidas de los vencedores o por las que estos habían intercedido. A tal extremo llegó el asunto, que le llamaron de la capital para que fuese a rendir cuentas de su actuación, pero el comisario se negó en redondo, es más, dijo que bajo ningún concepto saldría de la ciudad y no aceptaba imposiciones exteriores. Y como destituirle hubiera supuesto, en el fondo, una muestra de debilidad y blandura de cara a la población sometida y es posible que incluso fuese cantado como victoria por los rojos irredentos, lo cierto era que el comisario había acabado convirtiéndose en una china en el zapato para los nuevos gobernantes. No tanto, sin embargo, como para que, a su asesinato, ocurrido de improviso en el parque de la Campa, no desplegasen todos sus medios policiales y recurrieran a su red de confidentes para intentar detener a los culpables. Y así fue cómo, en la tarde citada del 22 de junio de 1946, los secretas irrumpieron en la sastrería militar de la calle de la Fe para detener a la célula comunista.

Minutos antes de la intervención policial, y reunidos por primera vez después del atentado, Valentín Rodríguez, «el camarada Macías», había recibido una dura reprimenda por parte del «camarada Flores», a quien, desde hacía tiempo, podía considerarse el cerebro del grupo.

—¿Pero no te das cuenta? —le había dicho éste—. Con tu insensatez, estás poniendo en riesgo a muchos camaradas. Ahora nos buscarán hasta debajo de las piedras...

—Siempre nos van a buscar debajo de las piedras —había respondido «Macías»—. Pero esto es una guerra, ¿no?

Y en la guerra, si tienes a tiro al enemigo, hay que cargárselo.

—Sí, pero no a lo loco, sin tener una salida planificada, comprometiendo a los camaradas y a sus familias... Nuestra misión es *actuar*, está claro, pero siempre con inteligencia y con prudencia...

Así le había reprendido «Flores» a «Macías», y minutos antes de que los policías dieran una patada a la puerta y penetraran en la sastrería, «Macías» le estaba diciendo al «camarada Moreno», en un aparte y a propósito de la bronca recibida:

—¿Qué te parece lo que dice «Flores» de actuar con cabeza y con prudencia? Joder, así, con cabeza y con prudencia, llevabais meses dándole vueltas a la noria sin decidiros a actuar. Y cuando al fin, con tanta cabeza y tanta prudencia, planeasteis *algo*, como fue el atentado de la Ladera contra el coche del cabrón, resulta que, en el último momento, es interceptado por la policía. ¿No te has parado a pensar en ello? No puede ser casual.

—¿A qué te refieres?

—Creo que ya te lo dije otra vez. Temo que haya un infiltrado entre nosotros...

Y fue justo en ese momento cuando los de la Brigada Político-Social, de una patada, *¡¡¡blammm!!!,* que dejó a todos atónitos, entraron en el cuarto. Los miembros de la célula solían despreciar a los de la Brigada, diciendo que contaban con la fuerza y la crueldad, pero no con la inteligencia. Y seguramente fuera así, porque se habían precipitado a entrar todos por la puerta y se habían olvidado cubrir la salida trasera. Por allí fue por donde se lanzaron a escapar los miembros de la célula que en esos momentos se hallaban en la trastienda (prácticamente, la célula al completo), quedando sólo en garras de la policía los primeros que hallaron al irrumpir; entre estos, los dueños de la sastrería.

Habiendo salido los camaradas de la sastrería por la puerta trasera, atropellándose echaron a correr por las calles adyacentes. «¡Seguidme!», dijo Macías a algunos, dándoles a entender que sabía de una escapatoria segura. Detrás de él fue, entre otros, el «camarada Moreno». Sin embargo, no debía de tener tan claro «Macías» hacía dónde se estaba dirigiendo, porque, nada más cruzar la plaza del Fuero (andando rápido, pero sin correr, para no llamar la atención), al llegar a una calle que pasa frente al edificio del Repeso, les dieron el «¡Alto!». «Macías» sólo tuvo tiempo de decir a quienes le acompañaban: «¡Dispersaos!», antes de levantar las manos y ser rodeado por los policías, que le apuntaban con sus armas.

Los de la Brigada le condujeron, a empujones, apuntándole por la espalda, junto a los muros del edificio del Repeso. A ambos lados, derecha e izquierda, tenía «Macías» agentes armados; frente a él, un muro blanco, solemne, de granito, basa del edificio, muro que de pronto se convirtió en un auténtico «paredón». Porque de pronto «Macías», en vez de tumbarse boca abajo en el suelo, o hacerse un ovillo en previsión de la lluvia de golpes y patadas que le pudiera caer, se dio la vuelta, bajó los brazos y se encaró con los que le estaban encañonando. Comenzó a gritarles insultos y a hacerles gestos con las manos de que fueran a por él: «¡Vamos, cobardes, hijos de puta, vamos!». Entonces los agentes dispararon casi al unísono. Un «¡Viva la Repú...!» que había querido gritar «Macías» quedó truncado por el aluvión de balas.

Los camaradas que le habían acompañado, algunos de los cuales quedaron ocultos tras las esquinas, o disimulados en los portales oscuros de la plaza para ver qué ocurría con su compañero, asistieron, sobrecogidos, a su fusilamiento. No pudieron ver mucho más del final de «Macías», sin embargo, porque enseguida los policías rodearon el lugar de la tragedia y conminaron a la gente a circular, luego llegó una ambulancia... pero con lo que habían visto era suficiente.

Al día siguiente, en contra de la costumbre del Régimen de mantener en silencio todo lo referido a elementos subversivos, la noticia salió en la prensa local, *El Soplo*, y aun en la nacional: un breve donde se informaba de que, en un plazo sorprendentemente rápido, que daba prueba de la eficacia policial, había sido detectado y muerto en la fuga «un peligroso elemento comunista al que las fuerzas del orden habían identificado como el autor del salvaje atentado contra el comisario Aguirreche». Seguía una semblanza laudatoria del hombre del Régimen, con sus méritos de guerra y su aportación, en breve espacio de tiempo, al progreso de nuestra ciudad...

Uno de los compañeros del difunto, el llamado «camarada Flores», leía la noticia y no podía evitar torcer el gesto en señal de incredulidad. Había algo en todo aquello, algo vago, no sabría decir, *algo* que no le cuadraba...

Todo esto ocurrió, como se ha dicho, frente al edificio del Repeso municipal, donde, de acuerdo al fiel peso y justo patrón, se establecían las cantidades y controlaban las medidas de los alimentos que luego se iban a despachar oficialmente en el mercado de Abastos, o de las tierras que se iban a poner en compra y venta.

El tema de las mediciones siempre fue muy conflictivo en nuestra ciudad, y no sólo porque siempre hubiera quien intentase estirar de aquí y encoger de allá sin que nadie lo notara. Ocurría también que, antiguamente, las medidas empleadas en nuestro municipio diferían a veces un poco y otras un mucho de las que solían usarse en el resto de Castilla. En aquellos tiempos, sin embargo, no era raro que cada comarca, e incluso cada ciudad, tuviese su propio pie, su propia milla, su particular brazada. La fanega, por ejemplo, medida de capacidad y superficie a la vez, era aquí dos tercias mayor que la yugada, pero en dos pies menor que el estadal normativo de Castilla, aunque, como apunta Salvador de Oriz en su célebre *Chrónica cibdana* y con su inimitable estilo: «Esta fanega del lugar era menor en varas que el celemín, empero en palmos más muy mayor que la cahizada castellana et la toesa franca, et en capacidad cuanto doce arrobas sino que estas arrobas eran de libra y media a lo poco más dos codos et un cuartillo et una azumbre et su puta madre...».

Aunque se trate de una exposición, la de Oriz, no demasiado aclaratoria, me atrevo a decir que, según mis cálculos, no muy exactos (por lo que ruego disculpas), nueve fanegas de nuestro lugar vendrían a ser, en superficie, más o menos lo que (casi) dos estadios.

Pero saliendo de esta digresión, fue habitual durante siglos que se levantasen disputas sobre si tal producto, carne, vino o harina, tenía o no el peso por el que se vendía. El comprador sostenía que no, el vendedor que sí; y precisamente para dirimir estas disputas se creó el Repeso municipal, que en un edificio de esta calle tenía su sede. Allí se desplazaban los litigantes con lo que se había puesto a la venta, los empleados municipales volvían a pesarlo y, si en efecto, la pieza, o el saco, o la garrafa no pesaban o no contenían la cantidad correcta (señal de que, de Abastos al puesto, el tablajero algo se había quedado para sí), entonces a este vendedor al por menor se le apercibía, o se le multaba, o se le retiraba la licencia, según la importancia de la mella. Ocasiones había incluso en que, además de a todo lo anterior, se le condenaba también a ser azotado en público.

Cuando siglos después dejó de venderse en aquellos tablajos y se estableció en nuestra ciudad, tras larga lucha, el sistema métrico decimal, este Repeso municipal quedó prácticamente abandonado y el edificio hubiera sido demolido si un alcalde no hubiese tenido la feliz idea de emplazar aquí el Museo Ciudadano de Pesos y Medidas, una curiosa exposición que, a día de hoy, aún sigue siendo visitada por algún paseante ocioso y, sobre todo, por niños y chavales de excursión con el instituto, que ante sus vitrinas pasan una entretenida mañana alejados de los libros.

Como curiosidad, debe hacerse notar que en este museo trabajó de conserje Germán Quílez durante un breve tiempo mientras se afianzaba su carrera literaria. En concreto, estuvo aquí empleado, siendo apenas un adolescente, entre marzo de 1885 y enero de 1888. Casi tres años que pasó todos los días entre el metro de platino (diezmillonésima parte del meridiano terrestre), el litro, el kilo, también en cilindro de platino, el área... Como alguna vez reseñó en sus escritos, Quílez acabó dejando este trabajo porque era muy monótono. Siempre igual. Siempre igual....

Había olvidado, sin duda, que para que la ciudad alcanzase esa regularidad había debido superarse toda una revolución, encabezada por la celebérrima baronesa de Robles. Ocurrió durante la generación anterior: en 1849, el Gobierno Central había instaurado el metro como unidad fundamental de medida y derogado el uso de las unidades anteriores con que hasta entonces se servía la gente en los distintos lugares, a veces con diferencias, como he dicho, entre una y otra región e incluso entre una y otra ciudad. La implantación definitiva del metro hubo de luchar contra la inercia de la costumbre, la natural reticencia por lo novedoso, la desgana de tener que aprender un uso distinto, y la oposición, que también la hubo, de muchos tradicionalistas que veían en aquel cambio una rendición a las reglas extranjeras y una pérdida de denominaciones tan hermosas como «arroba» o «celemín». El Gobierno creo un cuerpo especial llamado de «fieles», encargado de vigilar la introducción de estas nuevas medidas en los diversos lugares, asesorando, o más por lo común, castigando el fraude en el peso de los comerciantes al despachar sus mercancías. Dichos «fieles», ignoro por qué, se desplegaron con especial empeño en nuestra ciudad.

Pero mayor obstáculo que la terquedad de las clases populares o la picardía de los comerciantes, fue la obstinación de los tradicionalistas, empeñados en mantener las medidas «de toda la vida». Varios focos de resistencia se crearon en todo el país, y a nuestra ciudad cabe el orgullo (no sé si dudoso) de encabezar el más tenaz, el que más tiempo se tardó en sofocar. Al frente de esta resistencia, la baronesa de Robles, esposa del que entonces era alcalde de la ciudad, pero verdadera regidora, de hecho, porque su marido, como no se cansaba de decir en privado, era un simple y un sin sal que no tenía «ni pizca de cerebro, ni palmo de carácter ni dos dedos de frente».

Aducía la baronesa que, con la adopción del Sistema Métrico, se levantaba la gente por la mañana y veía sus habitaciones trastornadas: bien más grandes, bien más pequeñas de cómo eran cuando se habían acostado. Los pasillos también eran más largos, más breves o en algunos casos tan estrechos que apenas se podía pasar. Contaba el caso de ciertos vecinos que, después de bajar por unas escaleras desiguales y agotadoras, al intentar abrir una puerta la encontraban encajada. Y cuando al fin salían, se encontraban con que las calles trazaban curvas insólitas, ascendían o descendían en rampas inusitadas, o venían a concluir un poco antes de donde siempre. La ciudad, según el bando del Ayuntamiento, había quedado «descabalada», por decirlo de algún modo: algunas calles se solapaban entre sí, en determinados lugares se amontonaban las intersecciones, había plazas en que el viandante, para pasar, tenía que meter tripa y otras que parecían perderse en el horizonte... Pero también en las personas se habían obrado ciertos cambios: unos se sorprendían de que, a poco que comieran, ya se encontraban llenos, otros, antes frugales, notaban que, por más que ingerían comida y bebida, no acababan de hartarse... Por no hablar de lo mal que, de pronto, les sentaba la ropa...

El bando firmado por el alcalde barón de Robles en septiembre de 1853, aunque todos supieran que la impulsora era la esposa, declaraba la guerra al Sistema Métrico y, como consecuencia de ello, ordenaba tomar de los cajones de los sastres y de las bolsas de los agrimensores y de las mesas de los comerciantes siempre tan injustamente castigados, todas las varas, pies, codos, normales y de ribera, pulgadas, sexmas, onzas, toesas, cahíces y cuarterones que pudieran hallarse, hacer copias más o menos aproximadas (se disculpaba cierta imprecisión) y repartirlas por ahí.

Así se mantuvo la ciudad, en estado de sublevación métrica, durante algún tiempo, nadie podría decir exactamente cuánto, pues también las mediciones temporales, a instancias de los más extremistas, habían sido puestas en rebeldía y en la ciudad imperaba el calendario juliano. Baste decir que a las tropas enviadas por el Gobierno Central les costó sojuzgar la rebelión, pues sus balas, misteriosamente, no acertaban en los blancos, sus obuses pasaban por encima de los objetivos y hasta el caballo del mariscal de campo se agotaba en largas cabalgadas sin llegar nunca a las posiciones enemigas. Al final, pese a todo, el alcalde Robles (es decir, la alcaldesa, verdadera impulsora de la revuelta) fue derrotado, se colocó por el Gobierno a otro en su lugar, quien enseguida, de más está decirlo, tomó las medidas correctoras y uniformadoras oportunas, y el matrimonio acabó retirándose a las afueras de la ciudad, donde tenían una finca. Aún hoy, esta finca sigue existiendo: «Los Rovles», reza a la entrada, en un cartel escrito con grandes letras cuya fuente tipográfica no he encontrado en mi ordenador, y eso que hay cerca de un centenar.

— — —

Nota de la editora X: Busco en Internet más información sobre esta finca de Los Rovles (mantenida, se dice, por los herederos de los barones, pues ellos hace ya tiempo que reposan varias brazas bajo tierra), y se comenta que nadie sabe qué puede ocurrir exactamente en su interior, pero lo cierto, notorio y demostrado es que si uno pasa con el coche cerca de ella, de pronto, durante un tramo de no podría decirse cuánta longitud, el cuentakilómetros y el cuentarrevoluciones se comportan de forma «extraña», y asimismo aparatos como los cronómetros, barómetros o dinamómetros, y lo que es más peligroso, los marcapasos, dejan misteriosamente de funcionar con corrección...

— — —

En un pequeño parque entre este edificio del Repeso y la plaza del Reloj, plaza bastante significativa en la historia ciudadana por lo que se verá dentro de un rato, solían esparcirse a finales del XIX los pintores del mal llamado Círculo de Gante cuando volvían de El Bohorque o no tenían ganas de marchar hasta allí. Aunque pobretones y de vida miserable, estos sedicentes artistas estaban poseídos por la confianza ciega en sus postulados estéticos, y creyéndose por eso diferentes, seguramente superiores a los demás, eran alegres, gritones y jaraneros. Se emborrachaban a menudo con vino del peor, y cuando alguno cobraba un cuadro (rara vez), aunque fuera un duro, invitaba a vinarro a las prostitutas de los alrededores. Uno de aquellos pintores, Jacobo Superbielle, en sus *Memorias escritas con prisa* habla de esas alegres francachelas y de una en concreto que se convirtió en crucial para la Historia del Arte.

«Estaba yo —dice el pintor— tendido en la hierba, al modo de *Le Déjeuner*, de Manet, y la señorita que tenía enfrente no estaba más vestida que la del cuadro, cuando advertí que Laguna se hallaba cerca, concentrado en pintar un lienzo, abstraído del jaleo a nuestro alrededor. Estaba posando para él una joven, una hermosísima joven de no más de dieciséis años, costurera en un barrio cercano y a quien había convencido para que se uniese a nosotros a pasar un buen rato. La muchacha, Mónica se llamaba, era, sin exagerar, la chica de apariencia más optimista, más alegre, con más ganas de vivir que había visto nunca, además de guapa como parecía imposible. Estaba riéndose casi a carcajadas, divertidísima por aquella novedad de posar, por la fiesta, por el día claro, por tener sólo dieciséis años, mientras Laguna se esforzaba, sudaba incluso, por reflejar sobre la tela aquella alegría. Intrigado por tanto sudor como veía en la frente de mi compañero, me levanté y pasé por detrás de él para ver lo que estaba pintando...

»—Pero, hombre... —no pude evitar exclamar, en torno de protesta.

»El de Mónica era el rostro mejor ovalado, con los rasgos más dulces, los ojos más vivaces, los labios más sensuales que uno pudiera imaginarse... pero, al abrir la boca, mostraba toda la dentadura cariada, mellas aquí y allá, dientes verdes y negros... Pues bien, Laguna estaba pintándola así, es más, con su sonrisa más amplia, mostrando todo aquel destrozo sin ningún pudor. Le dije que cómo podía retratarla de esa manera, y me respondió...

»—¿No te das cuenta? Es perfecta. Es "la mujer de Hassenfraz". La belleza y la fealdad, el placer y el dolor, los sentimientos básicos en un solo rostro. Mírala bien.

»Aquella noche, Enríquez vino a verme a mi cuartucho de la avenida Gante, saltando por los tejados, como solíamos hacer. Le conté lo ocurrido con Laguna y el retrato que estaba haciendo de Mónica, y le confesé entonces que la sonrisa de la joven me había dejado impactado y no se me iba de la cabeza:

»—No consigo desprenderme de ese rostro, más cautivador que el de la Gioconda. Tengo que pintarlo, eso está claro; pero no así. En la vida hay fealdad, mucha fealdad, pero el objeto del arte es modificar esto, ¿no te parece? ¿Por qué regocijarse en el dolor? Estoy comenzando a pensar que todos nuestros supuestos estéticos estaban equivocados. Después de ver el rostro de Mónica, pienso que nuestra responsabilidad de artistas es subrayar lo hermoso y ocultar lo feo...

»—¿Sabes qué? —me respondió Estévez, con una media sonrisa irónica—. Pienso que estás elevando esto a una categoría intelectual cuando lo que sucede en realidad es que te jode imaginar que, en estos momentos, Laguna se esté tirando a la muchacha. Imaginarla sobre una cama con las piernas abiertas y él encima de ella, apretando el culo. El placer sensual de uno y, en el extremo opuesto, el dolor tuyo por no poder hacer lo mismo... está claro, digas lo que digas, que todo en la vida se reduce a dos polos...

»—Puede ser —le respondí; y al momento—: Me da igual. Como bien dices, le estoy dando demasiadas vueltas intelectuales al asunto; sólo sé que quiero tirarme a Mónica. Quitársela a Laguna y follármela yo. Y creo que sé cómo conseguirlo: voy a hacerle el retrato más hermoso (por supuesto, más que el de Laguna) que puedan pintarle nunca...»

Así fue como entró en la Historia del Arte Mónica Sandín, una muchacha de dieciséis años que, alegre y despreocupadamente, con dos plumas de pavo real, sacadas de no se sabe dónde, adornándole el sombrero, acabó uniéndose indisolublemente a los pintores del «grupo de Gante», a sus fiestas, a sus carcajadas y a sus cantos mientras aún vivían de la ilusión de sostenerse del arte. Fascinada por la belleza del retrato que, en efecto, le hizo Superbielle, Mónica dejó en aquellos días a Laguna y se fue con aquél. Pero al poco acabó sucediendo lo de siempre: pasó el tiempo, el triunfo no llegó, las esperanzas se perdieron junto con la capacidad de aguante que proporciona la juventud. Mónica (ya no bailoteaban tanto sus plumas de pavo real sobre el sombrero) discutió con Superbielle, éste la abandonó y la joven volvió con Laguna, con quien tuvo una hija, que murió con apenas dos años de edad. No tardó en seguirla el propio pintor, muerto de tifus y de miseria. Apenas un año más tarde, otro pintor importante del grupo, Estévez, vencido también por el hambre, la tristeza y la desesperación, se ahorcó en un callejón oscuro de la calle Pellejeros. Mónica, por su parte, sólo aguantó año y medio, dicen que prostituyéndose, pero mejor no prestar oídos a esto: en marzo de 1902 apareció su cuerpo roto, de hambre y de frío, arrebujado en un mínimo chal en un portal.

La calle de Pellejeros, por la que ahora paso, parece estar abonada a la tragedia, porque precisamente en ella y no muy lejos del lugar donde se colgó Estévez, apareció el 15 de agosto de 1946 el cadáver de un hombre como de cuarenta años, asesinado, según el atestado policial, de un par de puñaladas en el vientre. Esa misma tarde se identificó al occiso como Felipe Ortega, alias «camarada Flores». Este Ortega, o «Flores», era el jefe de la célula comunista que había tenido su lugar de reunión en una sastrería semisótano de la calle de la Fe, y desde hacía semanas se le andaba buscando como jefe de la célula, dentro del operativo para esclarecer y castigar el cruento asesinato del comisario Domingo Aguirreche.

El «camarada Flores» habría muerto seguramente, opinó la policía, víctima de alguna lucha interna por el poder entre los elementos subversivos. Comoquiera que fuese, con la aparición de este cadáver se dio por concluida la investigación sobre «lo de Aguirreche», aunque bien entendido que no había que descuidar la atención por si se producía un rebrote de la célula.

Así pasaron los años hasta que, en 1977, el periódico *Mundo Obrero*, portavoz del Partido Comunista Español, aprovechando los primeros tiempos de la apertura de archivos y de confesión en voz alta de secretos, publico un reportaje titulado: «¿Quién mató a "Flores"?». En este reportaje, se sugería... o mejor, se proclamaba con rotundidad que el asesino de Felipe Ortega había sido un tal Celso Correa, alias «camarada Moreno». Correa era componente también de la célula que solía reunirse clandestinamente en la sastrería militar de la calle de la Fe. Para hallar el móvil del asesinato, el periódico se remontaba a algunos meses antes del crimen, en concreto a primeros de julio de 1946. En ese tiempo, llegó a nuestra ciudad, avalado por una carta del Partido Comunista Francés, Valentín Rodríguez, alias «camarada Macías», ex guerrillero de la Resistencia y experto, al parecer, en explosivos. El motivo de la llegada de «Macías» era ayudar a la célula comunista local a que, por fin, llevase a cabo el atentado que llevaban planeando desde hacía meses: hacer volar por los aires al comisario Aguirreche, salvaje represor y hombre fuerte del Régimen en nuestra ciudad. Un atentado que, por diversas causas, siempre se frustraba y parecía no haber manera de que se llevase a cabo.

La llegada de Macías con el fin de ultimar el asunto provocó una pequeña revolución dentro de la organización local del Partido. Felipe Ortega, el «camarada Flores», que hasta entonces había ostentado el mando supremo e indiscutible, con la llegada del «francés» se vio postergado. «Macías» trajo el explosivo y el detonador, «Macías» pasó a dirigir todos los detalles del atentado, «Macías» dispuso el día y dónde debían situarse los hombres... Pero aún hubo más: «Macías» llegaba desde Francia con la sospecha de que la célula comunista de nuestra ciudad no acababa de realizar el atentado y no funcionaba demasiado bien (dentro de lo «bien» que pude funcionar una célula clandestina) porque debía de haber un «topo» del Régimen infiltrado en ella, un soplón que avisaba a la Brigada Político-Social de cuándo, dónde y cómo iban a producirse las acciones. Y si la

Brigada no acababa definitivamente con la célula así corroída y la desmantelaba por completo era porque esperaba que el «topo», apoyado en su prestigio, fuese ascendiendo en el escalafón del Partido hasta infiltrarse en los más altos lugares, como una astilla que, incrustada en un índice, se fuera hundiendo, consiguiera llegar hasta la sangre y, arrastrada por el torrente sanguíneo, acabara clavándose en el corazón. Metáforas parecidas empleaba «Macías», por supuesto sin citar nombres, en sus conversaciones en confianza con el «camarada Moreno», Celso Correa.

La muerte del comisario Aguirreche de propia mano de «Macías», por sorpresa, sin preparativos previos, aumentó el prestigio y la autoridad dentro de la organización del ex resistente venido de Francia; así como su muerte, días después, abatido por la policía, pareció despejar las dudas del «camarada Moreno». Sin duda alguna, «Flores», que (chocante casualidad) había escapado de la redada policial en que cayó «Macías» porque los policías (a murmurar de quienes le habían visto fugarse aprovechando la confusión), no habían hecho demasiado por perseguirle, era el traidor. El «topo» infiltrado. El espía que les había conseguido colar la Policía para que les mantuviese informados de sus intenciones y movimientos. Todo esto le pareció claro al «camarada Moreno» y decidió *actuar.*

Tales fueron, según el reportaje de *Mundo Obrero,* las circunstancias de la muerte de Felipe Ortega, alias «camarada Flores», jefe de la célula comunista de nuestra ciudad hasta la llegada del «francés». Célula que, por cierto, tras este asesinato, quedó por completo descabezada, inoperativa, muerta y extinguida... Celso Correa, el autor, según el reportaje de *Mundo Obrero,* de la muerte de «Flores», acabó ocultándose entre la masa social de la ciudad y disolviéndose en ella de tal forma que cuando sólo diez años después falleció de un cáncer de colon, apenas cinco trabajadores de la papelera donde había encontrado empleo asistieron a su entierro, sin que hubiera, que se sepa, coronas, ramos o centros de flores enviados discretamente por sus camaradas o por el Partido.

Con esto concluía el reportaje que, en realidad, sólo había hecho público un secreto que en los círculos internos del Partido todo el mundo conocía desde hacía tiempo, y que, a decir verdad, de cara al exterior, tampoco resultaba demasiado interesante. Conque aquel misterio del cadáver que apareció en el año 46 apuñalado en la calle Pellejeros se dio definitivamente por zanjado...

...De no ser porque había quedado un cabo suelto: Óscar Correa, el hijo mayor del difunto Celso. Éste siempre se sintió intrigado por las últimas palabras que su padre dijo antes de morir. Celso Correa nunca negó que hubiese matado a «Flores»; sin embargo, aquel suceso no dejó de reconcomerle hasta el fin. En su opinión, había algo, *algo*, que no cuadraba en la historia. «No... no... yo conocía a "Flores". Nunca nos hubiera traicionado... nunca», le oía a veces murmurar. Un día, hacia el final de su vida, siempre corroído por esta duda, Celso tuvo una idea, una especie de revelación. Escribió a un camarada suyo en Francia para pedirle que, a ser posible, se pusiera en contacto con los dirigentes del Partido y le informasen de la hoja de servicio de Valentín Rodríguez, alias «camarada Macías». Cuál no sería la sorpresa de Correa cuando su camarada le respondió que en el Partido en Francia no tenían noticia del tal Rodríguez, ni les figuraba como ex resistente, ni como experto en explosivos. Nada. No había ficha de él. ¿Era posible que hubiese sido destruida en alguna redada?, ¿o que fuese un miembro tan oculto que sólo en los más altos niveles se supiera de él? El camarada de Correa en Francia le dijo que no le parecía posible ninguna de estas soluciones.

«Pero si no vino de Francia, entonces...».

Esta fue la duda que, podría decirse, Celso Correa, el «camarada Moreno», tenía en la punta de los labios el día que murió. Su hijo, Óscar, a quien le había participado sus dudas, decidió entonces dedicarse a la investigación del caso y limpiar, si era posible, el nombre de su padre. Volviendo atrás en la historia, Óscar Correa se plantó en la calle del Repeso, frente al edificio donde cayó abatido «Macías» y que hemos dejado atrás. Contemplándolo con una visión distinta y, podría decirse, libre de ideas preconcebidas, una sospecha comenzó a formarse en su imaginación. Una sospecha que, conforme tomaba consistencia, le iba dejando la sangre helada...

A propósito de lucha clandestina, células comunistas y resistencia al opresor, debo significar aquí cuándo y dónde apareció en nuestra ciudad la primera bandera roja, de tanta significación luego como símbolo socialista, pero que entonces era *solamente* una enseña de insurrección. El lugar, la cercana plaza del Puñado de Trigo, llamada así, de forma un tanto ignominiosa, porque en ella era donde, en tiempos bajomedievales, los visigodos, a cambio de la recluta de hombres y enseres para sus guerras contra los católicos, o contra los arrianos, o contra los católicos otra vez, daban a las familias cuanto trigo les pudiera caber en un puño. «Con lo cual diz que s´ibban apuñados, en lugar de apañados... mas no apañado ni apuñado sinon apuñalado merece seer quien fizo tan mal chisste», dice Salvador de Oriz en su *Chrónica cibdana.* Fue, quizás, para que no se olvidara esta infamia y para que no volviese a ocurrir, que los elementos liberales de la ciudad, dispuestos a alzarse contra el Gobierno opresor, eligieron este lugar como escenario de su levantamiento. La fecha, el amanecer del martes 2 de diciembre de 1848. Ese día y a esa hora, numerosos grupos de personas, provenientes de varios puntos de la ciudad, y como si estuviesen concertados, desembocaron en esta plaza... ¡Pero silencio, que ya el lugar se encuentra a rebosar de gente y los que parecen sus principales cabecillas van a empezar a hablar!

—¿Quiénes son? Desde aquí no se ve bien...

—Ese de ahí le conozco, se llama Eloy Losa no sé qué más. Es dependiente de una botica. Parece que mira, preocupado, por encima de las cabezas del gentío, como si estuviera esperando a alguien...

—Al que está a su lado le conozco yo. Se llama Pablo Herrero, no sé a qué se dedica. Dicen que es el más inteligente de los cabecillas, aunque no sabe leer ni escribir, pero se rumorea que ha dictado el manifiesto que ha puesto negro sobre blanco, porque trabaja en una imprenta, el de su derecha, un tal Lucas Terol, y que parece que van a leer...

—¿Pero a qué esperan?

—Eso digo yo. Está la gente impaciente. Se nota en el ambiente muchas ganas de actuar, va a ser difícil que la muchedumbre se contenga por más tiempo...

—Están mirando, los tres, como nerviosos por encima de las cabezas, y el tal Terol no para de consultar un reloj que lleva atado con cadenilla al pantalón.

—He oído decir que están pendientes de que aparezcan por algún lado los soldados del cuartel y los de la Guardia Municipal, con los que se han conchabado...

—Pues acabo de oír a un soldado saliente de guardia y que marchaba para su casa que anoche hubo zapatiesta en el cuartel. Se presentaron, de pronto, y por sorpresa, a detener al capitán, que parece ser opuso cierta resistencia, pero al final se lo acabaron llevando...

—La gente protesta, normal... Hay que dar *ya* alguna orden. Leer, aunque sea, el manifiesto que han preparado. Vamos a tratar de acercarnos un poco, aquí estamos muy lejos...

—Déjate, no te metas en jaleos. Esto me huele un poco mal. Algunos grupos, ante la falta de órdenes, han echado a andar por esa calle, dicen que a quemar la abadía de Valdacá, para empezar, sede de religiosos conspiradores y tragaldabas, como todos, y que es la iglesia que más cerca queda. Pero, ¿qué llevan amarrado a ese palo...?

—Parece una bandera, ¿no? Una bandera roja. Nunca había visto nada parecido. No sé qué significa... El caso es que la gente parece que ruge aún más....

—Ahí va, detrás de la bandera, una multitud vociferante. Gritan «libertad», gritan «abajo los facciosos» y no sé cuántas cosas más. No les oigo bien. Vamos a acercarnos...

—Quédate aquí, hazme caso. Todo esto me da muy mala espina. Mira los tres del centro de la plaza, parece que se tiran de los pelos. No saben qué decir a la multitud. Evidentemente, les han fallado los planes. Esperaban algo que no ha ocurrido. Pero, oye, no empujes...

—No soy yo. Es la gente que, de pronto, se mueve nerviosa. Menudo griterío se ha montado. Mira esos dos que debe de ser que se llevan mal de tiempo atrás y ahora, en medio de este tumulto, han tropezado y se han liado a trompadas. Será por eso que grita la gente...

—No, no es por eso. ¡Mira ese ángulo de la plaza, lo que irrumpe por allí...!

—¡Son soldados!

—¡Y tras ellos, puedo verle, el general! ¡Están descargando sablazos! ¡Mira cómo huye la gente! ¿Qué ha sido eso? ¡Un disparo! ¡Otro! Fíjate en los tres del centro de la plaza, no se mueven. Parecen como resignados a su suerte. Pero oye, ¿dónde estás? ¡Espérame!

—¿Qué haces ahí parado como un imbécil? ¿No ves cómo están arreando los soldados del general? ¡¡Corre, corre!!

Creo que más atrás ya quedó dicho cómo Losa, Terol y Herrero acabaron colgando de sendas sogas en la plaza del Cadalso, lugar donde antiguamente se efectuaban las ejecuciones. De hecho, fueron los últimos en ser ajusticiados en tal lugar. Hasta entonces, era costumbre que los reos de pena capital pasaran sus últimos días en el antiguo convento de San Sebastián, cercano a la plaza donde se alzaba el patíbulo.

La historia de este edificio, el antiguo convento de San Sebastián, se remonta al año 1670, cuando una epidemia pestífera (esperemos que la última) arrasó nuestra ciudad. A consecuencia de ella, muchos edificios e instituciones quedaron desolados, vacíos de habitantes, como este convento de San Sebastián, donde (la mayoría de los monjes muertos y otros huidos para librarse del contagio) nadie quedaba en el cenobio cuando la epidemia remitió. Tras varias negociaciones con las autoridades eclesiásticas, el Consistorio se hizo cargo del edificio y decidió destinarlo a cárcel civil, pues en aquella época la población de la ciudad había crecido, y con ello los crímenes, y los calabozos de la Casa Consistorial se veían insuficientes para contener a tanto delincuente por robo, estafa, asalto, asesinato...

Al instalarse aquí el presidio, que además se hallaba cercano a la plaza donde desde antaño se montaba el patíbulo, se estableció como última morada de los que iban a ser ajusticiados; al tiempo, se estableció una especie de protocolo a seguir con el reo en los días previos a la ejecución. Cosa de una semana antes, era trasladado a unas dependencias aisladas, donde recibía las últimas visitas de sus familiares (quienes los tenían) y contaba con la presencia continua de religiosos y caballeros (o damas, si era mujer) de buena intención que le instaban a orar en arrepentimiento de su crimen y como contrición de sus pecados. La noche antes de la ejecución, oía misa el reo en una pequeña capilla y se le ofrecía a modo de despedida definitiva del mundo la llamada «última cena», en la que podía pedir lo que quisiese, que, siendo posible y estando en el mercado, harían por servírselo.

Muy variadas, a lo largo de dos siglos, fueron las peticiones hechas en este sentido. Hubo quienes pidieron pan y vino, nada más, pues, imbuidos en el último momento de fervor religioso, querían imitar en esto a Su Creador, pero hubo otros que encargaron langosta, que no la habían probado nunca y siempre se la habían recomendado, con mayonesa, también percebes y ostras, de segundo un chuletón de varios kilos con patatas panadera, *champagne* para beber y tras el postre un par de cigarros habanos. Había otros, sin embargo, que: «Ufff, no tengo yo ahora mismo cuerpo para cenas. Pídame un consomé, nada más», le decían al carcelero.

—Un consomé... ¡Uy, qué delicado! —no podía evitar exclamar el carcelero, con cierto desprecio, cuando abandonaba la celda con el recado.

Había veces en que el Consistorio no cubría todas las peticiones de última cena del recluso, por no hallarlas en el mercado, o directamente por ser muchas y caras, y esta era la razón de que muchos hiciesen el recorrido hacia el patíbulo malhumorados con la Justicia y subieran los breves escalones mostrando un evidente enfado, llamando «roñosos» a los miembros del Ministerio Público. Al dedicarse el monasterio de San Sebastián a prisión y antesala de las ejecuciones, se habilitó la habitación del portero, que estaba al fondo del edificio, como casa para el verdugo. Demasiado larga resultaría, para traerla aquí, la lista de los verdugos ocupantes del cargo durante el tiempo que esta casa estuvo habitada, aunque dé lugar a digresiones interesantes sobre tipos curiosos como aquél que preparaba el instrumental y hasta ejecutaba las sentencias canturreando (lo que alguna reconvención le supuso por parte de las autoridades) o ese otro que se enamoró y se acabó fugando con una mujer a la que de pronto había convertido en viuda. Baste decir que era un oficio que se pagaba con un sueldo fijo y era un trabajo a veces muy descansado, en época de autoridades benévolas, pero en otras resultaba agotador y no merecía la pena ocuparlo. De esto precisamente se quejaba el ocupante del cargo entre 1825 y 1835, de «que se me acumula la tarea y no me ponen ayuda», dice en su carta de dimisión. Ocurrió esto en una década, como se ha dicho atrás, en que menudeaban tanto las ejecuciones públicas que la gente ya no acudía a verlas con tanto tumulto y regocijo, porque, como bien dice el refrán, «lo poco agrada y lo mucho cansa».

A mediados del xix, el aumento general de la natalidad necesariamente comportó, poco después (es algo que no suele considerarse), un aumento de la población penitenciaria. De resultas de ello, el Ayuntamiento consideró que este convento-cárcel de San Sebastián se había quedado pequeño e insuficiente, además de ser ya el edificio viejo y claramente insalubre. Pocos años hacía, de hecho, que, a causa del hacinamiento y la falta de ventilación, se había desatado el temido «tifus carcelario»; unos días antes de que se desatara la epidemia, los presos habían insistido en que se abriesen puertas y ventanas para favorecer la ventilación, pero los guardas se negaron: «Nosotros ya quisiéramos —fue su respuesta—, pero esto es una cárcel». Así que no se ventiló como es debido la prisión y ocurrió aquel lamentable tifus...

———

Nota de la editora X: Justo en este momento, mientras leo, una enfermera está revisando mi gotero. Le pido, por favor, que me deje un bolígrafo para hacer una anotación, y saca uno del bolsillo de su bata. Escribo con él, en un margen del libro, que el episodio de arriba me recuerda a ese otro reciente del edil (o quizás fuera la edil, en todo caso, no sucedió en nuestra ciudad, lo cual causa cierto consuelo) que traspasado o traspasada de espíritu progresista programó una Jornada de Puertas Abiertas en la cárcel de su ciudad, con el resultado que cualquiera puede imaginar.

———

...El incidente del tifus carcelario puso en evidencia que hacía falta cambiar de presidio. Se pusieron las miras entonces en un terreno llamado «las Nueve Fanegas», una explanada de medidas algo inciertas, si nos atenemos, por ejemplo, a las indicaciones que en su día hizo de la fanega, o hanega, Salvador de Oriz, pero lo suficientemente amplia para levantar allí una penitenciaría. Estas nueve fanegas habían sido, en tiempos, un terreno vendido por la familia Hurtado al Concejo municipal para su «uso et fructo», esto es: para que en ellas pastoreasen los ganados, recogiesen leña o aventasen el trigo los vecinos, a cambio de no se indica bien el precio «real» (porque al parecer, hubo entrega bajo mano de un sobre lacrado al cardenal). En todo caso, un precio muy caro, porque el terreno era, a decir de los contemporáneos, «todo pedregal», «campo duro fasta para las vacas», «guijarral de cantos que por más inri se rompen et no sirven ni para construir chozas». Conque desiertas, sin utilizar y dejadas a la intemperie habían quedado las tales nueve fanegas durante siglos hasta que se construyó allí la prisión.

Desde entonces, en un patio de las Nueve Fanegas tuvieron lugar las ejecuciones de reos. El primero en subir al patíbulo de la nueva cárcel fue Faustino Écija, alias «el Paisano», de 24 años de edad, hallado culpable de la muerte de un viajero en descampado, crimen del que obtuvo un botín de dos pesetas y por el que se le había condenado a garrote vil. Se cumplió la sentencia el 20 de marzo de 1870, en la misma semana de la inauguración de la cárcel, ante todas las autoridades. Tal vez fuese por la trascendencia del momento, por lo nuevo de las instalaciones o por la presencia de la prensa y todo aquel público distinguido, que el verdugo se mostró notablemente nervioso y la ejecución no transcurrió como debiera. Después de veinte minutos sin conseguir poner fin a la vida del reo, el propio director de la penitenciaría tuvo que subir al cadalso para ayudarle a girar el torniquete. Según el expediente sancionador que luego se le abrió, el verdugo había actuado «negligentemente en sus funciones, con resultado de prolongación de la vida».

Numerosos han sido los asesinos, atracadores, ladrones, y en cierta época anarquistas y contrarios al Régimen que en el patio murieron agarrotados, hasta la abolición de la pena capital. Junto con ellos, y para lo que a este libro interesa, en este presidio perdió también la vida Francisco Rubiné, el conocido «Paco» de la calle Planchadoras, que falleció en 1983 agredido por otro interno. Interno que, a su vez, murió apenas un año más tarde, de resultas de una reyerta por trapicheo de drogas en la que aquella vez llevó las de perder.

Desemboco, en mi paseo, en la plaza del Reloj, que ya avisté unas líneas más arriba. La del Reloj, o Relox, es plaza antigua y sede acostumbrada de lo que quizás muchos estaban echando ya de menos en el recorrido por la ciudad. En fin, lector, ya sabes... ¿Cómo que no sabes? Prostitutas, hombre, qué va a ser, qué sería de una ciudad que se precie sin ellas. Y conste, lector (me apresuro a decir, antes, de nuevo, de que te entren ganas de arrojar el libro al contenedor de papel) que, como en el caso de la plaza del Cadalso y la pena de muerte, no estoy defendiendo el comercio de mujeres cuando no es consentido, sino forzado, que por desgracia suele ser lo común; me limito a describir lo que siempre ha existido, existe y existirá, por más que se niegue, allá donde conviven muchos.

Debió de ser hacia el año 1410 (aunque, por supuesto, no hay registro de fecha exacta) cuando el comercio carnal, hasta entonces disperso en casas más o menos escondidas, anunciado por una rama en el balcón, insinuado bajo los soportales, o explícito en la figura de mujeres ataviadas con faldas de picos pardos, vino a reunirse en esta plaza. ¿El motivo? Que aquí se erigió por esos años una torre campanil, tocada con un reloj que, a su debido tiempo, daba (y sigue dando) no sólo las horas, sino también las medias y los cuartos... Lo de llevar el tiempo bien medido es algo fundamental en este tipo de tratos, de ahí, quizás, que a poco de instalarse este comercio en la plaza comenzaran a surgir las primeras protestas acerca de si el reloj adelantaba, como sostenían los clientes, o, al contrario, iba retrasado, de lo que se quejaban las trabajadoras. Hubo a este respecto innumerables disputas cronométricas que lo común es que se resolvieran sobre la marcha y de la forma más directa por los matachines, se decía antaño, proxenetas se dice ahora, que se erigían en jueces últimos de la contienda. Hace poco, sin embargo, y por insistencia de un frecuentador de esta plaza, para evitar tantas disputas, se hizo una medición científica con instrumentos traídos de la NASA y el CERN con el resultado de que el reloj que da nombre a esta plaza es tan puntualísimo, exactísimo y fidelísimo como un artilugio atómico. Aunque a muchos pese, la verdad.

El paseante que, hoy día, se plante en el medio de este cuadrilátero y eche un vistazo a su alrededor y a las calles adyacentes (quizás nunca mejor dicho) advertirá que todo el contorno está lleno de comercios «especializados»: desde el clásico y típico bar que se anuncia con neón rojo, a la tienda de lencería o el sex shop. Dentro de esta «especialización» se puede incluir también a la farmacia que ocupa el número 5 y a tres o cuatro médicos de venéreas que se anuncian en los balcones. En la categoría de los comercios «específicos» conviven diferentes niveles: está el puticlub, antes mancebía, de puerta de chapa estrecha y en medio un ojo de buey, que al abrirse da paso a unas escaleras empinadas y angostas por las que se baja sin más preámbulo al temita; está el establecimiento, así podría llamársele, tranquilo y relajante donde tardan un poco en abrir al cliente y al entrar suena música como hindú y hay mucho olor a incienso, sándalo o algo así; y está el *show-girls* de entrada espaciosa tapada por un cortinón de terciopelo rojo, tras del que puede vislumbrarse a una bailarina semidesnuda contoneándose en torno a una barra. En la esquina que hace el número 15 se anuncia con rotundidad y orgullo «Plaisir», comercio que, para darse postín, proclama justo al lado: «Proveedor desde 1870 de la Casa Real». Pero seguramente sea sólo un reclamo publicitario.

De una de las bocacalles de esta plaza surge el pasadizo de Dios te Guarde, llamado así por ser en tiempos, y aun hoy, lugar donde se apoyan en las paredes, sestean, bostezan, se rascan, o hacen molinetes con una navaja mientras esperan, los protectores de las mujeres que en la plaza están haciendo su comercio. Llámense macarras, proxenetas, mantenidos, rufos, jayanes, jaques... se podría así ir retrocediendo en la denominación chulesca hasta casi hundirse en la noche de los tiempos, porque si algún oficio antiguo hay en el mundo quizás no sea tanto el de la mujer que se prostituye como el de quien ahí la pone y se lleva su comisión. Pero llevaría su tiempo dilucidar esto. Lo que cuenta ahora es que desde el principio los proxenetas eligieron como su sede esta calle, cercana al epicentro de su negocio. Aquí están más cerca de *ellas*, hasta aquí llega, puntual, el sonido del reloj, y aquí se encuentran más a mano por si acaso tienen que actuar con algún duro de oído. ¿Pero y la policía?, se preguntará el paseante; ¿acaso no sabe que en esta calle...? Cómo no va a saber. La policía, el alcalde y hasta el obispo, con perdón: todo el mundo sabe que en Dios te Guarde hay tipos apostados en las esquinas, pero tengo para mí que poco provecho sacaría la ley fastidiando a esta gentucilla y poniéndola en fuga, para que vuelva a surgir quién sabe dónde: en cambio, teniéndola reunida, a la vista y contenta, pudiera ser que, en un momento determinado, si se les acaricia el lomo, presten servicio de observadores atentos o de informantes en delitos más peligrosos.

Muchos han sido, a lo largo de estos siglos, desde el xv acá, los proxenetas célebres asentados en esta calle de Dios te Guarde, matones renombrados de esos que con sólo una mirada pueden hacer sudar frío a los observados, y con nada más que adelantar un pie provocan la huida de la gente de los contornos. Pero quizás el más célebre entre todos haya sido Ginés de Vasco, valentón de hacia 1600, ejemplo de aquél que, con gesto incontinente, como decía Cervantes: «...caló el chapeo, requirió la espada, miró al soslayo, fuese...» y no hubo nada, concluye el genial manco; pero no así en el caso de Ginés. Si Ginés de Vasco desenfundaba la espada era para, de seguro, ensartar a alguien. O a alguienes. Una multitud de historias corría en aquellos tiempos sobre este imponente jayán de alta figura. Las piernas siempre abiertas en compás. El sombrero, tocado con una pluma, echado a un lado. La mano a todas horas en la empuñadura de la espada, que le colgaba a la cintura. Una mirada de acero. La huella de un chirlo en el rostro. Un bigote fino y levantado en puntas, que a veces se entretenía en afilar.

Se contaba que hasta a cuatro hizo frente en cierta ocasión, y a quien no dejó muerto contra una pared, lo arrojó desangrándose sobre el suelo, pidiendo confesión. Se contaba de él, aún más, que se las había tenido firmes con toda una compañía de tudescos; que había entrado en una recepción real en persecución de un capitán moroso; que le había puesto la espada en el gaznate nada menos que al mismísimo obispo, que andaba de putas embozado, para exigirle que pagara lo que acordó previamente con su coima —«ni un ochavo más ni un ochavo menos», le reclamó con voz bronca, «sólo lo acordado»—. Nadie sabía cuántas mancebas de las que pululaban por la plaza del Reloj, «protegía» De Vasco, hubo quien decía que todas «dependían» de este matachín famoso y temido en la localidad, en la comarca y hasta en la provincia. Figura silenciosa que a veces desarmaba al contrario con sólo una mirada de través...

Es curioso cómo la perdición de este hombre vino provocada por un agente contra quien no valía desenfundar la espada: el calor. Un día de agosto, De Vasco estaba, como era su costumbre, un pie apoyado en la pared, observando el trasiego continuo de las mancebas con sus clientes. La capa al hombro, el jubón de terciopelo acuchillado, las calzas también de terciopelo en las piernas, las medias de tela tupida, el sempiterno sombrero con la pluma... Serían las tres, la hora más apretada de la canícula, cuando Ginés de Vasco se separó de la esquina, se dirigió a una cantina de la calle y, entrando (ante el silencio de todos los presentes, que estaban jugando a los naipes y que callaron al verle bajar las escaleras), se dirigió al cantinero y pronunció estas palabras:

—Cantinero. Un vaso de agua... Por favor —ante el asombro de todos.

Y cuando hubo apurado el vaso que le tendió el cantinero, soltó esta otra expresión que supuso su perdición definitiva:

—Gracias.

Sería por el signo de flaqueza mostrado ante la solanera, por pedir agua en vez de vino, o por usar el «por favor» y el «gracias», que la noticia de que Ginés de Vasco había suplicado le diesen un vaso de agua se difundió pronto por toda la calle, por todo el barrio, por toda la atmósfera proxenetil...

No había transcurrido una semana desde aquel día de agosto cuando tres matones se unieron en comandita para robarle sus mancebas, lo que hacía sólo unos días hubiera sido impensable, pues sólo pronunciar el nombre del matón dejaba paralizados a sus rivales. Estos tres asaltaron por sorpresa a Ginés un día al caer la tarde, y esa misma noche arrastraron su cadáver por el empedrado, cosido a puñaladas, para dejarlo, como muestra del cambio de los tiempos, en el centro de la plaza del Reloj.

Interrupción de la editora X

En este momento, entró de pronto mi representante en la habitación del hospital y, con tono imperioso, me ordenó (ésa es la palabra, «ordenó») que dejara ya el dichoso libro y me fuera preparando, porque íbamos a salir para Nueva York en un par de horas. Había contratado una avioneta medicalizada para el traslado. Iba a costar un riñón, es cierto, pero ya se recuperaría el dinero; peor sería permanecer allí por más tiempo, en aquella ciudad perdida y con la pierna en alto. Entre unas cosas y otras, ya llevaba fuera de la circulación más de veinte días y sabido es que en un oficio como el de modelo, y en unos tiempos como los actuales, estar un mes sin salir en los medios, sin hacer algún acto público, supone quedarte fuera. Me había grabado algunos videos con la pierna enyesada, obligándome a saludar a mis seguidores, y había colgado bastantes fotos mías en Instagram, pero aquello no era suficiente. Conque no importaba que no pudiera desfilar, que se hubiera suspendido mi participación en la Fashion-Week; tampoco que no me fuera posible lucir bañadores para la nueva colección de trajes de baño de Lorraine; aún me quedaba el rostro y todavía podía intervenir en los anuncios de bebida que tenía contratados, tomando un largo trago de una lata; incluso de cintura para arriba podía enfocárseme para promocionar la nueva línea de sujetadores de Sweet.

Así que vámonos... concluyó, mientras tomaba mi maleta, que no había deshecho desde el accidente, y llamaba a las enfermeras para que me ayudaran a vestirme de cualquier forma. Íbamos a salir por la puerta trasera del hospital, para asegurarnos de que no habría paparazzi que captaran mi imagen desfavorecida; luego, del coche, íbamos a ir directos al aeródromo y a la avioneta. Esto dijo mientras me acercaba la silla de ruedas, donde me acomodaron casi en volandas. Yo a todo reaccionaba con encogimiento de hombros y asentimientos desganados, como si aquello le estuviera ocurriendo a otra persona. Mi representante no se extrañó de ésta mi repentina desidia, yo que siempre he sido una mujer decidida y categórica en lo que convenía o no convenía hacer respecto a mi carrera; lo atribuyó a que, seguramente, estaba sedada hasta las cejas.

Como en un sueño, me veo en la silla de ruedas y a mi representante conduciéndome por el pasillo a toda velocidad. Alguien debía de ir a nuestro lado portando mi maleta. Veo a mi representante pulsando casi con furia el botón de llamada del ascensor, y al abrirse las puertas de éste e ir a empujarme dentro...

—¡¡¡Para!!! —suelto un grito de horror, que debió de oírse en todo el hospital.

Producto de algún lamentable fallo mecánico, al abrirse automáticamente las puertas no está allí la cabina, sino el abismo. Una caída desde el piso 12.

Mi representante, llevado de la prisa, apenas abrirse la puerta ha introducido ya las ruedas delanteras de la silla en el hueco, y sólo por un milagro al lanzar aquel grito desesperado, echarme hacía detrás (en un movimiento reflejo que quintuplica, centuplica, el dolor de mi pierna) y la fuerza que hace él para hacerme retroceder, logro salvar la vida. Ha sido cuestión de milímetros, de décimas de segundo que me precipitara por el hueco... Veo cómo la manta con que me habían cubierto la pierna cae, hecha un burruño, hacia el fondo... y allá al fondo, de pronto, creo apreciar algo. Al fondo de la sima, me ha parecido entrever la figura de una mujer encadenada. Su rostro me resulta conocido de mis sueños. Está pintado con hollín, sus cabellos son serpenteantes, sus ojos están inyectados en sangre. Una boca de labios cuarteados desgrana unas frases en latín y sonríe cuando mira hacia arriba y me ve en el filo de la muerte...

Me retornan, sin aliento, a la cama del hospital, mientras, por lo que entiendo, alguien va a clausurar los ascensores y a exigir responsabilidades al director del hospital. Me han tumbado entre dos enfermeras, porque me encuentro sin fuerzas... Sufro de un acceso de fiebre e incluso de estertores, producto del miedo sufrido. Me inyectan varios calmantes. También la pierna se ha resentido, y mucho, del acto reflejo y desesperado; en opinión rápida del doctor, es posible que haya que volver a operar...

Creo que, sumida en la semiinconsciencia de la sedación, he estado durante todo el día murmurando incoherencias. Mi representante, al lado, no para de hacer llamadas. Entiendo que está cancelando, sobre la marcha, todos mis compromisos, incluso aquellos en los que sólo tengo que posar en primer plano o de cintura para arriba. A decir verdad, no me importa en absoluto. Sólo quiero que todo esto cese, se marche y me deje tranquila.

A la noche, el doctor nos anuncia que, efectivamente, es necesario volver a operar. La cosa es grave y aconseja no moverme, siquiera en una avioneta medicalizada. Mi representante no puede evitar proferir lo que parece un aullido. En conclusión, voy a estar otro tanto tiempo allí varada, con lo que eso supone de pérdida de presencia en los medios, descenso de la popularidad... Ni siquiera puede recurrir a hacerme nuevas fotos o grabaciones de video y subirlas a las redes; ya me han visto en la cama del hospital y resultaría repetitivo... Aburrido... Voy a empezar a perder seguidores a manta...

Le digo que no me importa que se acabe allí, y así, mi carrera. Que ya es bastante, de veras. Es mejor resignarse: ha sido cosa del destino. «¡Qué destino ni qué...!», protesta, pero le digo que se calle. En poco tiempo, sobre un cuarto de hora, rescindimos el contrato de representación: él me pone un papel delante, donde sólo tengo que firmar; comprendo entonces que lo llevaba preparado, tal vez lo había redactado el día anterior y no sabía cómo largármelo. Firmo y él me dice, a manera de consuelo, que quizás, en un futuro, pueda volver al mundo de la moda, quizás, quién sabe, en unos años se ponga de moda lo *vintage*...

Cuando me quedo sola, tomo el libro, esta *Guía breve*, que alguien había recogido y vuelto a poner en la mesilla cuando fui sacada de la habitación.

Retomo la lectura por donde iba, pero ahora con una extrañísima, incluso insana podría decirse, sensación de tranquilidad...

Guía breve de la ciudad y sus lugares interesantes
(segunda reanudación)

En los días de mayor rigor del Santo Oficio, los «familiares» (hoy diríamos «colaboradores») de los tribunales de la Fe acostumbraban a lucir con orgullo, en la portada de sus casas, una flor de lis para distinguirse. Todavía hoy, al pasear por el centro de la ciudad, en una determinada calle, sobre la entrada de una casa antigua (remodelada varias veces, pero siempre conservando este blasón) se puede ver una flor de lis, o florlisada. De ella se glorió en su día una mansión, precisamente la del más fiero familiar y más constante perseguidor de luteranos, judíos, blasfemos, brujos y herejes en general que hubo en nuestra ciudad: Pedro de Santirso.

Aunque era monje cartujo, y constaba como habitante en la abadía de Valdacá (y debiera, por tanto, llevar vida retirada), su condición de inspector de la fe le eximía del voto de clausura, e incluso le habilitaba, cuando estaba de juicio o persecución, para pernoctar fuera del cenobio. Esto hacía, por lo común en esta casa ornada con la flor de lis, que había heredado de su familia y sobre cuyo portalón, orgulloso de su preeminencia inquisitorial, había colocado ese distintivo. Allí, decía Santirso, era donde se acostaba a reposar cuando le sorprendía la noche persiguiendo herejes... pero a raíz de la tumultuosa detención de la familia Acosta y de la muerte en la hoguera de toda la familia, muchos vecinos empezaron a propalar una versión contraria. La versión, al parecer, verdadera. Hasta entonces habían estado callados, aterrorizados por el poder del monje, pero movidos de indignación por la injusticia cometida con los Acosta, empezaron a contar a quien quisiese oírlos que en realidad aquella casa la utilizaba el fraile para verse con mujeres, la mayoría del partido, o sea, putas, pero también requería a mozas de la vecindad y, si éstas se negaban, las amenazaba con encerrarlas en las mazmorras, hacer que las condenasen a prisión perpetua o incluso sacarlas en un Auto de Fe. De hecho, decían, si el monje había extremado su celo contra los Acosta no se debía a que judaizaran poco o mucho, sino a que estaba enamorado de Leonor, la bella hija de D. Blasco, a quien había tratado de rendir primero con requiebros, luego con regalos y después con amenazas como la dicha. Y como ni aun así se rindiera la muchacha, es más, como se enterase Santirso de que en próximas fechas iba a contraer matrimonio, al final había entrado en la casa de los Acosta, había arramplado con cuantos allí se encontraban, con la joven, el padre, el novio, y todos los parientes que halló, y loco de despecho y ciego de furor, no había parado hasta verlos a todos en la hoguera...

—Pero pronto Dios se lo habrá de cobrar... —susurraban los vecinos—. Recordad la maldición que le lanzó el padre de Leonor cuando se hallaban en el último suplicio. En el plazo de quince días, le ha citado entre los muertos...

—Pues ya puede espabilar, que han transcurrido diez...

Salgo de la calle de la Florlisada, en que se ubica la antigua mansión de Pedro Santirso, a la del Colegio, donde en tiempos tuvo su sede la Universidad de nuestra ciudad. El origen de la Universidad Ciudadana se encuentra en el Real Colegio de Santiago, abierto en 1305 a instancias del monarca reinante. Este Real Colegio de Santiago se hallaba al principio situado en la calle de Fierros, en un terreno adquirido por la Casa Real a la familia Hurtado, a un precio todavía no esclarecido. La familia Hurtado, poco después, siempre mirando por la beneficencia ciudadana, vendería al Episcopado los terrenos donde erigir la Catedral y al Concejo el terreno de las Nueve Fanegas.

El primer establecimiento del Colegio de Santiago, germen de la posterior Universidad, fue instalado, pues, en la calle de los Fierros. Esta calle se llamaba así porque en ella estaban instaladas las herrerías donde se recibían los encargos de forja de la ciudad, y también donde se herraban caballerías, fabricaban calderos y otros cacharros, y era donde se templaban las espadas y hasta se desabollaban cascos y armaduras. Una idea de la actividad que reinaba en la vía, cuyo estridente eco de martillazos se extendía a las calles adyacentes, podemos encontrarlo (de nuevo, descrito a su manera) en las crónicas que sobre nuestra ciudad escribió Salvador de Oriz. Dice el autor de la *Chrónica cibdana*: «De todas las villas próximas venían a los ferreros de nuestra ciudad, et ellos laboraban a porfía con el martillo contra el iunque, et con el mazo, et con el marro, et con el pilón, et con la machuca, que ésta la habían de asir entre dos, ca pesava un porrón. Et parecían contender entre sí por ver quién, con más rüido, daba muestra de aver más trabajo et de este modo atrayía a mejores parroquianos».

De 1311 data, y se conserva en el registro del Ayuntamiento, la primera protesta del rector del Real Colegio de Santiago, en el sentido de que con tamaño estruendo y tanto martillazo no había forma de que se concentraran los alumnos en sus estudios. El rector conminaba al Ayuntamiento para que éste, a su vez, conminase «a los ferreros» a que «por merced, no golpiasen tan rudo». O al menos lo hiciesen sólo en determinadas horas. A lo cual —según figura en otro pliego antiguo del Ayuntamiento, calificado como 63/1, pliego de descargo— respondían los dueños de las forjas que sus fraguas se hallaban allí «primero que el colegio» y era, pues, sinrazón que se les exigiese silencio. También decían que no les era posible contenerse en su tarea, «golpiar bajito», por lo que recomendaban al rector que apelase al monarca para que «en su munificencia, trasladase el Real Colegio a otro emplazamiento».

Tras largas negociaciones de los diversos rectores, el Real Colegio fue trasladado al fin hacia el año 1390 a otros terrenos adquiridos de nuevo por el Concejo a los Hurtado y que entonces se hallaban casi a las afueras de la ciudad, en un terreno tranquilo y despejado. Era el terreno que hoy se corresponde con la plaza del Reloj, o Relox, que acabo de dejar atrás, y donde, como se ha dicho, en torno al 1400 se instaló la gran máquina que, con su sonido audible prácticamente en toda la ciudad, marca las horas, las medias y los cuartos, de día y quizás con más hincapié de noche, con exactitud total. Pero no fue tan malo eso para la paz del Colegio como el comercio de mujeres que se estableció a continuación en el lugar, y el gentío que, al olisque de las mozas, comenzó a congregarse armando bulla y (lo que parece inevitable en ambientes así) protagonizando con frecuencia disputas y riñas con gran griterío. «Con esto y con tanto campanazo, los alunnos se distraien et a vecess ocurre para colmo que uno entra en los cuartos de los moços y cata aquí que no están do debieran y halláselos abajo en la plaza enmedio de la putañería». Apelaba con estas razones el rector de la época a que se mudase de allí el reloj, y con él el comercio a su alrededor, porque, aquella vez sí, «el Colegio estaba primero». Sin embargo, poco pudieron las apelaciones de este y sucesivos rectores, ni pudieron escudarse en su indiscutible derecho de primohabitantes, porque los más habituales del lugar y los protectores de las mozas se unieron en una especie de frente común de resistencia, resultado del cual el Real Colegio hubo finalmente de trasladarse al Monte Tazón.

Este monte se halla en las afueras de la localidad y allí el Patronato adquirió unos terrenos a buen precio a la familia Hurtado donde se instaló el Real Colegio, prometiéndoles tranquilidad absoluta. Ocurrió este traslado en el año 1570. El Monte Tazón (quizás resulte exagerada la denominación de «monte» y quede en «colina», pero no es éste el lugar donde discutirlo) destacaba entonces, y aún hoy, por su exuberancia floral, por su extenso arbolado, y por las vistas que desde sus laderas se tiene de la ciudad a los pies. Es lugar idóneo para los paseos bucólicos entre el trino de los pájaros, para los vagabundeos contemplativos repasando la lección, para las reflexiones sentado en una roca A este lugar, pues, con evidente satisfacción de su rector, vino a mudarse el Real Colegio de Santiago en la confianza de haber hallado, por fin, un «remanso de paz»....

Con lo que no contaba la dirección del antiquísimo instituto era con que a los gobernadores y mandamases de la ciudad, emulando a los reyes de la época, les diera poco después por la caza del ciervo, la gineta o el jabalí, abundantes en esta idílica colina. Los mandamases salían entonces de caza podría decirse que a diario, pues era el deporte de aquellos tiempos, y cuando lo hacían soltaban, antes de nada, a los perros, que echaban a correr atronando el aire con sus ladridos; si daban con un jabalí, éste, al verse en peligro, se revolvía emitiendo unos gruñidos y chillidos horrísonos, ¡¡¡oinkkkk!!, ¡¡oinkkkkk!!, ¡¡oinkkkkk!!, y los cazadores ¡pum!¡pum!¡pum! comenzaban a descargar sus escopetas de chispa. Como al fin y al cabo no tenían mucha práctica, tardaban a veces dos decenas de disparos en abatirlo casi junto a los muros del Colegio de Santiago, adonde el animal había llegado reculando. ¡Jaiiii!, ¡jaiiiiii!, ¡jaiiiiiiiiii!, se felicitaban entonces los cazadores.

Protestó el rector de que con aquel ruido tampoco se podía estudiar, pero como la caza era afición de personas importantes, y la más afecta por los reyes, no prosperó la protesta. Los estudiantes tuvieron que aguantar casi día sí y día también aquellas expansiones cinegéticas. Por suerte, fueron muriendo reyes y jabalís y aquella moda pasó... Pero sólo para que el monte Tazón, ya en época romántica, fuera escogido, por ser lugar tranquilo, como lugar de celebración de duelos. Por lo común, a pistola. Lo típico: dos caballeros que se consideran heridos en su honor quedan citados al alba junto a las tapias del Colegio de Santiago, se colocan de espaldas, cuentan diez pasos con la pistola levantada, luego se dan la vuelta y ¡pum! ¡pum!... ¡pum!¡pum!... uno, dos... tres, cuatro... los tiros que hicieran falta para reparar el deshonor.

Numerosos fueron estos lances en la época, sostenidos muchos de ellos por Eudosio Máuriz, XVIII marqués de la Carrera, hombre muy aficionado al bello sexo, por lo que podría decirse que cada tres o cuatro días recibía el impacto de un guante en la cara. A la mañana siguiente temprano, ya estaba batiéndose a pistola, a escopeta, a trabuco, incluso a cartuchazos de dinamita, no era hombre que eludiese el peligro. Nueva protesta del rector y nuevo retraso en atender su demanda de traslado, porque, a la postre, ¿quién no era romántico en aquella época? También los políticos, los alcaldes y concejales... Todos entonces, en cuanto sentían herido su honor, mandaban sus padrinos al contrario para citarle al amanecer junto a la tapia del Real Colegio, donde uno de los dos habría de acabar cayendo entre tremebundos gemidos...

En 1930, el Real Colegio de Santiago fue finalmente desmantelado y trasladado de su ubicación del Monte Tazón a esta calle que se acabó llamando del Colegio, aunque en torno de la antigua institución ya habían crecido facultades y colegios mayores y menores, conformando una pequeña y tranquila universidad. Entre los colegios menores, durante cerca de medio siglo callados y pacíficos, adquirió de pronto cierta celebridad, a comienzos de los 80, el Colegio Menor Garcilaso, «el Garci», como se le comenzó a llamar por aquellos años. Y no porque en él hubiese algún alumno notable, posterior magistrado, médico o abogado famoso. La fama le llegó al Garcilaso porque, durante la llamada «eclosión musical» de nuestra ciudad, muchos fueron los conciertos que se celebraron en su salón de actos. Por allí pasaron, ante un boquiabierto público local, las mejores bandas inglesas e incluso estadounidenses de *punk* y *after punk*; más tarde fueron bandas autóctonas de parecido guitarreo, aporrear de batería y experimentación al teclado las que subieron al escenario y difundieron sus notas, o lo que fuese, por el contorno estudiantil. Podría decirse que absolutamente todos los grupos musicales que, por aquel tiempo, en nuestra ciudad eran o nos visitaban recalaron en «el Garci». Motivo por el cual, en marzo de 1982, el rector del Colegio de Santiago elevó una carta a las autoridades educativas correspondientes, protestando de que con todo aquello (tanto aporreo, guitarreo y distorsión de notas) no había manera de que se concentraran los alumnos. «Ruido, gritos, batacazos, explosiones a veces. Por no hablar —concluye la carta del rector— del ambiente que se genera en torno...»

Del ambiente que se generaba alrededor de los conciertos del Garci habló, por extenso, David Molina («Moulinex» en la época), uno de los nombres más importantes de la «eclosión musical», en una entrevista para *Rock-Trance*, publicación del ramo: «Todo era loco, rápido, divertido en aquellos años. La gente quería disfrutar de su época sin prejuicios; de pronto, lo que hasta hacía unos años existía fuera y lejos ahora estaba allí, al alcance de la mano. Mirábamos todo aquello flipados, y no solo por la novedad, sino porque por aquel entonces todo el mundo *consumía* de forma alegre e indiscriminada. La verdad es que nos lo pasamos en grande: a mí, por ejemplo, me gustaban mucho las pirulas, daba casi lo mismo cuáles: blancas, rojas, amarillas o verdes: las tragaba casi con furia, botella en alto a todo trasegar, de la forma más ostentosa posible, a veces incluso encima mismo del escenario, sin cortarme un pelo, porque todo el mundo viese que estabas en el ajo. Tampoco le hacía ascos a otras sustancias: al hachís, desde luego, a la coca, al peyote incluso... entre los músicos corría por entonces de todo: pronto apareció la heroína puesta en lonchas sobre los lavabos. Bien mirado, era casi inevitable: todo el mundo habla de la conexión entre el rock y las drogas; imagínate cómo sería entonces, cuando muchos, sin ser verdaderos músicos ni tener en realidad nada más que mucho morro, tenían... o bueno, teníamos que subirnos a un escenario ante mil tíos puestos hasta las cejas, gritando y con ganas de marcha...»

—¿Ven? A esto, a esto me refiero —enseñó el rector una entrevista parecida a ésta a las autoridades educativas del Ayuntamiento—. Gritos, gente cantando muy mal, instrumentos desafinados...

Por el Garci, sigue diciendo David «Moulinex» en su entrevista a *Rock-Trance*, pasaron, tarde o temprano, todos los músicos «nuevaoleros» del momento. «Aunque algunos, ya te digo, sólo teníamos de músicos la cara que le echábamos». Allí, por ejemplo, se pudo ver a Mary Lay, la que luego fue bajista de Ovejas Negras, banda maldita por excelencia y que tan trágico final tuvo. «Pero ella, pronto lo demostró, *sí que sabía tocar* música, quizás era una de las mejores, *¡incluso le gustaba!*».

Continúa la entrevista a «Moulinex»: «La primera vez que Mary Lay fue a un concierto en el Garci, apenas si tendría diecisiete años, iba vestida aún con ropas estampadas, mascaba chicle y tenía toda la pinta de acabar de dejar los libros en casa para salir de marcha con su noviete del momento. No hace falta decir que pronto dejó al tal noviete: a Mary le gustaba mucho la marcha, y le gustaba todavía más la música como para atarse a un tipo y a un futuro convencional. Ella lo que quería era desfasarse a tope... y te aseguro que sabía pasárselo *muyyyy* bien. Ya no solo porque se metiera la que más, sino que muchas veces la vi encerrarse en los baños con dos, e incluso tres tipos, y créeme que tardaban demasiado en salir como para estar *sólo* poniéndose...»

Rock-Trance era, al fin y al cabo, una revista musical y a un lado de la entrevista con «Moulinex» se inserta, en otro color, un pequeño recuadro informando a sus lectores de quién fue Maria Aylagas, Mary Lay, cantante y compositora, por si acaso alguno no lo sabe o no recuerda. «Aylagas/ Lay, como firmaba sus temas, tuvo el acierto de unir, en parecida forma a cómo hacían los Clash, los estilos musicales de dos tribus en principio excluyentes, como el *ska* de los *mods*, y el *destroy* de los *punks*. Suya es una versión feroz y genial del *Dawning of a New Era*, de los Specials, que Lay en castellano bautizó *Estrangula a tu nuera* y en la que cuenta la historia de un ama de casa convencional, pero en el fondo ansiosa de nuevas sensaciones, que ve cómo su hijo, para el que tenía trazados planes muy modernos, se casa con una opusina que le induce a tener hijos, muchos hijos, y cumplir como padre...

»A David, o sea, "Moulinex", le tiembla un poco la voz cuando recuerda aquellos tiempos, aquellas noches, aquellos mogollones en el Garci: "Es que, *realmente*, nos lo pasábamos de escándalo. Todos sobre el escenario, aun sin tener mucha idea, o ninguna, de música. Hasta el hijo de un marqués tocaba la batería en un grupo. Lo malo es que nadie nos advirtió de nada, de que aquella fiesta podía acabarse. Y ninguno de nosotros sospechábamos lo que se nos venía encima."»

Escrita por Salvador de Oriz en torno al año 1500, la *Chrónica cibdana*, o *Crónica ciudadana*, es, en gran medida, una continuación de la *Historia civitate* de Tosco Decembrino. Allá donde la *Historia* del latino queda interrumpida (año 252 d.C.) por el motivo disculpable de la defunción del autor (aunque quien la estaba transcribiendo, el tan célebre como cuestionado fray Montán Gallego, por orden de su prior se vio obligado a alargar el relato decembrinista hasta el horrendo martirio de san Requiario Podólogo), allá, estaba diciendo, donde el Decembrino concluye, Oriz continúa la historia de nuestra ciudad.

La crónica de Oriz alborea con los godos ya asentados en nuestro suelo, pero todavía inmersos «en la secta infecta, con perdón, de Arrio», dice Oriz textualmente, Ese «con perdón» ha suscitado numerosas interpretaciones: para algunos, es señal de que, bajo capa de converso, en el cronista se ocultaba un mal cristiano, descreído de la Trinidad divina; para otros, ocurrió sencillamente que, al estar escribiendo Oriz de corrido y por gusto, y darse cuenta de que tras «secta» había escrito «infecta» y cometía cacofonía, como en la época no existía posibilidad de borrar lo escrito, ni hubiera estado bien recurrir a un tachón, Oriz pidió perdón por el *lapsus calami* y a otra cosa. Decida el propio lector lo que le cuadra más, si Oriz era hereje o simplemente descuidado, y prosigamos.

Estoy hablando de Oriz porque en estos momentos paso por la plaza de los Prelados, y es inevitable, pues, referirse a la famosa «Controversia» de tiempo de los godos y que en la *Chrónica cibdana* se relata, bien que de aquella manera. Ha caído el Imperio Romano y los bárbaros se han instalado en la península. La Cruz, por la que tanto penaron muchos mártires de la talla de san Requiario, ha acabado triunfando, aunque con algunas sombras. Cristianizados los godos por Ulfilas, éste no debió de enterarse correctamente de la doctrina y en vez de imbuirles a los pueblos provenientes del Este aquello de la igualdad de sustancia entre Padre, Hijo y Espíritu Santo, Dios uno y trino, les ha introducido en las enseñanzas de Arrio, quien niega la consustancialidad, la divinidad y hasta el Verbo mismo, y lo deja todo en cuestión de Padre e Hijo. Es por estas diferencias en el dogma que los cristianos que llegan y los que ya están asentados aquí se persiguen unos a otros y hay gran mortandad tanto en batallas como a campo abierto. Mueren incontables obispos y fieles, y hasta el mismo rey Leovigildo persigue y mata a su hijo Hermenegildo por contrario a su fe. En un clima como el de época, no son de extrañar estos conflictos familiares: años antes, el rey Amalarico a punto estuvo de matar a golpes a la reina, Clotilde, cuando se enteró que ésta, en el secreto de su alcoba, profesaba el trinitarismo.

Leovigildo, pese a todo, no puede evitar que su otro hijo, Recaredo, le salga también católico. Cuando, a la muerte del padre, Recaredo sube al trono, pronto abjura de «la fetidez», como la llamaba, de Arrio y con él hace que abjure todo su pueblo, y también su mujer, de nombre Badda, y la mayoría de obispos... No logra, sin embargo, que renieguen del arrianismo todos los obispos, pues algunos, en las cercanías de nuestra ciudad, siguen profesando en secreto el arrianismo. Estos obispos, con el apoyo de un *comite* [=conde] también pertinaz en la fe antigua, se levantaron contra el sucesor de Recaredo, degollándole, y en su lugar impusieron en el trono a un correligionario, Witerico. Éste, durante seis años, persiguió a los católicos, mató y deportó a muchos obispos y asoló pueblos y monasterios... Hasta que en 610 fue derrocado y muerto por Gundemaro, quien, católico de nuevo, promovió la persecución de los antitrinitarios, mató y deportó a muchos obispos y asoló pueblos y monasterios arrianos... Hasta que Chindasvinto, en 642, ascendió al trono y mostró visos de persistir en el arrianismo, con lo que comenzó a nombrar obispos de su cuerda y a matar a los de la contraria...

Corría el año 700 cuando el rey visigodo que entonces imperaba en Toledo, cansado ya de estas disputas por tan poca cosa (y alarmado, sobre todo, de que, en la soledad de

248

su cuarto, con la mano en el corazón y frente a su esposa, ni el uno ni el otro supieran decirse ya qué fe, en realidad, profesaban), decidió convocar un concilio en nuestra ciudad para que los obispos católicos y arrianos resolvieran definitivamente esta controversia. A nuestra ciudad, por tanto, estaban convocados los «prelados» de una y otra religión para reunirse en esta plaza en que me he detenido.

El motivo de celebrarse el concilio en nuestra ciudad es que, encastillado en ésta, se hallaba Gosubando, uno de los *comites* más rebeldes al culto oficial (fuera cual fuese el que entonces se hallaba establecido). Este concilio, en primera convocatoria, no pudo llegar a celebrarse, debido a que, según llegaron a nuestra ciudad los obispos del culto imperante, fueron degollados todos. Tan sólo las disculpas del conde junto con la promesa, por parte del rey toledano, de que, la próxima vez, mandaría aviso a la ciudad con antelación suficiente de que venían obispos contrarios, pudo hacer posible que llegase una nueva remesa de prelados. De esta forma, el concilio, salvadas estas primeras dificultades, pudo llegar a celebrarse.

Largo e inapropiado sería traer aquí, siquiera muy resumidas, las razones que se esgrimieron en aquella controversia. Baste decir que, al final, se decidió que los de la ciudad se hallaban en la religión equivocada. Siguiendo entonces las indicaciones del rey toledano, los de la guarnición militar fueron hechos presos y degollados al momento. Al *comite* o lugarteniente de la tropa, Gosubando, le impusieron un castigo todavía más ejemplar: le vistieron con un saco, le decalvaron, le subieron en un burro mirando hacia la grupa y le pasearon así por toda la ciudad.

Nunca llegó a reponerse Gosubando de esta intolerable afrenta. Encerrado en su castillo, estableció comunicación secreta con otros *comites* rebeldes para llamar en su ayuda a *ciertos elementos* que podrían acabar de raíz con todas aquellas controversias...

Así fue, pues, como entraron los árabes en la península y, por ende, en nuestra ciudad, donde fueron recibidos por el traidor Gosubando con los brazos abiertos. Pronto comprobó éste, sin embargo, que, lejos de conseguir de mano de los árabes la *restitutio* que buscaba, los invasores acabaron encerrando a la mayoría de los *comites* traidores, para que no les estorbasen, decapitaron a la mayoría y a otros como Gosubando (a quien, mientras tanto, ya le había crecido el pelo), le decalvaron de nuevo como castigo ejemplar. Incapaz de soportar esta doblada e intolerable afrenta, el *comite* murió de rabia y frustración.

Fue lástima que nuestra ciudad, y por extensión nuestra península, acabara así, después de haber sido una de las más acendradas en la defensa del cristianismo. Que fue joya de la Cristiandad lo demuestra la figura del diácono Requiario (hoy san Requiario Podólogo, patrono de nuestra ciudad). Éste oficiaba el culto para los cristianos en marzo de 308. Por esos años, imperando Diocleciano, se había desatado contra los cristianos la persecución más acérrima que llegarían a sufrir. A efecto de extirpar la *insania crucis* (locura de la cruz), había llegado Daciano a la península en 304, en categoría de prefecto, o *praeses* (delegado), para hacer cumplir el edicto imperial contra la *superstitione christianorum*. A lo largo de un sangriento recorrido por la península, Daciano fue dejando, según relata Prudencio en su *Libro de las coronas de los mártires,* un largo reguero de cristianos ejecutados, despedazados algunos, decapitados otros. Hubo también a quienes arrojaron a la hoguera. Daciano cubrió de sangre la Tarraconense y la Cartaginense antes de, en 306, embarcar de vuelta a Roma, quizás cansado. Quedó entonces como subdelegado Calfurniano, con la misión de completar la persecución en las provincias interiores, donde se halla nuestra ciudad.

Cuando Calfurniano llego a estas regiones, ya muchos de nuestros ciudadanos se habían convertido a la fe de Cristo. Ante las noticias de cómo el subdelegado, proveniente de Mérida (donde había capturado a santa Eulalia, la había mandado azotar, luego arañar con garfios, después descoyuntar en la garrucha, y por último que la echaran por encima aceite hirviendo), cómo el subdelegado, decía, estaba subiendo por la provincia hacia nuestra ciudad, la mayoría decidió esconder las señales de su culto, y algunos incluso también sus personas, en unas cuevas o galerías subterráneas que había en la vía Augusta, una de las primeras vías de nuestro municipio, llamada así en honor de Octavio. De este modo fue como surgieron las catacumbas. Para algunos historiadores, estas galerías fueron originariamente labradas por los conquistadores romanos para extraer materiales de construcción y luego las aprovecharon para esconderse estos cristianos primigenios; para otros, fueron excavadas *ex profeso* por los cristianos con miras a ocultarse y practicar allí sus misterios y sus enterramientos. Comoquiera que fuese, el resultado es una red laberíntica de criptas, cubículos, nichos, capillas excavadas en la roca, ornado todo con antiquísimos signos (crismones) dibujados en las paredes.

Paseando por estos subterráneos, el visitante curioso (y morboso también) puede hallar algunos cuerpos momificados de estos primeros cristianos, así como muros enteros revestidos de calaveras y de otros huesos humanos, criptas con cadáveres embalsamados... Sobre este escalofriante osario, mar de cráneos, fémures, clavículas y abismo de oquedades se edificó en su día, decían que para subrayar su cristiandad, la Catedral metropolitana, con el fatal resultado que se ha visto.

Requiario, santo varón natural de nuestra ciudad, y diácono de la Iglesia en el tiempo de las persecuciones, solía salir con frecuencia de todas esas anfractuosidades a respirar un poco de aire, pues allí abajo, con tanta gente escondida y sudorosa, que se ocultaba, además, con sus animales, entre ellos cerdos, lo encontraba algo viciado, Tuvo la mala suerte de que en una de esas fue descubierto por el subpretor Calfurniano, quien enseguida ordenó que le cargasen de cadenas y le arrojasen a una mazmorra. A los ocho días de esto, mandó Calfurniano que subiesen a Requiario a su presencia.

Calfurniano y Requiario frente a frente, el subpretor instó al diácono a que sacrificase delante de los dioses paganos, a lo que Requiario se negó. Varias veces advertido por Calfurniano de que, si no sacrificaba ante los dioses del imperio, sería condenado por impío y muerto allí mismo, Requiario persistió en su negativa, declarando que sólo había un Dios verdadero en el que creía y del que esperaba. Entonces Calfurniano mandó a los soldados que le tumbasen sobre un potro y le desollasen la planta de los pies, y luego le hicieran caminar un buen rato sobre guijarros. Esto hicieron, pero Requiario aguantó a pie firme (nunca mejor dicho) y sin renegar de Cristo. Entonces Calfurniano mando le despojasen de sus ropas (salvo un paño que, oportunamente, quedó cubriendo sus partes pudendas), le tendiesen sobre un potro y pusiesen unas tenazas a calentar al fuego; y él mismo, cuando ya el brasero humeaba, se levantó del asiento desde el que presidía el interrogatorio, bajó donde se hallaba el reo y, tomando las tenazas...

Ah, che ingrato,
vieni con brutta faccia...

Así comienza el aria para tenor de *Podologgio*, ópera de Claudio Carrieri (seudónimo de Clodomiro de la Carrera, aristócrata de nuestra ciudad aficionado al *bel canto* y compositor él mismo, cuya obra más representativa es precisamente ésta, dedicada al santo patrón de nuestra ciudad y representada con cierta frecuencia en teatros de todo el mundo, aunque el autor siempre se resistió a salir allende nuestra ciudad a recibir los merecidos aplausos). El aria de *Podologgio*, muy célebre y que así, «*Ah, che ingrato*», comienza, el tenor la canta tendido sobre un tablero, que simula el potro de tortura, como se supone estaba el santo, aunque con un poco más de ropa. A su lado el contratenor, en el papel de Calfurniano, figura hurgarle en los pies a modo de callista con las tenazas al rojo. En esta famosa aria, destaca tanto la calidad musical como la fuerza y el dramatismo de la escena...

...I miei piedi,
quanto dolore,
exfoliatto tutto...

...que el público contempla sobrecogido por la emoción y deseoso...

..sono morto
Oh Dio, confido in Te.

...de prorrumpir en aplausos y levantarse de sus butacas apenas el tenor expele la última nota, para dedicarle una cerrada ovación.

En el nº 14 de la calle, precisamente, de San Requiario se halla el célebre gimnasio Excelsior, desde donde aún se sigue escapando ruido de golpes, bufidos de esfuerzo, gritos de ánimo, y el sonido inconfundible de unas zapatillas altas al moverse sobre una lona. El gimnasio Excelsior fue fundado en 1970 por Marcos «Martillo» Vázquez, antiguo púgil que llegó a ser subcampeón nacional, con el objetivo de preparar a campeones del boxeo. Años después de su fundación, «Martillo» no se hallaba, sin embargo, demasiado contento con los resultados. Algún trofeo lucía ya en las vitrinas, sí, varias medallas, bonitas fotos en los pódiums, fotos dedicadas, pero, en realidad... En realidad, nada de importancia.

«Martillo» era consciente de que en 1970 los tiempos habían cambiado: ya nadie pasaba hambre, hambre de verdad, y nadie estaba, por tanto, dispuesto, como lo estuvo en su día el propio «Martillo», a que le partiesen la cara, a jugarse la vida a hostia limpia, por un fajo de billetes con que salir de la miseria. Ya no se encontraban tipos de buena pegada, pero, sobre todo, de mejor aguante que pudieran llegar a ser figuras sobre el *ring*. Verdaderas figuras. No figuritas. A finales de los 70, quienes se apuntaban al Excelsior querían ser —mascullaba «Martillo» por un lado de la boca, con desprecio, cuando nadie podía oírle— «boxeadores olímpicos». La sala de su gimnasio estaba llena de tipos girando en torno a sacos de arena, meneando los brazos bajo el *punching-ball*, saltando a la comba o poniendo posturitas frente a los espejos... gente que se entrenaba «por amor al deporte»; o aún más ridículo: «por afán de superación».

Mucho Excelsior, mucho Excelsior, pero, desde que lo fundó, solía quejarse, en su gimnasio no había entrado excelencia alguna; sólo, volvía a mascullar, «medianías olímpicas»; ni un solo tipo desesperado y suicida, que es la madera con que se forjan las leyendas...

Hasta esa tarde en que «Willy», su ayudante (con su ladear nervioso de cabeza y el hablar rato y como gangoso, característico de quien ha quedado «sonado») le llevó al gimnasio a Fugo, un chaval de la barriada de Jesús Obrero, vecino suyo, que quería ser boxeador, Sobre todo, le insistió «Willy», «quiere ganar dinero».

—¿Pero sabe algo de boxeo?

—No... o... o —dijo «Willy»—, sólo qui... i... ere ganar pasta.

Enseguida intuyó «Martillo» que allí tenía un púgil de verdad. Y lo confirmó cuando le puso los guantes, el casco, el protector bucal y le dijo que se fuese a por el *sparring*, a ver qué sabía hacer; «Franky», el viejo púgil contra el que Vázquez alguna vez había combatido y que entonces tenía contratado como *sparring*, le tiró al suelo del primer manotazo, simplemente con ponerle el guante en la testuz, riendo incluso de lo alocado y torpe del ataque del chaval. Pero éste se levantó, apenas caer, y volvió a la pelea, buscando el cuerpo a cuerpo rápido, como en las luchas callejeras...

—¿Cómo has dicho que se llama? — le preguntó a «Willy», que estaba a su lado viendo aquella ridícula pelea.

— Fugo.

—¡Aguanta ahí, Fugo!, ¡aguanta! ¡Ya le tienes!

Han pasado algunos meses y «Franky», sobre el *ring* de entrenamiento, se encoge y mueve el cuerpo de un lado a otro para intentar escapar de los golpes que, obediente, Fugo le puntea en uno y otro costado. De vez en cuando, consigue sacar una mano que, casi infaliblemente, choca contra el rostro del chaval... Son sólo punteos, golpes marcados sin fuerza; pero «Martillo» sabe que cuando, dentro de dos semanas el combate sea de verdad, en el Sportium, ante miles de espectadores gritando, entre el humo de los puros y bajo la luz cegadora de las lámparas, entonces el puño del rival impactará contra el rostro de su púgil a una velocidad de treinta, cuarenta kilómetros por hora, que crujirá el hueso orbital, el que hay sobre la ceja, amenazando romperse... Pero también sabe que Fugo aguantará, sabe que, cebado en su oponente, sólo se separará de él cuando les aparte el árbitro. Y al juntar las manos para que se reanude la pelea, Fugo, que ha tenido unos segundos para tomar aire y recobrarse, buscará al rival, al enemigo, casi con saña, aunque en el camino tenga que cruzar por medio de un campo minado.

—¡Está bien!, ¡está bien! Descansa, campeón. Gracias, Franky.

Mientras «Willy» masajea los hombros del chaval, «Martillo» nota (nadie ha sido capaz de explicar por qué esas cosas se advierten por instinto) que una presencia ominosa observa la escena desde la puerta. Se vuelve y allí está él, De los Santos, gordo, seboso, con su abrigo de piel de camello sobre los hombros. Y acompañado de sus chicos, cómo no.

Se les acerca con todo el aire displicente que puede aparentar.

—Vaya, «Martillo» —dice De los Santos, sin reparar en el desagrado con que es recibido—; veo que tienes aquí todo un campeón. Un chico valiente, orgulloso... ¿Es el que va pelear dentro de quince días por el título?

—Sí —contesta «Martillo» Vázquez lo más escuetamente posible.

—Hay una buena bolsa... además, claro, del cinturón en juego. No sé si has oído que las apuestas se han disparado también...

Vázquez asiente con la cabeza, mientras mira alternativamente a los muchachos de De los Santos. Sabe, sin que su jefe tenga que pronunciarlas, las palabras que vienen a continuación.

—Voy a hacerte una propuesta que, seguro, te va a interesar...

Sportium se llama, quizás algo pomposamente, nuestro pabellón municipal de deportes, un lugar no demasiado lejos del gimnasio Excelsior y donde en septiembre del año 1975 se celebró la velada por el campeonato europeo de los pesos medios. En atención a que uno de los contendientes era natural de nuestra ciudad, aquí se programó, en la seguridad de que el recinto se llenaría aunque se pusieran unos precios desorbitados. Y así, en efecto, ocurrió.

El rugido de la multitud se expandía por las proximidades del pabellón, hasta varias manzanas de distancia. A la puerta, los reventas, susurrando la mercancía, hacían su agosto, mientras los taxis se detenían y la gente bajaba corriendo a meterse dentro, rápido porque se perdía el primer combate. Una vez dentro, el bullicio de la multitud se convertía en feroz, horrísono bramido cuando un púgil, en los combates previos al combate estelar, caía sobre la lona, quedaba tendido o de rodillas y, a su lado, el árbitro comenzaba la cuenta de protección: uno, dos, tres, cuatro... Humo, olor agrio de cerveza derramada, mezclada con el aroma de perfume francés expandido por una belleza despampanante que, del brazo de uno de los capitostes de la ciudad, ha bajado las escaleras ante las miradas admirativas de los espectadores para colocarse en las butacas de primera fila. Ese clamor, procedente de todos los rincones del edificio, esos efluvios, esa expectación de las grandes noches del Sportium, se cuela por la bocana del pasillo de vestuarios, donde ya los púgiles asoman enfundados en sus batines.

Precedidos de una joven en insinuante bikini que muestra, girándose en todas direcciones, un cartel con su nombre, los púgiles, seguidos de su entrenador, se sientan en sus respectivos banquillos, mientras reciben los últimos masajes en los hombros, y al lado el ayudante revisa todo el material de toallas, agua, vendas...

Se acercan al centro. El árbitro les dice no saben qué. Chocan los guantes. Retroceden un par de pasos cada uno. Suena la campana...

Sentado sobre la camilla, recién liberado de los guantes y recién escupido el protector, Fugo Guijarro muestra su cuerpo amoratado en muchos puntos; en su rostro, en torno a la nariz, restos de sangre seca, un ojo tumefacto... El buen «Willy», el ayudante y asistente de urgencia, con una gasa en una mano y una botella de alcohol desinfectante en la otra, desde que se sentó el campeón está tratando de restañarle esa fea herida que tiene sobre el párpado. Fugo, con cada roce de la gasa, reprime un bufido de dolor, pero no echa el cuerpo hacía detrás: de tal forma está acostumbrado al castigo, hecho a aguantar. A su lado, sobre la camilla, desmadejado como si ya no tuviese importancia, el cinturón de campeón continental de los pesos medios...

Llaman a la puerta del vestuario, y «Martillo», avisado por ese raro e inexplicable instinto de que no es un periodista más, de esos impertinentes que quieren ser los primeros en hacerle una foto al campeón, acude a abrir. Ese raro e inexplicable instinto, aún más, le ha avisado con claridad de quién puede ser. En efecto, nada más abrir la puerta, sin pedir permiso, De los Santos, acompañado de sus chicos, se introduce en el vestuario.

—Enhorabuena, campeón... —son las primeras palabras del hombre del abrigo de piel de camello sobre los hombros. Viene fumando un gran puro, sin atender a la atmósfera deportiva del sitio.

«Martillo» cree detectar, por el énfasis con que De los Santos ha dicho «campeón», una amenaza encubierta... Es lógico, cómo iba a ser de otra manera. Secamente, le ordena a «Willy» que salga.

—Pero... —protesta el ayudante, con la gasa en la mano, preocupado por tener que dejar sin atención esa herida que parece no para nunca de supurar.

Vázquez insiste, y «Willy» va a abandonar el cuarto cuando uno de los hombres de De los Santos alarga el brazo, impidiéndole la salida.

—Por favor... —dice «Martillo», casi implorante—, dejadle ir; él no tiene nada que ver con esto.

—No, que se quede —dice De los Santos—, que se quede y siga atendiendo al campeón. No creo que se asuste de lo que vamos a hablar...

Algo extrañado de esta súbita reacción y de ese tono raro... se diría incluso que de buen humor... de De los Santos, Vázquez comienza a explicarse ante el visitante:

—Escucha, De los Santos, no se me ha olvidado que llegamos a un acuerdo. Que el chico tenía que dejarse caer en el octavo. Pero...

—No te disculpes —le interrumpe De los Santos—, no hace falta.

Va hacia donde está «Martillo» e, inopinadamente, le toma de los hombros. ¿Es eso un abrazo?, se pregunta Vázquez.

—Mira, «Martillo», no estaría donde estoy ni habría llegado adonde he llegado si no conociera algo la naturaleza humana. Además, soy aficionado a las películas, y esto parecía tener todos los ingredientes de un clásico: ya sabes, el joven surgido de la calle, impetuoso y con orgullo, que tiene en la mano llegar a lo más alto, ser campeón continental; el todopoderoso hombre de negocios que se cruza en su camino y, a través de su viejo entrenador, le propone amañar el combate; el día en cuestión, el público, las luces... Todo eso está más visto que el tebeo, «Martillo», ¿o no? Tonto sería si no estuviese seguro de que, en el octavo asalto, el chaval, lejos de dejarse caer como le habían ordenado, se encabritaría y, en un rapto de dignidad, sacaría fuerzas de flaqueza, rebeldía y rabia para ganar el combate. Era previsible... conque he apostado a favor de tu chaval... y he ganado una pasta, «Martillo». Tú no te lo podías imaginar entonces, pero si hace unos días fui a visitarte a tu gimnasio fue precisamente para que la gente se compusiera la película que te he contado y apostara a favor del contrario, convencida de que yo, en efecto, había amañado el combate... En resumen, que me he embolsado un dineral. Y gratis, porque no habéis cumplido el trato de que tu chico se dejara caer en el octavo, así que no tengo por qué pagaros nada de lo prometido...

—¿Y a esto has venido, De los Santos?, ¿a restregarnos por la cara lo listo que eres y de qué manera nos has utilizado? —pregunta «Martillo», en un arranque de pundonor.

—No, joder, tampoco soy tan cabrón; sólo soy un hombre de negocios. He venido a felicitar sinceramente, lo creas o no, a tu chico: es un boxeador excepcional. Y, de paso, a darte un consejo: cálmale un poco, corrígele esa manía impulsiva que tiene de atacar, impulsiva y suicida, no le dejes que reciba tanto, sobre todo en los costados, a la altura del hígado. Que se tire alguna vez, qué coño, en algún combate... o no te durará mucho —concluye De los Santos—. Ahora, adiós.

De los Santos y sus muchachos abandonan el vestuario y en el aire, junto con el olor a linimento, queda flotando un insulto, una afrenta, una humillación de eco tan vago como el de la multitud que abandona el gimnasio felicitándose por el espectáculo visto, por la manera en que el tal Fugo, apodado ya «el bombardero del Excelsior», ha saltado hecho una fiera en el octavo *round* y ha machacado a su rival, aunque él también haya recibido un grandísimo castigo en el hígado. Pero con esa pegada, esas ganas, esa actitud, es indudable que puede aspirar al título mundial de los medios...

—¿Cómo?, ¿qué dices?, ¿estás seguro? Oye, tú, escucha: dice éste que el tal Fugo va a dejar el boxeo, que se lo ha dicho de buena tinta el ayudante de su entrenador. Sí, el tal «Willy», el tartamudo, pero que cuando quiere habla por los codos. Dice no sé qué de que le han vejado como nunca. No, al tartamudo no, a Fugo. Dice que le han humillado y que ha jurado no volver a boxear. No, no creo que lo haga por cobardía, ¿tú has visto cómo se lanzaba al combate cada vez que sonaba la campana? Le sobran redaños para disputar el título mundial. Tiene que haber, por fuerza, otra explicación...

———

NOTA DE LA EDITORA X: No me gusta el boxeo, en realidad (es más, no me gusta ningún deporte), pero no puedo evitar tomar de nuevo el móvil y buscar en Internet todas las imágenes referentes a este tal Fugo Guijarro cuya historia me ha impresionado, lo confieso. La mayoría son imágenes de peleas sobre cuadriláteros tomadas desde lo alto, o de dos hombres encorvados protegiéndose el rostro con los puños. Sólo un par de ellas son fotografías del hombre que busco, ambas en blanco y negro, y en ambas se le advierte un deje de tristeza, o mejor, de estupor, de indefensión; en ambas posa medio de perfil y en su mirada se advierte ese extraño brillo (lo he visto también en aspirantes a modelos) de quien pasa por el mundo asombrado de cuanto ocurre a su alrededor y preguntándose si siempre ha sido así...

— — —

Fugo Guijarro se llamaba «el bombardero del Excelsior», y a muchos les extrañará este nombre, que en realidad es un diminutivo de «Ignífugo». Este nombre, sorprendente para quienes lo oyen por primera vez, es muy común, sin embargo, entre quienes han nacido aquí. Tanto «Ignífugo» como «Ignífuga», naturalmente, acompañado en ambos casos de sus respectivos apellidos: Ignífuga Pérez, Ignífugo Jiménez, Ignífuga González... El diminutivo más frecuente en ambos casos es «Fugo» y «Fuga», y así puede verse en el caso del púgil de arriba, y también en el caso de Fuga Rubio, alias «Cuarzo», vocalista de La Agencia Pinkerton durante los años de la eclosión musical.

Proceden, ambos nombres, de Santa María Ignífuga, patrona de nuestra ciudad; y esta virgen a su vez debe el nombre a una imagen de la Madre de Dios que se hallaba metida en una hornacina allí donde el caserío acababa, junto a una de las calles (en concreto la de Carreterías, hoy desaparecida) por las que se entraba y salía de nuestra ciudad. Esta imagen, de origen antiquísimo, labrada seguramente por los primeros cristianos, era muy venerada por los carreteros, que solían poner a sus pies, cuando marchaban, ramos de flores impetrando su ayuda para cruzar con bien el Puente Romano, y cuando volvían en agradecimiento por haber llegado sanos y salvos. Pero no fue esto, que se hacía rutinariamente, lo que determinó la fama de esta pequeña, humilde imagen, y lo que la llevó a ser patrona de nuestra ciudad. Lo que ocurrió fue que, en el gran incendio de la ciudad provocado por la vesania del regidor Osorio y en el que ardió casi toda la villa, sólo la puerta donde se alojaba esta imagen y las casas adyacentes del barrio de Carreterías quedaron a salvo de la acción de las llamas. Agradecidos los vecinos a la intercesión de esta Santa María, a los pies de cuya imagen, en medio del incendio, rezaban puestos de hinojos mientras a su alrededor se derrumbaban los edificios, la adoptaron como patrona. Sacándola de la hornacina, la instalaron en un templo levantado *ex profeso* y que se encuentra bajo su advocación.

Realmente, causa cierta confusión ver aquella vieja imagen de los carreteros, tan pequeña y humilde, puesta en medio de un retablo monumental (copia moderna de otro labrado por un tal Zuñer en madera preciosa, retablo que se perdió). En dicho retablo se representa algo así como un voraz incendio con llamas de oro y plata, nubes de azabache, rescoldos de topacios, y en medio, lo dicho, la pequeña imagen y a sus pies una cartela que dice: *Sanctissima et Reverendíssima et Ignifugissima*.

He dicho arriba, y así consta en todas las guías de arte, que el retablo original, obra de un artista valenciano de nombre Zuñer, se perdió. Debía de ser una obra maravillosa, de la que la réplica proporciona sólo un reflejo. Estaba hecho el retablo con tal primor, tal detalle, tal maestría, que dejó, al parecer, maravillados al señor cardenal Felipe Hurtado (primer miembro de tan insigne familia ciudadana que alcanzaba el capelo) y a los miembros del Consejo Municipal, que eran quienes habían encargado la obra. No dudaron en dedicar al tallador valenciano los más encendidos (y quizás nunca mejor dicho) elogios, tanto más considerables cuanto que el artista, después de haber hecho toda la obra en su taller de Valencia, había tardado sólo diez días en montarlo en la iglesia dedicada a Sta. Mª Ignífuga.

Una vez hubo recibido los elogios, el artista («a lo que vamos») reclamó el dinero que se habían comprometido a pagarle por su labor. A esto, el Concejo le respondió que él había entregado el dinero al cardenal y que se aviniese con él. Dirigiéndose el artista al cardenal, éste le dijo que el Concejo le había pagado sólo la mitad de lo acordado, que ahí lo tenía y no estaba en su mano darle más. Volvió entonces Zuñer al Concejo y estos le remitieron al cardenal; y el cardenal de nuevo volvió a remitirle al Concejo y...

En vista de que no le pagaban lo estipulado, Zuñer decidió esa misma noche acceder sigilosamente a la iglesia, sigilosamente también descolgar el retablo de tres cuerpos, y con igual sigilo, antes de la amanecida, abandonar la ciudad. Cuando, a la mañana siguiente, el cardenal y los del Concejo notaron algo raro en la iglesia y, tras un buen rato de observar, advirtieron la falta del retablo, rápido mandaron aviso por todos los caminos de que se interceptase a Zuñer. Al tiempo, ordenaron llevar a su presencia a todos los que aquella noche guardaban las entradas y salidas de la ciudad, para interrogarles sobre cómo no se habían dado cuenta de que el artista valenciano salía con el retablo. A esta cuestión, los vigilantes de las puertas se encogieron de hombros, aduciendo que quizás lo llevara muy bien escondido entre las ropas. El cardenal mandó azotarlos a todos, pero finalmente el Concejo, que era quien tenía potestad en las cosas civiles, les levantó el castigo, entendiendo que no era muy descabellado que así, en efecto, pudiese haber ocurrido.

Entretanto, se mandaron encomiendas por todos los caminos en el sentido de que se detuviese a todo sospechoso que pasara por el lugar, o se alojara en una venta, cargado con un retablo robado. «¿Así?, ¿sin más señas?», preguntaban en los pagos de alrededor. «¿Y si vemos a alguien con un retablo, ¿cómo sabemos si es robado o no?»

Con todo, Zuñer parecía haberse evaporado. Sólo unos meses después, se recibió noticia del puerto de Valencia, de donde el artista era natural, informando de que trataba de embarcarse, cargado con el retablo, en el primer navío que partiese hacia Italia. Presto mandó el Concejo, urgido por el cardenal, orden de que se le detuviese, pero el oficio llegó tarde porque ya el artista había conseguido embarcar, introduciendo el retablo de tapadillo, rumbo a Génova. Nuevas carreras, dentro de lo que en aquella época era posible correr, a Génova, en una veloz fragata, para que se detuviese a cualquier pasajero que descendiera de un navío procedente de Valencia cargado con un retablo. Pero la fragata no llegó tan rápido como para que los vigilantes del puerto pudiesen extremar la atención, y fue así como Zuñer sacó el retablo de España y luego desapareció en Italia con él.

Esta odisea del retablo no fue óbice para que la figura de la virgen mantuviese sus fieles. Cuando es 20 de julio, día en el que Osorio provocó el incendio, y fiesta, por tanto, de Santa María Ignífuga, el pueblo saca la imagen en procesión por las calles, sobre unas andas donde, es lo cierto, se la ve demasiado pequeña y hasta perdida entre tantas flores con que la ornan. Ese día se celebra una fiesta en la Campa, donde son costumbre los concursos de tragafuegos, y además de ello la gente come, baila, ríe, hace rifas, hay verbenas...

De siempre ha existido gran veneración por esta imagen, aunque, como todo en la vida, va fluctuando conforme a las épocas. Hoy hay bastante menos que en el pasado, coincidiendo con la crisis de la religiosidad. A causa de ello, cada vez se oyen menos Ignífugas e Ignífugos por la calle y hay menos inscritos con este nombre en los registros, cosa sin duda de lamentar.

A propósito del cardenalato que al fin consiguieron los Hurtado, aunque no duraron mucho en él al descubrirse que, enemigos de la fe, solían mandar fondos *de ocultis* a la protestante Esvízera, es oportuno, ahora que cruzo la calle del León, referirse a otro cargo eclesiástico como D. José María Sandoval, aquel obispo que llegó a nuestra ciudad para apartarla definitivamente de las supersticiones. Como se recordará, después del incidente famoso con el Cristo del Aparador acabó retirándose a los locales de espectáculo y distracción que siempre ha habido en esta calle del León. El obispo, en concreto, estuvo movido por la fascinación que le había causado una tal Reme la Cigarrera, quien nunca fue, por cierto, una de las mejores artistas de las de esta calle, pero, en fin, el obispo sabría por qué se convirtió en gran admirador suyo. Tanto que llegó a arruinarse, gastando todo cuanto había ahorrado como obispo en comprarle vestidos y joyas. Al fin murió el obispo literalmente en la pobreza, viviendo de la beneficencia. Le seguiría la Cigarrera poco después, víctima de un enfisema pulmonar.

¡Pero no es este momento ni lugar para historias tristes, porque a la calle del León viene uno a pasar un buen rato! Estamos en torno a los años veinte del siglo pasado y en aquel tiempo los buenos ratos estaban ligados a la juerga flamenca, aunque, en honor a la verdad, en nuestra ciudad nunca llegó a arraigar del todo este estilo. Quizás sea por hallarse bien al norte; el caso es que si quitamos, en la actualidad, algún «tablado» (entre comillas, porque más parecen disco-pubs), de bailaoras, cantaores y tocaores de medio pelo, alguno incluso de procedencia gallega, que se sostienen para embaucar a los turistas que nos visitan, del flamenco en nuestra ciudad sólo puede hallarse testimonio allá precisamente por 1920-1927. En esos años funcionaba en la calle del León el café-cantante La Venta de la Torre, fundado y regentado por los hermanos Canseco.

Los hermanos Canseco, José y Ángel, eran emigrantes provenientes del sur y grandes aficionados al flamenco. A la que hicieron un poco de fortuna en nuestra ciudad, los Canseco abrieron un establecimiento dedicado al cante más jondo, el toque más airoso y el baile más temperamental. A pesar de la resistencia podría decirse secular y «norteña» de los paisanos, La Venta de la Torre acabó adquiriendo gran fama y hasta un público fiel gracias a la calidad de los artistas que pasaron por su escenario. Desde el maestro Habichuela a la guitarra, a Antonio Chacón al cante, a La Bizca al baile. Ninguno de ellos, a decir verdad, completó en el local de los Canseco su actuación más memorable y sólo duró en el cartel, como mucho, una semana. Pese a todo, un episodio ocurrió por esos años veinte en La Venta de la Torre que hizo que el nombre del local quedara inscrito en la pequeña historia (o por no exagerar, en el pequeño anecdotario) del flamenco.

Corría el año de 1925, era en concreto octubre. En el local (azulejos sevillanos hasta media altura, chatos de manzanilla sobre las mesas de mármol, serrín por el suelo y los paragüeros repletos, porque afuera llovía a mares como es costumbre en nuestra ciudad por otoño) se hallaban anunciados «la Piporra» al baile y Rafael Manzano al toque. No eran figuras de primer orden, aunque en todas las enciclopedias consta que Maruja Hernández, «la Piporra», fue de las pioneras en levantar los brazos al bailar la soleá. Aun así, el local se encontraba casi lleno. Ángel Canseco, uno de los hermanos propietarios, en un rincón se frotaba las manos. No tanto por la marcha del negocio, no tanto por esa innovación técnica que eran los brazos levantados de la mujer al dar el giro, primera vez que se veía en nuestra ciudad. Tampoco por el fino trasteo del guitarrista sobre su instrumento. Por lo que se frotaba las manos Ángel Canseco era porque aquella noche había concertado con «la Piporra» que ésta le visitaría en su habitación, la primera vez de muchas que, sin duda, vendrían luego.

Ángel miraba con placer anticipado ese cuerpo cimbreante y juncal de la bailaora, cómo le caía el pelo sobre el rostro cuando, enérgicamente, daba la vuelta, sus manos en el aire.... ¡Y ese trazo breve, súbito, oscuro y axilar! Sentía Canseco entonces que la impaciencia crecía en su interior, tanto crecía que hubo de retroceder unos pasos hacia la penumbra, para que la clientela habitual no notara su turbación.

Le había costado cierto trabajo convencer a «la Piporra», de que dejara a aquel manguta esmirriado de guitarrista y se quedara en la ciudad. Sortijas, tumbagas, zarcillos como los de una sultana si se avenía al trato. Pero lo que acabó de inclinar a «la Piporra» fue la colección de automóviles que Ángel guardaba en la cochera.

—¿Quieres montarte?, ¿quieres conducir?

—Ay, no, conducir no, que me dan miedo los *otromóviles*.

—¿Y aquí?, ¿quieres subir aquí?

—Pero chiquillo, ¿qué es eso tan raro?

—Una motocicleta.

—Eso no es una motocicleta.

—Se llama *saizcar*; venga, súbete. ¿O quieres conducirla?

—¿Pero cómo voy a conducirla yo?

—Mira, es muy fácil...

Y Ángel Canseco se relamía de gusto, anticipando lo que pronto iba a tener a su disposición, cuando «la Piporra», sentada a horcajadas sobre la motocicleta, la mano de ella sobre el manillar y la de él encima (tacto caliente, sedoso) le enseñaba a girar la maneta... hacia delante... ahora hacia detrás...

No fue difícil convencer a Rafael, el guitarrista, de que se esfumara: no para nada uno hace dinero, y el dinero permite tener buenos amigos en la ciudad, amigos influyentes como el jefe de los guripas. Éste, por indicación de Ángel Canseco, mandó a dos de sus agentes a convencer al guitarrista, a la salida del local, en un callejón oscuro, con argumentos contundentes, de que más le valía marcharse sin rechistar, dejar allí a su pareja artística y no hacer ninguna tontería de esas que, dicen, pide la sangre. Y Rafael se fue, y «la Piporra» se quedó.

Pero de todo se cansa uno, y a Ángel Canseco le gustaban mucho las bailaoras en *tourneé*, no lo podía evitar. Conque a «la Piporra» comenzó a darle muy mala vida, y ella desesperaba recordando a su Rafaelillo, a quien tan mal había tratado y que a saber dónde andaría... Pero Rafael no andaba demasiado lejos, porque no había hecho caso a los guripas, aún se le calentaba la sangre al recordar a Maruja, y sabía, porque lo había visto en otros con parné, que pronto se cansaría él del capricho. Así que, escondido en la ciudad, trabajando como carbonero (la cara tiznada de hollín) para ocultarse mejor, aguardó hasta que le llegaron las habladurías de que ella estaba presa en una cárcel de oro, y una noche fue a por su Maruja.

«La Piporra», llorando a más llorar, arrepentida, cayó en sus brazos y concertaron huir. «¿Cómo?» Y aquí fue cuando «la Piporra» se acordó del *saizcar* que, cuando la estaba camelando, Ángel Canseco le había enseñado a conducir.

Si algo quieren los ricachones, sobre todas las cosas, son sus posesiones. Cuando el dueño de la Venta de la Torre sintió, en medio de la noche, que rugía un motor, y, saltando de la cama donde estaba con «la Tormento» (otra bailaora), vio por la ventana que «la Piporra» huía con su antiguo amor en el sidecar, rápido dio a la manivela del teléfono y se puso en contacto con el puesto de la Guardia Civil. No por nada uno hace dinero, y el dinero etcétera. Nadie sabe si denunció la huida de la mujer o el robo de la motocicleta, el caso es que (era ya casi de amanecida) tres civiles a caballo salieron a galope del cuartel y se lanzaron en pos de los fugitivos...

Se ha dicho arriba que un día de octubre de 1925 nuestra ciudad pasó a la pequeña historia, o anecdotario, del flamenco. La imagen de la bailaora y el tocaor en sidecar (conduciendo ella, él con las rodillas encogidas en la caja), perseguidos por la Guardia Civil a caballo, ha pasado a ser un icono dentro de este mundillo, y ha dado pie a muchas coplas, a muchos relatos y hasta, ya en la posguerra, a una película, titulada *La Venta de la Torre*, en que se muestra el trágico final de Rafael y «la Piporra» cuando (al fin y al cabo, ella no era muy ducha en el manejo de la motocicleta) acabaron cayendo por un barranco y perecieron en el accidente. La gente oía las coplas, y sobre todo, a partir de 1946, veía la película y se emocionaba mucho, y lloraba por demás. Luego la sensibilidad, como todo, ha ido cambiando, y durante unos años la imagen de los dos flamencos en sidecar y perseguidos por los civiles, en comparación, por ejemplo, con *Bonnie and Clyde*, pasó a ser símbolo, entre los intelectuales del momento, del folklorismo más rancio y del subdesarrollismo que asolaba el país. Hubo que esperar hasta la llegada de la democracia y la renovación de los prejuicios para que, de nuevo, volviera a ser una historia emotiva, conmovedora, racial. Incluso (era también propio de la época) se investigó si Rafael y «la Piporra» y lo de su caída por el terraplén y posterior incendio del sidecar no habría sido un montaje para ocultar la inoperancia de la Guardia Civil, que no llegó a capturarles. Se hizo incluso un *remake* de *La Venta de la Torre* en que ambos gitanos quedaron vivos y exigían responsabilidades políticas; un *remake* bastante malo, a decir verdad, lo que quizás fue la causa de que la historia volviera a caer en el olvido, o quizás en el desprecio.

En la actualidad, tal vez por puro afán de distinguirse (*friquismo* lo llaman), la imagen de «la Piporra» y Rafael en plena escapada vuelve a tener su «gancho», e incluso aparece en camisetas y portadas de discos, ignoramos por cuánto tiempo...

Pero no sólo tablaos y no solo de flamenco se muestran espectáculos en esta calle del León. También han hecho historia y leyenda de esta calle virtuosos, por ejemplo, de la música clásica, como el violinista Isaías Velasco (1883-1948). Velasco era un joven estudiante del Conservatorio, no muy destacado, a decir de los pocos que le conocieron antes de su éxito, que cierto día, al ir a abrir una lata de sardinas, en circunstancias que ni él mismo sabría explicar bien, perdió el brazo derecho. Aquello, a primera vista, le imposibilitaba para seguir en la música, por lo que fue expulsado del Conservatorio, pero nadie sabe de qué manera consiguió apañárselas (es más, se creció ante la minusvalía) que apenas dos años después de su accidente ya estaba Velasco ofreciendo, no me pregunten cómo, conciertos de violín que congregaban cada vez a más público y hacían que, ante el local donde actuaba, se formaran largas colas de gente expectante.

Por desgracia, no se conservan fotos de tales actuaciones, por lo que sería incapaz de detallar (siquiera de comprender) de qué forma ejecutaba Velasco los temas volcado sobre su instrumento. Cómo lo haría para que, por ejemplo, el 17 de noviembre de 1918 pusiera en pie a los asistentes tras un concierto «fenomenal», como dicen las crónicas de entonces. Un concierto que duró cerca de dos horas y durante el cual interpretó numerosos temas.

Entre las pocas imágenes que de Velasco se conservan, existe una en que aparece, un año después, tras otro concierto «sublime», al borde del escenario, agradeciendo los aplausos, con el violín bajo la axila. La siguiente foto que se conserva de Velasco (quien era, para colmo, poco amigo de posar) data de 1922, cuando el Ayuntamiento, en reconocimiento a su virtuosismo, le nombró director de la banda municipal. Incluso existen cerca de dos minutos de grabación cinematográfica en que se le ve, frente a los músicos, agitando la batuta de aquí para allá con su única mano, lo cual resulta insólito, es cierto, pero, pasada la novedad, quien lo mira se acaba acostumbrando. Sin embargo, aquello del violín...

Para pocas páginas, lo confieso, me he documentado tanto como para éstas que, aprovechando mi recorrido por la calle del León, estoy dedicando al «maestro Velasco». Incluso antes de recibir el encargo de esta *Guía breve de la ciudad y sus lugares interesantes*, la curiosa figura de este violinista-director había provocado que me encerrara durante largas tardes en la hemeroteca municipal, buscando alguna foto de las actuaciones del músico. Pero sólo había crónicas, reseñas o «ecos de sociedad» en que se hablaba de la presencia en el local donde actuaba de tal o cual distinguida dama, de tal o cual aristócrata o incluso de tal o cual ministro que se había desplazado hasta nuestra ciudad desde la capital *ex profeso* para ver actuar a Isaías Velasco. En todas estas crónicas se alaba la soltura del intérprete, pero no acaban de especificar en qué consistía exactamente dicha soltura. Llegué a rastrear en las hemerotecas de las ciudades vecinas y en las de la capital por si se hubiera conservado testimonio gráfico, en plena interpretación, de algún concierto del maestro Velasco, pero fue inútil, porque D. Isaías nunca accedió a salir de nuestra ciudad a mostrar su arte, fuera cual fuese, por todo el mundo, ni siquiera por nuestra comarca. Supervivientes tampoco encontré ninguno de aquellos años, hace casi un siglo, conque me tuve que conformar con las fotografías de los periódicos que se apilan en nuestra hemeroteca ciudadana, instantáneas que, como si hubieran sido sacadas por aquel fotógrafo de la casa Algora sin el menor sentido de lo importante, muestran al maestro siempre antes y después de sus conciertos. En los pies de foto y reseñas del evento se alude a la elegancia en general del público asistente, a la vestimenta en concreto de tal o cual celebridad que no pudo faltar a la actuación, a si afuera hacía frío o si, por el contrario, apretaba el sol. Las actuaciones suelen describirse con un somero «impresionante, como no podía ser menos», «fantástico, como cabía esperar», y todo por este estilo...

Cuenta Tosco Decembrino, en su arriba citada *Historia civitate*, que en el año 616 *ab urbe condita* (año 138 a.c.), una vez ya conquistados los berjetas que poblaban estas tierras, como notara el capitán de las legiones Quinto Láurico que, por haber derribado a su ídolo y haber quemado sus cabañas, y por haber cargado de cadenas a sus jefes y haberlos enviado a Roma, y por haber esclavizado a los hombres y haber, sus soldados, violado a las mujeres, por todo esto estaban los berjetas algo descontentos con él, decidió, para congraciarse con los naturales, construirles un puente. Un puente, sí, que uniera ambas márgenes del Benayas. Hasta entonces, para cruzar el río cuando venía crecido tenían los indígenas que llegarse hasta un vado a tres o cuatro kilómetros («dos milia», según la traducción) más arriba. Tan bien debió de quedar el puente, y tan poco amigos serían los berjetas de andar, que, según cuenta Decembrino, desde aquel instante no sólo se granjeo Quinto Láurico la amistad de los naturales, sino que éstos le dieron el título de *pontífice* (hacedor de puentes) que el capitán se resistió a aceptar, pues era cargo para eminencias religiosas y él temía que, si llegara la noticia a Roma, alguien de la Urbe fuera a pensar que se estaba infatuando y rebelando contra el poder del Senado.

Conque no acepto tal título, aunque, en calidad de respeto y en voz baja, los berjetas se lo siguieran llamando.

Y tanto le agasajaron los indígenas, cuenta Decembrino, y tanto amor le profesaron, que desde entonces el capitán ya no quiso abandonar el poblado, que poco a poco estaba convirtiéndose en ciudad. Cuando el Senado le mandó volver a Roma, es de creer que a dar explicaciones, porque les habría llegado el rumor de su «nombramiento» pontificio, Láurico decidió despojarse de la toga, introducirse en un baño caliente, tomar la daga que había dejado cerca y seccionarse las venas.

Al hilo de mi camino, veo ya abajo el Puente Romano, que actualmente ha quedado para uso peatonal. No es el mismo que tendió Quinto Láurico, ni conserva del original siquiera unos pilares. Aunque por costumbre sigue llamándosele «romano» data, en verdad, del siglo xvi. Sabemos que, al menos, otros cuatro puentes se derrumbaron con anterioridad a éste, y de uno de ellos, el tercero o el cuarto, tenemos una rápida descripción de mano de Salvador de Oriz. Dice el autor de la *Chrónica cibdana* que «cruzaban por la puente muchos ombres et muieres et niños, a pie o sobre azémilas o rozines, et también arrieros con sus mulas, plenas las alforjas, et ganaderos arreando sus porcos o sus vacas o sus capras, el muchos perros et gatos sueltos, et moços picaros de carga portando gruesos serones, et labriegos vuelta del campo con un montón de forraje al hombro...»

La descripción es muy mostrenca, como casi todo en el autor, pero tiene su valor por cuanto a través de ella puede advertirse el tránsito continuo por el puente, tránsito que explicaría que la construcción se viniese abajo de forma súbita al menos cuatro veces, para susto y fallecimiento de los que estaban cruzando. También para evidente disgusto de los que habían quedado en ambas márgenes sin poder pasar. La construcción de este quinto puente (el que todavía se conserva) se encargó a D. Dimas Hurtado, de la familia Hurtado que tantas construcciones había hecho a la ciudad, a condición de que «ésta sí, se sosstuviera más tiempo de lo que es costumbre», reza en el pliego de condiciones. Dimas Hurtado, con el objetivo, según declaró, de evitar futuros accidentes por sobrecarga o paso de muchos a la vez, impuso una suerte de portazgo, o peaje, por cruzarlo, y quien no lo satisficiera había de ir dos millas más arriba, al vado, si quería pasar el río. Ante esto, el pueblo, alzado en armas, arrastró y a punto estuvo de ahorcar a los criados de D. Dimas que vigilaban el peaje. D. Dimas entendió entonces que su medida causaba desagrado, por lo que se reunió con el Concejo, insistió en que le pagaran un tanto alzado por su labor en la construcción del puente, y desistió del peaje. El Concejo abrió entonces el puente para el paso de forma gratuita, pero viendo que pronto comenzaron a salir grietas, decidió cerrarlo al tráfico rodado y hasta al tráfico numeroso, y tender otro más arriba, para cruzar por allí el río de forma más práctica y segura.

Hasta aquel entonces, fuera el paso rodado o peatonal, en torno al Puente Romano había sido costumbre, casi desde los tiempos de su construcción, que se reuniera lo más bajo de la ciudad. Tipos de la peor estofa, la mirada más viva y el genio más despierto, prestos a hacerse los encontradizos con quienes vinieran o se marcharan para proponerles algún trato, curiosear en sus pertenencias y, si acaso era noche cerrada, directamente aligerarles de ellas y, si protestaban a gritos, tirarles por el pretil abajo. Entre esta chusma a ambos lados de la puente estuvo en tiempos el mismo Salvador de Oriz, que a punto estuvo de cambiar de vida si el prior le hubiese comprado aquel invento alemán. Contra esta chusma prevenía Luxanes en su *Guía de viageros (y oriente en los peligros)*; y esta fauna, en fin, se hizo tan famosa en tiempos del Siglo de Oro como la del Potro de Córdoba, las Almadrabas de Tarifa, Triana en Sevilla o las Vistillas en Madrid, todas ellas (y con orgullo podemos decir que nuestra Puente Romana no menos) cátedras de la picardía, escuelas del vicio, asambleas de la trampa, laboratorios del trinque y erasmus del afane.

Tendido el llamado Puente Nuevo, pronto, sin embargo, se mostró insuficiente. Nadie sabe por qué razón, pero el caso es que la gente parece empeñada, «¡joder!», se escucha a veces en los plenos municipales, en cruzar el Benayas constantemente de un lado a otro. Parece que lo hacen aposta, «¡manda cojones!»; siempre resulta que donde más se divierten o lo que andan buscando está en la otra orilla, y los de la otra orilla lo tienen en ésta. «¡La gente es que es la hostia!», se oye en el Pleno municipal. Comoquiera que sea, al Puente Nuevo le siguió, tiempo después, el Masnuevo, y sucesivamente, por orden cronológico, conforme se fue viendo superada la capacidad o resistencia de cada uno, el Novísimo, el Supernuevo, el Definitivo, y hace apenas unos años, construido por un consorcio norteamericano, se ha abierto al tráfico el puente llamado Definitivo II, situado como a unas dos millas del Romano primitivo, con lo cual este paseante se pregunta si, realmente, ha merecido la pena tanto esfuerzo pontifical.

A pocos metros del Puente Romano, se encuentra la plaza llamada «de la Subasta». Pocos saben que este término, «subasta», está tomado literalmente del latín. Una vez conquistado un poblado, los legionarios plantaban una lanza en tierra y, bajo esta asta (*sub asta*), se disponía todo el botín, que luego entre sí se repartían. Pero no sólo se distribuían en esta puja cacharros, piezas de metal, abalorios o, si tenían suerte, piedras preciosas; también seres humanos, los vencidos, se exponían en público y después eran asignados, como esclavos, a este o a aquel legionario, o, lo más común, se vendían a un mercader y eran conducidos a Roma para ser vendidos también allí «bajo asta».

Projetes (es nombre indígena adaptado al latín) era la principal sacerdotisa de Berj cuando llegaron los romanos y tomaron el poblado. Fue expuesta bajo el asta. «Llovía», dice la *Historia civitate*... pero, por desgracia, nunca sabremos si en realidad tales fueron las circunstancias climatológicas o si todo se debe a la inventiva de Tosco Decembrino o, lo que sería peor, a la de su traductor, fray Montán Gállego. Projetes, mujer anciana, de cabello greñudo como el de una gorgona, de piel cuarteada y tiznada aún por los restos de la pintura de guerra, fue adquirida por un mercader, y en el momento de ser subida al carro («ululaba el viento», se cuenta también en la *Historia civitate)*, vio que Quinto Láurico, el capitán, pasaba por la explanada. Entonces, con voz grave, mirada terrible y en un tono que estremeció a los presentes (legionarios y también naturales, pues nadie sabía que Projetes tuviera don de lenguas, lo cual sería, sin duda, fruto de sus poderes mágicos), la sacerdotisa lanzó a Láurico esta maldición:

—Así te digo yo, et estate atento, que cuando tú, u otro como agora tú, en estas tierras entre en triumpho, o en triumpho se halle, solo con que le pase el tiempo de luna llena a luna nueva ya no podrá nunc salir de aquí ni mudar a otra parte. Aquí fenecerá sin poder ir a Roma nin a cualesquier otro sitio...

Nueva interrupción de la editora X

Me incorporo, de súbito, en la cama (crujen las cinchas con que me han sujetado la pierna) al leer lo de arriba. Allí está el rostro de la mujer de mis sueños, pero, sobre todo, allí está formulada la terrible maldición que muchos creyeron invención calenturienta, y cansada, de fray Montán al traducir.

Descubro que, de pronto, estoy sudando. Pulso el timbre de llamada a la enfermera. No sé por qué, en realidad, supongo que para tener delante un rostro vivo que me ayude a creer que todo esto es absurdo. El tiempo entre el plenilunio y el novilunio son aproximadamente quince días, dos semanas, el tiempo que permanecí, distraída, en la ciudad antes de que mi representante me obligara a volver. Veo el pasillo del hotel, por donde salgo casi a la carrera, sacudida por una extraña urgencia. Veo el taxi que nos acerca al aeropuerto, el extenso hall... Estoy arrastrando el trolley, la puerta de embarque al fondo, la hora en los paneles digitales... Y la baldosa que, de pronto, parece surgir del piso para que me tropiece con ella y no pueda alcanzar esa salida...

De repente, entiendo todo.

Entran las enfermeras, que empiezan, lo sé, a estar hartas de mis timbrazos compulsivos, de mis llamadas extemporáneas, de mis súbitos arranques para querer irme. Ya estoy, de hecho, con medio cuerpo fuera de la cama, gritando para que me arrimen la silla y me lleven fuera, adonde sea, cuando un médico me dice que haga el favor de calmarme, que no puedo salir del hospital en esas condiciones, que comprenda, que recapacite... Debo de admitir que tiene razón. Vuelvo a colocarme bien en la cama, pido disculpas a todo el mundo, les prometo que no volverá a suceder. Entonces salen de la habitación y quedó mirando al techo, sumergida en una sensación que no sabría definir: es terror, por supuesto, un terror infinito, inenarrable, una desesperación atroz por saberme perdida, pero es también resignación, que flota como en un extraño olor, es también incluso una difusa alegría porque todo haya terminado, porque ya no exista remedio. Es orgullo por haber comprendido y es tristeza porque sé que nadie más lo podrá o lo querrá comprender.

En este estado de estupor permanezco como unos tres días... calculo que son tres días, no he contado el tiempo, me guío por las bandejas de desayuno y de comida que van poniendo en la mesa plegable junto a mí. No tengo visitas ni nadie que me distraiga, salvo la enfermera con sus rutinas, Tampoco tengo a nadie que me anime a tomar la comida, la cual, en un par de ocasiones, queda sin tocar delante de mí. ¿Qué importa, en realidad? Ahora tengo, lo entiendo, todo el tiempo del mundo... Todo...

El médico ha debido de notar en mi actitud, en mi pérdida repentina de energías, algo parecido a un inició de depresión y he notado que en los últimos días han variado las pastillas. Ahora son más, y en los últimos días ha venido una persona, que se ha anunciado como psicólogo, a preguntarme qué tal me encontraba y si podía hacer algo por mí. Una mañana, al despertar, descubrí que me habían retirado el televisor; tal vez teman que mi principio de depresión se deba a estar apartada de la fama y el gran mundo. Seguramente intenten evitar que, viendo la televisión y los programas rosa en que se hablan de *celebrities*, se agrave mi tristeza. Pero no, no se trata de eso... Nada de eso.

Ha debido de ser al tercer o cuarto día desde que leí lo ocurrido en la plaza de la Subasta cuando he tomado el libro que siempre, siempre, aparece dejado por una mano amable sobre mi mesilla de noche y he reemprendido la lectura...

Guía breve de la ciudad y sus lugares interesantes (tercera reanudación)

Cuenta la leyenda popular que, cumplido el plazo que le había gritado Blasco Acosta durante la quema de herejes, ese día ya de anochecida pasaba el fraile Santirso por la plaza de la Espuela, lugar recogido y apenas frecuentado junto a la vieja Puente Romana. Sintió entonces el monje un rumor cerca de él. Se volvió, nervioso, y halló que era un perro negro que se escurría pegado a las paredes de las casas. La visión de este perro, como sigiloso y al acecho, le causó al clérigo mucho temor, pero, con manos temblorosas, consiguió tomar un crucifijo que llevaba al cuello y se dirigió decidido hacia él. Ante aquel arrebato, el perro salió corriendo calle abajo, sin volver la cabeza. Convencido de que, al fin, no sería más que un chucho de tantos como entonces vagaban por las calles (y de que si, en todo caso, fuera un emisario del Averno, le había conseguido poner en desbandada con el símbolo de la Cruz), siguió Santirso caminando.

A los pocos pasos, vio que entre los soportales de la plaza se hallaba detenido un caballo. Negro. Un sudor frío recorrió la espalda del fraile, que no paraba de persignarse, cuanto más cuando el caballo dio un ligero bufido y pareció volver la cara hacia donde se hallaba él. Aun así, y siempre con el crucifijo por delante, Santirso reunió valor, se acercó al caballo y dándole recias manotadas en las ancas consiguió hacerle recular.

—En el nombre de Dios —gritaba—. No lograréis asustarme.

Porque, aunque en aquella época cierto es que los caballos podían desprenderse de su atadura y andar sueltos por las calles, era, sin embargo, algo inusual, y el fraile pensaba que todo era una trampa, un decorado de sus enemigos para aterrorizarle.

Fue entonces cuando aquella paloma descendió al centro de la plaza, con un breve zureo. Santirso miró, admirado, al ave, que aleteaba aún: un pájaro blanco como la nieve pura, paloma símbolo del Espíritu Santo, señal de que las fuerzas del Cielo estaban con él y de que Acosta y sus infernales maldiciones no podían nada contra el poder de un ministro del Altísimo...

Como hipnotizado por la albura de aquella paloma de salvación, Santirso se acercó hacia el centro de la plaza, donde el ave se había posado y andaba en pequeños círculos, con cortos pasos. Tranquilo, calmo, fascinado por aquel prodigio, con miedo a asustarla y que levantara el vuelo... largos segundos estuvo contemplando Santirso a la paloma, hasta que de pronto ésta agitó las alas, se lanzó contra su rostro y le clavó las garras en los ojos...

...Esto es lo que cuenta la leyenda... evidentemente, de forma inventada, pues si nadie había en la plaza: ¿cómo se sabe de las sucesivas apariciones del perro, del caballo, de la paloma? Lo único cierto es que, al día siguiente, de amanecida, encontraron al fraile muerto en medio de esta plaza de la Espuela, con los ojos sacados de sus orbitas, al parecer con sus propias manos, y desangrado por ello... Si no damos crédito al cuento de la paloma, ¿qué vio el monje aquella noche para de esa manera sacarse los ojos? ¿O pudiera ser que algunos amigos de los Acosta, ocultos en la sombra de los soportales y con ánimo de venganza, esperaran al día en que terminó el plazo para dar muerte al fraile? ¿Y no es también posible que...?

Lo único cierto es que, cuando el paseante cruza por esta plaza, un raro escalofrío le sobrecoge y hay algo en el ambiente que suscita su imaginación...

Llego, siguiendo mi camino, a una plaza amplia donde se encuentra el Ayuntamiento de la ciudad. Entro en el edificio. En el amplio *hall*, reclamando la mirada del recién llegado, el célebre cuadro *Fiesta en la Ladera*, de Diego Sirvent, pintor de origen mallorquín empleado en la Corte y que, debido a su prestigio, fue contratado por el Consistorio de nuestra ciudad para pintar tamaña maravilla de luz y colorido como es esa visión festiva de nuestra ciudad. Sirvent era pintor de fama y gran experiencia cuando llegó a nuestra ciudad, también de ideas avanzadas: había ejercitado sus pinceles en París, en tiempos de la Convención, donde fue llamado para retratar a Mirabeau (que no le salió bien, por las prisas) y a Lafayette, antes de volver a España y, pese a su pasado en el meollo de la Revolución, colocarse de pintor de cámara.

En París, Sirvent había trabado amistad con Tomás Papín, también hombre de ideas liberales, a quien escribía con frecuencia relatándole sus encuentros en nuestra ciudad con conocidos de su cuerda, como Juan de Montenegro, y hablándole de los progresos en la conclusión de su pintura monumental. Curiosamente, el cuadro de *Fiesta en la*

Ladera tiene doble valor, si puede decirse así, porque fue el último que pintó el mallorquín, ya que, de pronto, pareció perder todo interés por el arte más allá de unos rápidos bosquejos de las cosas, y es más, pareció renunciar a su oficio, porque no salió ya nunca de nuestra ciudad para reintegrarse en la vida capitalina.

Podría pensarse que eran tiempos convulsos, con muchos cambios de signo político y sus consecuentes represalias, por lo que más valdría a Sirvent permanecer en el retiro y la tranquilidad de una provincia. Pero no, porque en nuestra ciudad repercutieron esos cambios tanto como en otras, e incluso con mayor violencia, como pueden demostrar los cuerpos de Montenegro y Bellas, y luego de Losa, Herrero y Terol colgando de sus respectivas sogas. Sin embargo, incluso así permaneció ya para siempre Sirvent en nuestra ciudad y lo cierto es que se ignora cuándo exactamente y cómo y de qué murió, a tanto extremo acabó hundiéndose en el anonimato y la insignificancia.

Junto a la obra maestra de Sirvent, se muestra en el *hall* del Ayuntamiento el retrato a cuerpo entero de Manuel Garciáñez (1730-1781), que fue alcalde durante cerca de diez años, a mediados del XVIII, y a quien nuestra ciudad debe, entre otras obras públicas, el acondicionamiento precisamente del parque de la Ladera, antaño un vertedero. Llamado a veces «el Florido», hay división de opiniones respecto al motivo de este apodo: para algunos historiadores, es debido al especial interés que mostró el alcalde por la apertura, en la ciudad, de nuevos espacios ajardinados y arbolados, por el plantado de árboles y césped, trazado de rosaledas y parterres, dándose el caso en ocasiones de llegar este alcalde a pie de obra, quitarse la casaca (que le daba, muy bien doblada, a un teniente de alcalde para que se la sostuviera), remangarse la camisa e injertar él mismo, con gran cuidado, las diversas flores. Así, por ejemplo, ocurrió en el parque que hemos dejado atrás y donde crece la autóctona laurentina, antes que, de pronto, y nadie llegó a entender por qué, prendiera en él un insólito desánimo, se desentendiera de la empresa, e incluso más, de la jardinería, y se encerrara en los cuartos de la Casa Consistorial.

Para otros, aquel «florido» proviene del modo en que solía vestir, por otra parte muy común en los primeros tiempos de la Ilustración pero que al vecindario llamaba la atención. Aquellas casacas de terciopelo rameadas, el cuello rebosante de puntillas y encajes, y asomando de la manga, también muy puñeteada, un pañuelo de fina batista; el fajín de seda a la cintura; una insignia muy dorada y de muchas puntas en el pecho; sobre el cabello, una gran peluca empolvada, que por lo común usaba blanca, pero ocasiones hubo, según las crónicas, en que el alcalde Garciáñez se la puso de color amarillo, e incluso rosáceo. El rostro muy blanco, como si se hubiera aplicado polvos de arroz, y en las mejillas unas manchas de colorete, también un puntito de pincel cercano al labio, simulando un lunar. Medias de buena labor de hilo, por lo general rosas, ajustadas a las pantorrillas; zapatos de charol con hebilla de plata y algo de tacón, que en Garciáñez solía ser más de lo normal en otros cargos públicos...

Así es como se le ve en el retrato de cuerpo entero que se muestra en el *hall* de la Casa Consistorial, para el que, además, posó en quinta y como frunciendo los labios, en amago de un beso a la posteridad. Fue, tal vez, por estas poses y mohines, que en el alcalde eran habituales, o por su afición jardinera, que Garciáñez nunca fue tomado demasiado en serio, aunque debe reconocerse que fue un hombre de gran bagaje intelectual y mentalidad adelantada, como demuestran los libros científicos que escribió antes de que le invadiera la desidia: *Tractado de posible naves submarinas*; poco después *De como yo creo que tres hombres subidos en un cobete bien pudieran llegar hasta la Luna*, y poco antes de su renuncia *La fisión nuclear*.

Nada de aquello le ganó la fama general ni el respeto de sus conciudadanos, aunque sí el que fuera promovido, por sus antiguos tenientes de alcalde (porque a D. Manuel parecía, de pronto, no importarle su porvenir) al puesto de Jefe Segundo en los Archivos Municipales. Un cargo que ocupó hasta el día de su fallecimiento, en que le encontraron muerto de una apoplejía en medio de un pasillo secundario, rodeado de legajos polvorientos.

Al salir del edificio del Ayuntamiento, bien cerca se halla el barrio de San Gabriel, llamado así porque en tiempos hubo allí un monasterio bajo la advocación de este santo. Este monasterio fue destruido en la jornada del Puñado de Trigo por los revolucionarios antes de dirigirse a la abadía de Valdacá. Tomados los religiosos de improviso cuando las turbas irrumpieron en el lugar, éstas asesinaron a la mayor parte de ellos antes de derribar el edificio.

Los frailes de San Gabriel
ya no comen chocolate
porque los buenos patriotas
les han cortado el gaznate,

cantaban y saltaban a la comba las niñas de la época.

Hoy, en el solar que ocupara la iglesia de San Gabriel, se abre una pequeña plaza con una fuentecilla en su centro, que lanza a lo alto, apenas medio metro y de forma entrecortada, un pequeño chorro de agua. El barrio es todo de calles estrechas y empedradas que discurren entre casas humildes de tres pisos, cuatro a lo sumo. Calles silenciosas, a menudo solitarias, preñadas en los últimos tiempos del espeso olor a especias con que condimenta sus comidas la población inmigrante, cada día más numerosa en el barrio. En una de estas casas, calle del Olivar, número 17, 2ª B por más señas, tuvo su último domicilio María Aylagas, cantante, guitarrista, y en opinión de quienes vivieron en aquella época, musa de la «eclosión» musical de la ciudad a principios de los 80.

Mucho se hablaba en aquellos tiempos de Mary Lay (tal era su «nombre artístico», o si se prefiere «nombre de guerra»), asombro continuo del barrio de Luaces, epicentro entonces del mogollón sonoro y moderno. De fama nacional, aunque nunca hubiera salido de gira ni nada parecido, era céelebre por su vestimenta de cuero negro, por su gesto duro, incluso hosco, una dureza acentuada por la cicatriz que le rompía la ceja, originada nadie sabe en qué accidente. Se la conocía por sus declaraciones a la prensa, cortantes como una fresa eléctrica atacando una piedra, pero también por su producción musical, por sus logros a la hora de componer canciones y subirse a un escenario de nuestra ciudad, en concreto al del Colegio Garcilaso, que era el que más frecuentaba. Mucho se hablaba de Mary Lay por esos primeros 80, pero cuando nos la encontremos ahora en este pequeño piso de la calle del Olivar, ya en el año 1992, Aylagas/Lay es sólo una sombra (aunque quizás fuera mejor decir: un despojo) de lo que fue.

Los fragmentos que siguen están tomados de una entrevista que, apenas unos meses después de lo que se va a contar, concedió María a la revista *FanZone*, en concreto para una sección que se titulaba «¿Qué fue de...?». Se trata de una entrevista, adaptada en forma de relato, que sin embargo nunca llegó a salir impresa, porque muy poco le importaba ya a la gente Mary Lay y porque a tanto grado de sordidez se llega en el relato que finalmente *FanZone* renunció a publicarla.

«Cuando llegué aquel día —Aylagas se refiere al 8 de julio de 1992— al barrio de San Gabriel, donde estaba mi casa, venía de pillar heroína en las chabolas de las afueras. Estaba atardeciendo, recuerdo. Se estaba quedando una noche estupenda, recuerdo también, una noche tan suave que resultaba extraña: parecía una noche de otro mundo, de otro tiempo, una noche que, en todo caso, parecía gritarme que estaba de más. Yo iba palpando el cotel que llevaba en el bolsillo de la cazadora y no podía dejar de pensar en toda la gente que ya no estaba, que había ido cayendo casi por orden, hasta no quedar ninguno... Todos los de mi grupo, por ejemplo: todos habían caído... Iba pensando en ello y me sobrecogía la pena por mí misma, pero, al mismo tiempo, no se me iba de la cabeza que, en el fondo, era justo que estuviera tan sola. No me había portado bien, había trasgredido demasiadas cosas. Y si por alguna razón desconocida el mundo me había hecho más fuerte que a los demás, más resistente, con la piel más dura, era sin duda para que apurase la mierda hasta el final. Yo, nosotros, el grupo quiero decir, habíamos llegado a tocar el cielo con las yemas de los dedos, hacía apenas unos años nos paseábamos con una copa de champán francés por las fiestas de los galeristas de arte, que nos enseñaban a distinguir lo selecto de lo vulgar; nos invitaban a lujosas orgías en los chalets de las afueras, entre gente que tomaba decisiones sobre el mundo moderno; hacía solo unos años esnifábamos coca en bandejas de plata y hasta nos metía los bucos el médico personal de tal o cual aristócrata. Y entonces, de pronto, no podría decir cómo había sucedido, nos encontrábamos arrastrándonos por el poblado de chabolas junto a todos esos mugrientos yonquis de los que siempre creímos estar tan lejos. Habíamos acabado pinchándonos en tiendas de campaña, igual que ellos, haciendo cola ante los chabolos, como los demás, montando en cundas con esa gente que nos aterrorizaba y que ahora eran similares a nosotros: gente que no quería saber de otra cosa más que de la satisfacción de su deseo primario... "Deseo primario", recuerdo que titulé cierta vez una canción. No podía siquiera imaginarme entonces la hondura de ese pozo en cuyo fondo entonces ya sólo quedaba yo.

»Cuando llegué a mi casa, había decidido, durante este trayecto por la calle San Gabriel y mientras subía las escaleras de mi casa, que era el momento de morir. Así sin más, sin rabia, ni pena, sin buscar culpables; simplemente porque ya no podía soportar más toda aquella inmundicia. Sólo para escapar del monstruo aterrador que me hacía temer que llegara la mañana, y que por las noches me hacía oír cómo si alguien subiera las escaleras, susurrando, a por mí. Sencillamente, se trataba de aumentar la dosis y acabar. Mientras pasaba el mechero bajo la cuchara, sólo pensaba en que había llegado, al fin, el último tramo de la caída. Y no era tan triste, después de todo. Incluso era dulce, pensaba mientras clavaba la aguja en mi tobillo, porque apenas me quedaban ya venas sin callo en las que pinchar...

»Después del salvaje ataque de placer —continúa María—, del fuego directo de la llamarada amiga, comencé a sentir que perdía el sentido...y no me importó, es más, creo que apenas me dio tiempo a esbozar una sonrisa, mientras pensaba en todo ese sacrificio inútil que es la vida... Luego vi, no sé el tiempo que habría pasado, el cielo azul sobre mi cabeza, y a mi lado podía sentir a los chicos del grupo, y también a mi madre, a mi padre, a mi hermana, a quien yo había introducido en toda esta voracidad del vicio y también se había marchado y me había dejado sola. Los tenía a todos al lado pero no podía ir con ellos porque yo era una planta y estaba anclada a la tierra y no podía caminar aunque tiraran de mí con todas sus fuerzas y aunque me causara dolor y las venas me latieran con violencia. Abrí los ojos y vi una luz tibia que era la luz de la nevera que estaba entreabierta y podía ver lo que había en su interior, que era sólo un limón y un yogur sobre una bandeja, y no sé por qué me hizo gracia esa desolación. Pensé en el interior de la nevera, y cuando abrí los ojos de nuevo estaba amaneciendo y no sabía si estaba viva o estaba muerta hasta que oí los gritos de unos niños que pasaban, debajo, por la calle del Olivar, como otros días, camino del colegio, y debía de ser entonces ya al día siguiente, pronto. Aún sentía los pies lastrados a la tierra, y desde donde estaba tumbada abrí los ojos y pude ver por la ventana que era de día, y vi que en el hospital que tenía enfrente (se refiere al Hospital Municipal, cuyas últimas plantas, en efecto, pueden distinguirse desde el barrio de San Gabriel) había una habitación iluminada y di en pensar que en esa habitación había pasado la noche un anciano luchando contra la aniquilación, y a su lado un ser que le quería, quizás su hijo, su nieto o su hermano, prometiendo sacrificios a quien fuera a cambio de que alcanzara tan solo un día más de existencia, mientras yo en esos mismos momentos había estado derrochando mi vida, sin importarme nada, la había estado desperdiciando sin respeto durante años, tirándola en cada chuta y cada reguero de sangre que se escurría brazo abajo sólo por vicio. Volví a oír a los niños que pasaban calle abajo, camino del colegio, y me prometí que viviría como aquel hombre de la habitación iluminada; aunque seguramente nunca consiguiera estar limpia de nuevo, viviría como los perros callejeros que aunque hayan dormido arrebujados y muertos de frío junto a una pared apenas reciben un rayo de sol se levantan, se estiran y echan a andar por en medio de la calzada sin rumbo alguno...»

Esto es sólo un fragmento de la entrevista/relato que, como se ha dicho, tenía previsto publicar la revista *FanZone* en una sección titulada «¿Qué fue de...?», pero finalmente se desestimó su publicación. Si la tengo en mi poder, es porque me la cedió un compañero de profesión. Seguramente se descartó la publicación por lo morboso y truculento del relato; «¿a quién coño le interesa la agonía de una yonqui?», me dijo el compañero. Pero también porque, en aquellos años, los 90, a muy pocos les sonaba ya el nombre de Mary Lay.

Hoy el Colegio Garcilaso se muestra abandonado, sus ventanas tapiadas, sus puertas cubiertas de carteles abarquillados. Si retiramos, por orden, este hojaldre de carteles superpuestos, habría material para trazar una historia de los últimos años de nuestra ciudad. Desde éste más reciente, en que se invita a acudir a una fiesta indietrónica con grupos y dj´s en cuyos nombres se emplean muchas abreviaturas, los carteles van retrocediendo en el tiempo para anunciar festivales de música latina, campeonatos de valetudo, grupos de rock medianamente punteros que a nuestra ciudad llegaron dentro de su *world tour*; se suceden los avisos de fiestas de Nochevieja, con cotillón y barra libre; composiciones fotográficas con elefantes y trapecistas, que informan de que ya está aquí el único, incomparable, sensacional Gran Circo Ruso, «últimas funciones». Sigue la noticia de la salida, «ya en tu tienda de discos», del recopilatorio *Lo Mejor del ´95*, «anunciado en televisión»; vamos bajando por carteles de «extraordinarias» corridas 6 toros 6 «de la prestigiosa ganadería...»; invitaciones a acudir a la I Feria del Cómic; llamamientos a los viandantes «a la huelga general»; y así llegamos al sencillo, amarillo e ingenuo muñequito de «Nuclear NO» que probablemente fue el primero que se pegó nada más cerrarse el edificio, pues debajo luce ya el consabido «Prohibido fijar carteles. Responsable la empresa anunciadora»...

El antiguo y ruidoso Colegio Garcilaso se encuentra, a día de hoy, cerrado y requetecerrado. A consecuencia de las quejas por el estruendo del rector del Real Colegio de Santiago (convertido ya en Universidad), ésta fue trasladada a las afueras de la ciudad, a un amplio campo por donde pululan los estudiantes. Y es que, junto con el ruido, la otra causa que motivó el traslado de la institución fue la abundancia de alumnado, que hacia 1990 hacía ya imposible contenerlo en los edificios existentes.

Quisiera decir que con el traslado se solventó este problema, pero lamentablemente la marea ha ido creciendo y amenaza con desbordar ya los nuevos edificios. Para colmo, se da la curiosa circunstancia (creo que inédita a nivel mundial) de que en nuestra Universidad hay más catedráticos que alumnos, aun siendo, como se ha dicho, época de superpoblación. En el momento del cierre de la edición de esta *Guía breve*, de la Universidad llegan noticias alarmantes sobre el mucho personal docente que corretea por el campus: un gentío inmenso, tropel desordenado, muchedumbre furiosa, catedráticos «a manta», por hablar pronto y claro, para los que pronto no se podrá dar abasto. Es una verdadera turbamulta que se halla, además, totalmente fuera de control, impartiendo materias, organizando seminarios, programando ciclos de conferencia, de resultas de lo cual quedan las calles aledañas repletas de basura y los cultivos de los campos de alrededor arrasados. Lógico es, a la vista de esto, que algunos hayan pedido ya la intervención de las autoridades, antes de que el problema se extienda y adquiera escala nacional.

Ploc, ploc, ploc, ploc, ploc, ploc... sonido de lluvia.

———

NOTA DE LA EDITORA X: También la lluvia, por curiosa casualidad, ha comenzado a caer al otro lado de los cristales de la habitación del hospital.

———

Ploc, ploc, ploc, ploc, ploc, ploc...
La historia la escribe el azar, a través de pequeñas casualidades. Si aquel 26 de octubre de 1950 hubiese amanecido nublado, Dora Hellstell, galerista de arte y turista en nuestra ciudad, probablemente no hubiera salido a la calle, o hubiera salido a buen seguro con paraguas y prevenida de no ir demasiado lejos. Pequeñas casualidades, como digo: si no se hubiese encapotado el cielo de pronto y hubieran comenzado a caer las primeras gotas justo cuando caminaba por la calle de la Perdiz, Dora no se hubiese metido en una tienda de antigüedades, más bien tirando a chamarilería, a curiosear mientras escampaba.

Dora era muy aficionada a los objetos antiguos; en realidad, estaba en nuestra ciudad buscando algo que llevarse a su país como recuerdo, pero en aquella tienda donde todo estaba amontonado y sin organizar dudaba mucho que pudiese encontrar algo. Así, si el chaparrón repentino hubiera durado sólo unos minutos menos, Dora hubiese salido a la calle sin tardanza, a reanudar su paseo. Pero estuvo lloviendo algún tiempo; el tiempo necesario (lo que es el azar) para que Dora levantase el pico de una sábana que había al fondo de la tienda, cubriendo lo que parecían cuadros, y...

Dora quedó boquiabierta y sin poder decir palabra frente a aquellas catorce o quince obras, apiladas unas encima de otras, en que se representaban tijeras abiertas, por ejemplo, sobre un cuerpo muerto, un hombre dándose de cabezazos contra un muro, retratos de individuos en un rictus de dolor...

La alemana le preguntó al dueño de la tienda (en su mal castellano entreverado de francés, idioma del que el hombre conocía algunas palabras) de dónde habían salido aquellos cuadros. El chamarilero le dijo que provenían de una exposición de arte moderno que había organizado un aristócrata excéntrico hacía más de cincuenta años en el palacio de Labohe; aquellos cuadros eran los rechazados, los que el marqués organizador de la muestra al final decidió que, por ser de temática «distinta» y de autores conciudadanos, era mejor no exponer. Frustrado el grupo (porque, según contaba el chamarilero, los artistas que habían pintado aquellos cuadros componían un grupo pictórico), frustrado, iba diciendo, el grupo por aquel fracaso, al principio se resistió a morir y persistió en sus ideas estéticas, pero muy pronto el hambre, la miseria y las enfermedades derribaron a algunos en plena calle, como a un tal Estévez, que él supiera, y a otro tal Laguna; ante lo que los demás decidieron rendirse, disolverse y aceptar trabajos remunerados que pasaban, lo primero, por dejar de pintar.

—A mi padre —siguió contando el chamarilero—, esos pobres pintores le daban pena, y les compró alguna que otra obra de las que no podían colocar en ningún sitio. En total, les adquirió estos veinte o treinta cuadros, pero, como le digo, más por ayudarles a comer en lo que encontraban trabajo que porque de verdad pensase que tenían algún mérito artístico o una salida comercial...

—¿Cuánto quiere por todas ellas? —le preguntó, medio en alemán, medio en francés, medio por señas, Dora.

—Pues, no sé... ¿Cien mil pesetas? —aventuró el chamarilero, temiendo haber dado una cifra demasiado elevada.

Dora se sonrió mientras le extendía un cheque por un millón.

—No me gusta engañar a la gente. Y creo que su padre se merecería esta cantidad por la fe o por el afecto que sintió hacia los pintores. En dos o tres días, mandaré a alguien para que se lleve estos cuadros. Ahora quisiera que me hablase más sobre ese círculo artístico... Porque me ha dicho que los que pintaron estos cuadros formaban un círculo, ¿verdad?, un grupo. ¿Quiénes eran?, ¿dónde se reunían?...

El chamarilero le dijo entonces que no sabía mucho más que lo que había oído, de niño, a su padre: que vivían, o malvivían, casi todos en la avenida Gante. Que les gustaba salir con sus caballetes a pintar al aire libre, aunque en realidad sus cuadros fuesen de interior y ellos pintasen con la imaginación y la memoria. Que, siempre a decir de su padre, hubo dos que destacaban de los demás por su personalidad: un tal Estévez y un tal Laguna. El primero creía que había muerto de tifus, como un perro, en medio de la calle. Del segundo sabía, fijo, que se había ahorcado al fondo de un callejón de la calle Pellejeros. Los demás pintores del grupo seguramente a esas alturas habían desaparecido, o habían encontrado un trabajo asalariado y en algún momento habían muerto de forma anónima... o quizás seguían viviendo en una senilidad anónima también. Ya no podía decirle más.

Cuenta Dora Hellstell en su libro *Un brindis por Hassenfraz*, donde narra este su famoso descubrimiento pictórico, que se trasladó a la mañana siguiente a la avenida Gante, un barrio hundido en la miseria y la inmundicia. Estuvo un rato fantaseando con lo que esa calle y sus aledañas podían haber sido medio siglo atrás, aún más pobres y oscuras. Luego preguntó, en su mal castellano, a los chavales con que se cruzaba, y a los vecinos que había sentados en sillas a las puertas de las casas, por los pintores que allí habitaron; y la respuesta en la mayoría de los casos fue: «ah, sí, el pintor». Un chaval incluso llegó a tomarla de la mano, a ponerla frente a un bloque y a decirle: «sexto derecha», mientras con los dedos hacia el seis y luego sacaba la mano diestra.

Subió Dora con desconfianza, temiendo que la encaminasen hacia un pintor de brocha gorda que allí tuviera su domicilio. Subió también con la nariz arrugada, por la peste a verduras cocidas, humedad, orín, abandono, que fatigaba todo el tiro de la escalera. La puerta del 6º Dcha. estaba descolorida y descascarillada (además, faltaba el «Ch» de Dcha.). Iba a tocar en la madera, pues el timbre aparecía negro todo alrededor, muestra de que en algún momento se había quemado, cuando, al apoyar la mano, notó que la puerta estaba entreabierta.

—¿Hola? —preguntó Dora, a la aventura—. ¿Sí?

—Pase, señora Nati, por favor —dijo al fondo una voz trémula—. Déjelo aquí, encima de la mesa. Muchas gracias.

La galerista se introdujo en un breve pasillo tenebroso, pues sólo lo alumbraba la luz diurna de un día de octubre encapotado. La luz provenía del fondo de la casa, donde se adivinaba una habitación. El hedor rancio a suciedad y miseria sobrecogió a alguien como Dora, acostumbrada a ambientes exquisitos; alguna arcada se le escapó mientras recorría aquel pasillo de paredes grises y sucias, de mucho tiempo sin pintar. A uno de los lados, se vislumbraba una triste habitación apenas decorada con una estampa de un santo sujeta con chinchetas sobre una cama sin hacer. Mantas y sábanas mugrosas arrebujadas. Al otro lado, una cocina tenebrosa en cuyo suelo un par de cubos de latón, medio oxidados, se habían dispuesto para recoger el agua que cayera de las goteras del techo.

Cuando Dora Hellstell llegó al cuarto del fondo, del que provenía la luz, encontró a un anciano sentado en un sillón de ruedas, frente a una estufa de leña y con una manta por encima de las piernas; sobre sus rodillas, que parecían impedidas, una novela de bolsillo bastante manoseada, seguramente sobre gángsters o vaqueros. A su lado, un orinal lleno hasta la mitad. Pero no le impresionó tanto a la mujer la figura del anciano, que se la quedó mirando con ojos de sorpresa, como el montón de cuadros que, detrás de él, se disponían de pie contra la pared, amontonados unos delante de otros. Había, calculó la Hellstell, *grosso modo*, cerca de un centenar de obras.

—¿Quién es usted? —le preguntó el octogenario, pues no menos edad le calculó, también al momento, la mujer al anciano sentado en el sillón. Éste vestía un batín raído, zapatillas de fieltro, raídas también, lucía barba cana de varios días y en la cabeza mostraba escasos cabellos muy largos y sin peinar. El olor a sudor reseco que se desprendía de la figura, junto con los efluvios del orinal, trascendían hasta donde se hallaba la mujer.

En su mal castellano, Dora le explicó que era una galerista experta en arte que por pura casualidad había encontrado, en una pequeña tienda de antigüedades, cuadros como los que tenía a sus espaldas, tras cuya pista había llegado hasta esa habitación.

—Mi nombre es Dora Hellstell —le tendió la mano al viejo.

—Yo me llamo Jacobo. Jacobo Superbielle.

Sería largo y enojoso intentar reproducir el diálogo que entre ambos se siguió, ella expresándose en mal castellano, él recurriendo a un peor francés aprendido en sus tiempos del colegio y del que apenas se acordaba... La conclusión fue la siguiente: Superbielle, como podía ver, había sobrevivido hasta entonces, aunque impedido ya para pintar a causa de la artrosis y sostenido por la caridad de los vecinos que, como la tal señora Nati para quien había dejado la puerta abierta, le subían algo de comer y por las noches le ayudaban a meterse en la cama. El anciano no tenía hijos, ni familiares cercanos, y una señora de la parroquia, también por mera compasión, subía cada cierto tiempo a interesarse por su salud, le ayudaba a asearse, le hacía la cama, ventilaba un poco todo aquello... Malvivía Superbielle sin agua corriente ni luz eléctrica, calentado por aquella estufa para la que el señor Manolo, esposo de la señora Nati, le subía de vez en cuando cajas rotas, sillas desvencijadas, papeles, trapos viejos y otras cosas que encontraba por la calle, incluso mondas de patatas, con que la fuese alimentando, aunque a veces alguno de esos combustibles generaba un humo ne-

300

gro y espeso que le obligaba a arrastrarse como podía hasta la ventana y abrirla, aun a riesgo de congelarse, para que saliera el humazo. Todo ello pensando en que no se dañaran los cuadros que había detrás de él... Así fue como entraron en lo que a la galerista le interesaba: los cuadros. Eran, por decirlo así, los restos del naufragio del Círculo de Hassenfraz, las obras, principalmente suyas, pero también de otros compañeros, que Superbielle había atesorado cuando sus sueños artísticos (¡tantos sueños!) se derrumbaron trágicamente. El anciano las conservaba con una rara fe en el futuro y una absurda perseverancia que le había frenado de arrojar a la estufa, en muchas ocasiones en que le habrían venido bien para calentarse, aquellos lienzos por los que nadie se interesaba, y probablemente nadie se interesaría cuando el hombre muriese y entonces todo acabara por liquidarse a un trapero. Pero al fin, le dijo Dora Hellstell con una sonrisa, contra todo pronóstico el milagro se había producido: allí estaba ella para adquirir esas pinturas y darlas a conocer al mundo. Por un buen precio, además.

Dora lanzó la cifra de dos millones de pesetas por todo el lote, compuesto (lo dicho, *grosso modo*) por unos cien cuadros de diverso tamaño. Superbielle, al escuchar la oferta, estuvo meditando largo rato; finalmente dijo que no, que vendería acaso en dos millones cada uno de los cuadros y, como mucho, se avenía a hacer una rebaja en los más pequeños. La alemana protestó: aquella era la ocasión que el pintor había estado esperando durante... ¿cuánto?, ¿treinta, cuarenta, cincuenta años?... ¿iba a dejar que se esfumara sólo por poner un precio excesivo? O mejor que excesivo: irreal, porque ella en realidad no sabía si aquellas insólitas expresiones artísticas iban a tener buena aceptación, igual era ella quien acababa echando los cuadros a una hoguera, definitivamente despreciados por el público. Conque pagar (hizo un cálculo rápido) pongamos ciento veinte millones por todo, era una locura. Dora, además, instó a Suberbielle a que pensase que era su única oportunidad de pasar a la posteridad, objetivo último, sin duda, de todo artista, y que, en cualquier caso, no le quedaba, siendo sinceros, demasiados años de vida como para entrar en discusiones sobre millón arriba o millón abajo que no iba a tener tiempo para gastar ni herederos a los que legar. Así que...

—¿Quedamos en treinta millones, por ejemplo? Estoy siendo muy generosa... —concluyó Dora, al tiempo que extraía la chequera de su bolso.

Pero Superbielle se mantuvo inflexible: 120. Mire que su edad, mire que la posteridad... insistió la alemana.

—¡Qué le den por saco a la posteridad! Llevo toda la vida esperando este momento. Se lo debo también a los compañeros. Ciento veinte. Con el añadido de que, ahora sí, si no acepta el precio, según salga por esa puerta tiro todos los cuadros a la estufa.

Dora Hellstell sostuvo unos momentos la estilográfica en el aire y luego la depositó sobre la chequera para rellenar una cifra, al tiempo que mascullaba, en alemán, algo así como (traducido):

—Desde luego, ¡vaya huevos que tiene usted!

Ya con el cheque en la mano, Superbielle le dijo a la galerista, que estaba mirando por encima los cuadros:

—Hágame un favor, a la que baja. Avise a la señora Nati, en el entresuelo A. Que suba con su marido. Quiero hacerles un pequeño regalo...

Así fue, sobre poco más o menos, como sucedió el encuentro entre la galerista y el pintor, según se relata en el libro arriba citado *Un brindis por Hassenfraz*. Libro en el que, como indica el título, Dora Hellstell se vanagloria

302

del gran negocio que hizo al final adquiriendo las obras a Superbielle, porque la exposición que montó en Berlín del Círculo de Hassenfraz, por mal nombre «grupo de Gante», fue todo un éxito comercial y de crítica. De este éxito, por desgracia, ya no pudo participar Jacobo Superbielle, muerto sólo unos meses antes, tras escribir a toda prisa sus *Memorias escritas a toda prisa*, al parecer de un exceso gastronómico, alcohólico e incluso dicen que sicalíptico incompatible en todo caso con su edad. Pero no sólo con las ventas de la exposición y las subastas posteriores hizo fortuna Hellstell; posteriormente, el Gobierno español y nuestro Ayuntamiento le pagarían un fortunón por recuperar varios de los cuadros y traerlos de vuelta a la ciudad, donde hoy se exponen en el palacio de Labohe. Curiosamente, el mismo lugar en el que Leopoldo Máuriz, xxiii marqués de la Carrera y aficionado a las artes, montó la exposición de la que los de Gante fueron excluidos por demasiado próximos y que supuso el comienzo de la desdicha para los integrantes del colectivo.

En la pinacoteca de nuestra ciudad, ubicada en el palacio de Labohe, hay pinturas de no poco valor: asoma por allí algún Carducho, un par de cuadros de Francisco Collantes, varios de Jusepe Martínez, hay incluso un Ribera, un pequeño Murillo y hasta una tela que se atribuye a Velázquez (pero seguramente, y esto entre nosotros, no sea suya). Se muestran también tres cuadros minúsculos de pintores menores de la escuela veneciana, adquiridos por el Patronato en una subasta en la capital por unos quince millones de pesetas cada uno (con la desaprobación del tesorero municipal, al que le pareció «mucho dinero para cuadros tan

303

pequeños», lo que insistió constara en acta). También se adquirió, en una posterior subasta, un bosquejo de boceto de dibujo de apunte de cartón para tapiz nada menos que de Goya (así mismo con el voto en contra del tesorero del Patronato, al que le parecían «cuatro rayajos, digan lo que digan»). Pero, sin duda, las pinturas que motivan la llegada de turistas en masa son las del Círculo de Hassenfraz, y en especial las de sus componentes más célebres: Superbielle, Estévez y Laguna.

Los cuadros de estos tres maestros atraen hoy día autocares llenos de turistas, que se detienen a la puerta del palacio de Labohe aunque sólo sea para entrar un momento y admirar los dos famosos oleos, titulados ambos *Retrato de mujer con sombrero adornado con plumas de pavo real,* pintado uno por Laguna y otro por Superbielle, Son las dos joyas de nuestro museo, y como tales ocupan la sala principal. Según la leyenda, ambos cuadros fueron pintados casi al tiempo; en uno, obra de Jacobo Superbielle, se muestra a la mujer con una sonrisa resplandeciente, la más maravillosa, a decir de muchos, reflejada nunca por unos pinceles, y al que ese gracioso aderezo del sombrero con plumas de pavo real dota de una gracia inigualable; mientras que en la otra pintura, casi del mismo tamaño, obra de Néstor Laguna, se muestra a la misma mujer, con el mismo adorno y la misma sonrisa, sólo que aquí aparece con los dientes cariados, negros, verdes y con mellas en varios lugares. Siguiendo asimismo la tradición, se cuenta que ambos retratos se hicieron con el objeto de fascinar a la joven retratada, una tal Mónica. No hace falta decir ante qué cuadro se detienen hoy en día, admirados, la mayoría de los turistas: el retrato con el que Superbielle sedujo, en efecto, a la muchacha en lo mejor y más alegre de su juventud, mientras que muchos prefieren pasar de largo ante el óleo del testero opuesto, el de Laguna, que muestra a esa misma mujer desdentada y sucia. Casi nadie entiende cómo, al final, la joven acabó siendo compañera de miserias del pintor que la retrató mellada, entre ambos engendraron una infortunada criatura y por qué cayó la mujer en una depresión cuando murió el retratista que tan poco, en verdad, la había favorecido.

«A Correa, el "camarada Moreno", nunca le abandonó la convicción, hasta el último momento de su vida, de que, a pesar de haberle clavado varias veces la navaja en el vientre en un momento de ofuscación, "Flores" no podía haber sido un traidor...»

Con unas palabras parecidas a éstas, se introducía el reportaje que en Tele25, una cadena local minoritaria (y en un programa, además, nocturno) se estaba dedicando al «enigma del camarada Flores». O lo que es lo mismo, a la muerte de Felipe Ortega, aquel militante comunista en la clandestinidad que había aparecido muerto el 15 de agosto de 1946 en medio de la calle Pellejeros. Ortega, según reveló el periódico *Mundo Obrero* con la llegada de la democracia, había sido víctima de una *vendetta* por quienes le creían responsable de la captura meses antes, y podría decirse que fusilamiento a manos de la policía, de Valentín Rodríguez, alias «camarada Macías», autor a su vez del atentado mortal contra el comisario Aguirreche. En el programa de Tele25, estaba sentado, como invitado principal, Óscar Correa, hijo del «camarada Moreno», asesino confeso de «Flores».

Refutando la historia que había dejado esclarecida hasta cierto punto *Mundo Obrero*, Óscar Correa contó en el programa cómo su padre se había enterado de que el tal «camarada Macías», epicentro de la serie de crímenes, no había sido en realidad enviado desde Francia para ayudar a los elementos comunistas de este lado de los Pirineos. No era un experto en explosivos, un antiguo resistente, un comunista, podría decirse, de abolengo. Es más...

—En realidad, «Macías» —dijo— no murió como todos creen.

El presentador parecía estar esperando a ese momento de cierta tensión para emplazar a sus televidentes a que, si querían oír la sensacional revelación que parecía seguir a estas palabras, esperasen a después de la publicidad. Una publicidad, por otra parte, reducida a un par de anuncios de comercios locales, prueba de las pocas expectativas de audiencia que tenía la cadena.

—En realidad —dijo el hijo de Correa a la vuelta de los anuncios—, todo fue una operación del servicio de inteligencia del Régimen. Pongámonos en la situación del momento: la célula comunista de nuestra ciudad, dirigida por Felipe Ortega, el «camarada Flores» estaba empezando a cobrar cuerpo e importancia y era posible que en poco tiempo se convirtiera en un auténtico quebradero de cabeza a escala comarcal, provincial, nacional... Por otra parte, Aguirreche, el comisario de la ciudad, se había convertido en un verdadero *führer* que ni siquiera quería salir de la ciudad para rendir cuentas en la capital. Aunque en principio el nuevo Régimen aprobaba la represión de los elementos izquierdistas, finalmente el salvajismo y la discrecionalidad, el capricho y a menudo el sadismo con que la practicaba Ibarreche, hizo que se quejaran de él algunos elementos afines al Régimen, como las autoridades eclesiásticas. Aguirreche, totalmente fuera de control, había llegado a importunar, a torturar y hasta asesinar a algunos fieles correligionarios protegidos e incluso recomendados por dichas autoridades. Ante estas protestas, se decidió en una reunión en la capital que lo mejor era acabar con el comisario díscolo y engreído que se había tomado carta blanca, pero hacerlo de manera que implicase a los comunistas y que de esta implicación se pudiera *interceptar* al «camarada Flores». Y con «interceptar» no se hacía referencia a acabar con él, o *no sólo* a acabar con él; sino también... (y aquí la jugada maestra de los del Régimen, cuya inteligencia no debemos menospreciar sólo porque no estemos de acuerdo con sus ideas políticas) ...también se hacía referencia a desprestigiarlo, echar por tierra su obra. Hacerle aparecer como un traidor y desmontar con ello toda la célula.

»La jugada era arriesgada... Por lo pronto, infiltraron a un agente, Valentín Rodríguez, haciéndolo pasar, mediante falsas credenciales y cartas de recomendación, por un tal "camarada Macías", de entereza incontestable y el mayor compromiso con la causa. Este "Macías", apenas llegar, delató y provocó que fracasara un atentado que la célula tenía previsto contra el comisario, pero de tal modo lo hizo que comenzó a verter algunas dudas sobre si el autor del chivatazo no habría sido en realidad el jefe de la célula, el tal "Flores". Aquí debo decir —indicó ante las cámaras el hijo de Correa— que, lamentablemente, "Macías" halló en mi padre, el "camarada Moreno", un terreno abonado donde sembrar esa duda y que se propagara entre los demás camaradas. El prestigio de "Macías" aumentó considerablemente, hasta la incontestabilidad total, si puede decirse así, cuando de pronto liquidó al comisario Aguirreche, deslizando igualmente ciertas dudas sobre que eso mismo se podía haber hecho antes pero igual "Flores" lo había frenado. La duda, entonces, fue cundiendo poco a poco... A esas alturas, el servicio de inteligencia del Régimen había cubierto ya uno de sus objetivos, cargarse al desobediente Aguirreche, y tenía encarrilado el segundo: desarticular a "Flores" y su célula. Sólo hacía falta un último golpe, un golpe podríamos decir *teatral*...

»El 22 de julio de 1946, los de la Brigada Político-Social entraron ("a saco" o poco menos, puede leerse en las crónicas de entonces, pero en verdad de forma bastante parsimoniosa, para que los reunidos tuvieran ocasión de huir) en el local de reunión de la calle de la Fe. "Macías" escapó por la parte de atrás y echó a correr, pidiendo a otros camaradas, entre ellos mi padre, que le siguieran. Así desembocó en la plaza junto al edificio del Repeso, donde sabía le estaba esperando la policía. "Macías" entonces se destacó, fue encañonado por los guardias, y al momento (y lo que es más importante: a la vista de todo el mundo, entre ellos los camaradas, mi padre incluido, que le habían acompañado en su escapada), fue arrimado contra la pared del edificio y fusilado. Casi al instante, los guardias cubrieron la escena, taparon el cuerpo con una lona y exigieron a la gente que se disolviera, circulara y no mirara... cosa que todo el mundo, impresionado por la violencia de lo vivido, hizo, y por supuesto mi padre y los otros camaradas que habían presenciado la ejecución. Ya habían visto cuanto tenían que ver para acabar de confirmar que "Flores" les había traicionado y merecía morir...

»Esto fue lo que presenció mi padre. Y yo, muchos años después, plantado en el lugar de los hechos, de pronto advertí un detalle en el que él quizás no reparó en ese momento: junto al muro del Repeso, al fin y al cabo un edificio oficial, allí donde se supone que ocurrió el ametrallamiento y muerte de "Macías" y donde cayó cadáver, existe una pequeña puerta de servicio, normalmente cerrada, por la que se accede al interior. Se me ocurrió entonces pensar: ¿y si todo hubiera sido una simulación? ¿Y si hubieran hecho *como que* fusilaban al militante comunista al que habían hecho *como que* perseguían justo hasta ese lugar para que allí cayese *como* muerto? ¿Y si, a la que se retirara la gente, hubieran abierto esa puerta medio disimulada y lo hubieran metido ocultamente en el interior del edificio para luego sacarlo de la ciudad, una vez su misión cumplida? Un escalofrío me recorrió la espalda al plantearme esta hipótesis, no demasiado descabellada. Es más, bastante posible, visto cómo se las gastaba el servicio de inteligencia del Régimen.

»Sobre esta teoría, comencé a buscar, entre antiguos policías de la ciudad, a algún superviviente que hubiera quedado de aquella época y que, por su edad, ya no tuviera demasiado que perder si hablaba. Al final, di con un anciano guardia que había estado presente en la muerte ficticia de "Macías". Él realmente nunca había sabido de qué iba todo aquello, y con mi visita fue también atando cabos. A él sólo le habían ordenado que se apostara frente al Repeso con munición de fogueo, que disparase contra determinado tipo cuando su jefe les diera la voz, y que luego, la calle libre, ayudará a introducir al caído en el interior del edificio. Por descontado, que no hiciera preguntas ni dijese nada a nadie si no quería perder su empleo, tampoco hablara de ello a su familia o tendría que atenerse a las consecuencias. A la mañana siguiente, que estaba de servicio, se le incluyó en el dispositivo que iba a llevar al falso muerto hasta el aeródromo de nuestra ciudad, para subirle a un avión y supuso que llevarlo lejos. Este antiguo guardia me contó entonces algo que me dejó lívido: "Hete aquí, me dijo, que el hombre se despide de mis jefes con mucha ceremonia, sube al aparato, que era de aquellos aeroplanos antiguos con el piloto en la parte delantera y el pasajero detrás, se abrocha el cinturón y alguien le da entonces un caramelo, para que lo vaya chupando y no se le taponen los oídos con el cambio de presión. Se cruzan las últimas palabras: *Adiós. Buen viaje. Gran trabajo,* el aparato toma carrera mientras veo cómo el hombre desenvuelve el caramelo y se lo mete en la boca, el aparato despega, se aleja, y estábamos ya montando en los coches para volver a la ciudad cuando vemos que el aparato retorna, aterriza y, por los gestos de urgencia que hace el piloto, y cómo se arremolinaron mis jefes alrededor del avión, deduje que el pasajero había sufrido un accidente. Y por cómo le extrajeron de la cabina con los brazos colgando, la lengua fuera y el rostro amoratado, comprendí que el hombre debía de haberse atragantado con el caramelo, y como nadie podía darle palmaditas en la espalda para hacerle expulsar el objeto, había muerto asfixiado. Por supuesto, los jefes no nos comentaron más sobre el asunto y yo prácticamente lo había olvidado hasta que llego usted. Esto es todo lo que recuerdo".

»Di por buena la historia de este antiguo guardia, ¿por qué iba a mentirme?, y me puse a pensar en la tremenda burla del destino que supone simular, con mucho esfuerzo, la muerte de un hombre para que apenas veinticuatro horas después fallezca de muerte natural. En realidad, ya es mala suerte. Y sé lo que pensarán algunos: que, en medio de esta teoría conspirativa que les he dibujado, ¿no podría estar ese caramelo envenenado para asegurarse de que el agente no iba a contar nunca a nadie la extraña operación en que había intervenido? Pudiera ser, pero yo tiendo a pensar que fue una simple fatalidad, porque seguramente antes de recurrir a ese rocambolesco recurso del caramelo envenenado los tipos del Régimen habrían tenido infinidad de ocasiones para acabar con "Macías" sin mayores problemas. ¿A qué complicarse de esa forma? En cualquier caso, fuera como fuese, y con independencia de la muerte del agente, el resultado de la misión fue un éxito: Aguirreche suprimido, Flores también, y la célula que, diezmada y desmoralizada, no volvió a recuperarse del golpe. Quedó, aparte de esto, alguna víctima colateral, como mi padre, atormentado para siempre por la duda y porque los hechos no acababan de cuadrarle, pero no creo que a quienes planearon la operación les importara demasiado esto...»

Aquí acabó la exposición de Óscar Correa. La cámara alejó un poco el plano (dentro de lo posible para no chocarse con la pared a sus espaldas, tan estrecho era el estudio) y se apreció cómo el moderador miraba de reojo a su derecha, donde el regidor, o alguien con tales funciones, le estaría indicando por gestos que cortase ya, que había que ir despidiendo el programa.

—Pues muy interesante, sin duda... —se dio prisa en decir, por si acaso a Óscar se le ocurría retomar la palabra para aclarar algún punto—. Y esto ha sido todo por hoy, no se olviden seguirnos en nuestro próximo programa de *Enigmas ciudadanos*, dedicado a los fantasmas de la calle de Los Acosta. Hasta entonces, sean felices... y curiosos —dijo, y ésa debía de ser su forma acostumbrada de despedida.

Fueron surgiendo unos cuantos títulos de crédito con los nombres del personal que había hecho posible el programa (apenas cinco o seis, pues el presupuesto seguramente era mínimo) mientras, por detrás, se veía a los invitados levantarse de sus sillas, recoger sus cosas, despedirse y tomar la salida. Entre ellos, me fijé en Óscar Correa, el hijo del «camarada Moreno», que, según dijo en un momento de la entrevista, había empleado más de treinta años en limpiar el nombre de su padre. Casi media vida en resolver las preguntas y esclarecer las obsesiones de un hombre que, al fin y al cabo, no era él. Con la mirada fija en el suelo, Óscar Correa parecía haberse dado cuenta de pronto de que había vivido para otro su juventud y su adultez, sumergido entre papeles, buscando a viejos testigos, vagando por su existencia como un asunto secundario porque lo importante era hallar la pista concluyente... y cuando al fin había llegado a ese final tan lejano y tan ansiado, darse cuenta de que todo formaba parte de un pasado lejano y ya no interesaba a nadie.

Apagué el televisor.

— — —

NOTA DE LA EDITORA X: Justo en este momento, el médico, acompañado de la enfermera jefe y del director del hospital, a quien han informado de quién soy yo, entran en la habitación. Y apostaría que no a revisarme el gotero...

— — —

Última interrupción y epílogo de la editora X

El libro-paseo de Miguel Baquero, *Guía breve de la ciudad y sus lugares interesantes,* acaba frente al Hospital Municipal, lo cual queda muy propio, si se piensa, porque la vida, no importa lo feliz que uno haya sido o lo bien que se haya portado, siempre acaba mal. Por este hospital pasaron, y aquí concluyeron, muchos de quienes han aparecido en estas páginas. Así, Baquero, después de plantarse frente al edificio y hablarnos de su historia: de cómo fue vendido a la municipalidad por la siempre benéfica familia Hurtado, propietaria del terreno, nos habla de que en sus habitaciones fallecieron, entre 1992 y 1993, David Molina, «Moulinex» y Maria Aylagas, «Mary Lay», agitadores ambos de la escena musical desde el barrio de Luaces y los dos víctimas del sida. Poco antes, en 1987, en este Hospital Municipal había concluido sus días, con el hígado destrozado, Fugo Guijarro, el antaño célebre «bombardero del Excelsior», boxeador que llegó a ser campeón continental de los pesos medios, como también murió en este hospital, cirrótico, nuestro otro célebre deportista Antolín Sabando, involuntario autor de un salto histórico. Entre la nómina, por decirlo de alguna manera, de intervinientes en estas páginas, el último fallecimiento registrado sería el de la cantante Fuga Rubio, la antigua «Cuarzo» de La Agencia Pinkerton y empleada como celadora, que apareció muerta en uno de los cuartos de la limpieza de una sobredosis.

De este Hospital Municipal es de donde acabo de salir después de que me hayan dado el alta, todavía la pierna escayolada y andando con muletas. Subo a un taxi, el conductor mete mi equipaje en el maletero y, por si acaso todo hubieran sido figuraciones mías, le pido luego que se dirija hacia la estación de tren. Por el camino, sin embargo, y de no sé dónde, empieza a surgir una espesa niebla. El taxista refunfuña, aferra con las dos manos el volante, noto que está inseguro en la conducción... En un momento dado, según nos vamos acercando a la estación, apenas si se distingue al vehículo que llevamos delante. «Pero esta niebla, de pronto...» gruñe el taxista, con evidente miedo de sufrir un accidente. Le digo entonces que dé media vuelta. Es inútil. Le pido que me conduzca a Villacarrera...

Igual todo (el tropezón y la rotura de la pierna, el ascensor abierto al abismo, la niebla espesa que de pronto ha cegado al taxista) pueda deberse a una casualidad. Igual, si no hago caso a los rumores sobre la maldición de la sacerdotisa Projetes, me sacudo estas supersticiones, rehago la maleta y marcho a la estación para tomar el tren caiga quien caiga, descubra que todo han sido... pues eso, sugestiones mías, fantasías ridículas, aprensiones absurdas. Podría hacerlo y que todo resultase ser, en efecto, humo; pero podría hacerlo y, a medio camino, caer víctima de un ictus, o sufrir un accidente o cualquier otra casualidad mortal.

En cualquier caso, tampoco me urge ya regresar a Nueva York. A partir de determinado momento, como se ha visto en el pasar de las páginas, he entendido con total seguridad que mi destino se encuentra ligado, indisolublemente, a esta ciudad e incluso a este libro. Que, por más que lo intente, nunca podré volver a mi vida anterior, y que en la ciudad de esta *Guía breve* estoy obligada a quedarme. Es más: como una revelación, he entendido de repente toda la obcecación de mi padre por no volver a su vida aventurera, abandonar de una puñetera vez este terruño y retornar al mundo para comérselo. Después de todo, no era cabezonería, era...

Confío en que la reedición de esta *Guía breve de la ciudad y sus lugares interesantes* explique de forma mejor y más creíble que yo lo que le ocurrió a mi padre, lo que me ha ocurrido a mí y lo que no dudo también afectó en su día a muchos otros conciudadanos y visitantes. Es por esto por lo que, sin tener ni idea, sólo dinero, me he lanzado al mundo de la edición. Hoy doy el último visto bueno a las pruebas de esta segunda edición de la *Guía breve*, que me decidí a publicar, primero, para que se entienda mi historia; y segundo, porque yo, con mis cortos medios de expresión, me veo incapaz de expresar los términos de esta maldición que creo sufrir. Entiendo que el libro pueda resultar un tocho (disculpe el lector) y que entre medias, para explicar estos hechos paranormales, vayan introducidas partes superfluas, insípidas y que deberían haber sido cribadas en aras de la economía literaria. Pero bueno, la próxima vez lo haré mejor. Sí, la próxima vez. Y no, no significa que vaya a hacer una tercera edición de esta *Guía breve*, Dios me libre, porque según lo gastado y lo poco que, me temo, se va a vender en las librerías, ni con todo el dinero que ahorré durante mi carrera de modelo podría hacer frente a otro esfuerzo así. Si digo «la próxima vez» es porque, en estos meses en que he venido preparando la edición, he descubierto que esto me gusta, sí, me resulta divertida esta tarea de hacer libros, es bastante enriquecedora. En todo caso, alguien tiene que seguir la tradición excéntrica de los Carrera y qué mayor rareza actualmente que la de convertirse en editor.

Sólo una aclaración final: la edición de la *Guía breve de la ciudad y sus lugares interesantes* que tuve entre las manos, tomada de aquella estantería del hotel, databa de 2015; sin embargo, aunque solo hayan pasado tres años desde que vio la luz, no me ha sido posible dar con la editorial que la publicó, para tratar con ella del tema de los derechos. Quebró, desapareció, y no hay manera de encontrarla, ni a ella ni a los editores que figuran en el Registro Civil. Lo mismo ocurre con el autor: Miguel Baquero. Tampoco he podido encontrar pistas de él, ni libro, ni cuento, ni siquiera artículo periodístico que publicara después de esta *Guía breve*. Digo todo esto para que los editores y el autor vean que, en todo momento, he intentado obrar de buena fe, y que si encuentran por ahí, dando vueltas, esta segunda edición de la *Guía breve de la ciudad y sus lugares interesantes* y consideran que les corresponden los derechos que sean, aquí estoy para pagárselos, no les costará mucho encontrarme. No es cuestión de dinero, como he dicho al principio.

Y además, no voy a huir. Ellos lo saben y cualquiera se dará cuenta, al leer estas páginas, de que me es imposible huir.

X

Anexo I. Cronología

140 a. C. Quinto Láurico toma el poblado de los berjetas, a la orilla del Benayas.

138 a. C. Construcción del Puente Romano, a iniciativa de Quinto Láurico para congraciarse con los berjetas.

250 (aprox.). Composición de la *Historia civitate*, por Tosco Decembrino.

308. Martirio y muerte de san Requiario Podólogo a manos de Calfurniano.

700. Convocatoria de una controversia pública en nuestra ciudad entre católicos y arrianos. El *comite* Gosubando se muestra contrario al culto oficial, fuera cual fuese. Es decalvado.

715. Los árabes conquistan nuestra ciudad. Gosubando es decalvado de nuevo. Enojo inenarrable de Gosubando.

730. Ibn Zulica construye la muralla árabe en torno a la ciudad. En sólo un par de meses, dicen las crónicas; a la larga, esta prisa resultaría fatal.

1210. Jornada de la Brecha. Toma de la ciudad a los árabes.

1214. Gran incendio de la ciudad: la ira de Osorio.

1305. Apertura del Real Colegio de Santiago en la calle Fierros.

1311. Primera protesta documentada del rector del Real Colegio de Santiago.

1315. Inicio de las obras de construcción de la catedral.

1317. La catedral gótica de la ciudad se viene abajo. Literalmente.

1322. Finalizan las obras de construcción de la abadía de Valdacá.

1360 (aprox.). Fecha de la traducción, al parecer corrupta, de la *Historia civitate* por fray Montán de Gállego.

1390. Atendiendo a las quejas de su rector, el Real Colegio de Santiago es trasladado desde la ruidosa calle de Fierros a un solar a las afueras de la ciudad.

1400. No 14:00, aunque sea en este año, en punto, en el que se erige junto al Colegio de Santiago el Reloj que da nombre a la célebre plaza y a cuyo alrededor el comercio de costumbre, para bien, mal o peor, se va organizando.

1494. Probable fecha de composición de la *Chrónica cibdana*, por Salvador de Oriz.

1500 (aprox.). Se alza, en la calle del Pozo, la cárcel, tribunal y archivo de la Santa Inquisición.

1510. La extraña expedición de Gonzalo Pacheco.

1558. Descubrimiento del conventículo de «judaizantes» en la calle Huertas. Detención de los Acosta.

1559. Captura del hereje Fermín de Arguyo.

1560. Gran Auto de Fe contra los Acosta y otros judaizantes, también contra luteranos. Pocos días después, según la leyenda, consumación de la venganza *ultra tumba* anunciada por Blasco Acosta.

1570. El Real Colegio de Santiago, debido de nuevo a las

quejas prolongadas de su rector, y a la intercesión del ya célebre cardenal Hurtado, es trasladado desde la plaza del Reloj al bucólico monte Tazón.

1574. Segundo gran Auto de Fe.

1576. Huida disimulada de Zuñer con el retablo de Sta. Mª Ignífuga.

1593. Último Auto de Fe. Cosme Rincón, quemado por todo.

1625. Perdición, por sediento, del proxeneta Ginés de Vasco.

1670. La ciudad es azotada por una plaga de peste. Innumerables muertos. El convento de San Sebastián queda, a causa de esto, vacío de monjes y se habilita como presidio.

1700. Construcción del Puente Nuevo.

1741. Motín en el *Avizora II.* Insólito naufragio de Luaces/ Nardiz-Nardiz/Luaces. Al año siguiente, rescate del náufrago.

1750. Garciáñez se sienta en el sillón municipal tras hacer que lo retapicen, porque en verdad estaba muy gastado y sucio. Numerosas obras públicas. Trazado de los parques de la Ladera y de la Laurentina.

1783. Milagro hirsuto en la iglesia de Santa Teresa.

1807. *La fiesta en la Ladera*, cuadro de Sirvent.

1809. Entrada de los franceses en la ciudad. Liberación del preso de la Inquisición. Montenegro, alcalde.

1826. D. Juan Montenegro acaba pendiendo de una soga, junto con su lacayo.

1848. Sucesos del Puñado de Trigo. Represión feroz de los «puñadistas», dirigida por el general Evaristo Gante.

1849. Últimos ajusticiamientos públicos en la plaza del Cadalso.

1853. La ciudad declara la guerra al Sistema Métrico.

1864. Descubrimiento prodigioso del Sto. Cristo del Aparador.

1870. Solemne inauguración, aunque con ajusticiamiento fallido, de la cárcel de las Nueve Fanegas.

1872. Primer tranvía (*tram-way*), de tracción a sangre, es decir, tirado por mulas.

1874. Casimiro Máuriz, xxi marqués de la Carrera, comienza sus experimentaciones con la planta laurentina.

1885. El escritor Germán Quílez, empleado en la Casa de Medidas.

1888. Suicidio de Germán Quílez.

1890. Creación del Círculo de Hassenfraz.

1893. Gran exposición de arte moderno en el palacio de Labohe. Surge la leyenda de los Refusés de los Refusés. Este mismo año, inauguración de la famosa pastelería Rodríguez y Rodríguez, tradición familiar.

1894. Extraordinario prodigio en la calle de la Consigna del que, por imperdonable negligencia, no se conserva testimonio gráfico.

1900. Trágica disolución del Círculo de Hassenfraz.

1901. Fin de los duelos «oficiales» en la ladera del Monte Tazón, junto a la tapia del Colegio de Santiago.

1902. Intento (infructuoso) de ascender la cuesta desde el río a la catedral con un tranvía a vapor. Muerte de Mónica Sandín, modelo disputada de pintores.

1909. Un tranvía eléctrico de la línea 8 consigue, por fin, subir la cuesta desde el río. Este mismo año, desastre tranviario.

1915. Publicación de *Valdacá o El triunfo de la impostura*, de Alonso Margallo.

1918. Gran e inexplicable triunfo del violinista Velasco.

1925. Accidente mortal de Rafael y «la Piporra» en su inaudita huida.

1939. Comienza la represión de los vencidos en la Guerra. Domingo Aguirreche al frente del Preventorio.

1946. El 8 de julio, atentado fallido contra el comisario Aguirreche. Poco después, el 14, el mando policial es asesinado en el parque de la Campa. El 22, el militante comunista «Macías» es abatido a la vista de todos. En agosto, aparece un cadáver no identificado en la calle Pellejeros.

1949. Fundación de La Galería, club golfante de jazz. Ese mismo año, apertura del barrio de Jesús Obrero, con la trágica muerte del ministro que cortó la cinta.

1950. Descubrimiento del Círculo de Hassenfraz por la galerista Dora Hellstell. Superbielle, sorprendentemente, sigue vivo.

1952. «El Gordo» de la lotería cae en Jesús Obrero: declaraciones de los agraciados que, en opinión de muchos, debían haber sido silenciadas.

1962. Fallecimiento de la equilibrista Marina Melgar.

1964. Trazado de la calle Larga.

1972. Último ajusticiamiento en las Nueve Fanegas.

1973. Inauguración del Colegio Mayor Garcilaso, que en breve causará mucho ruido.

1975. Disputa en el Sportium del título continental de los pesos medios.

1977. Toda la verdad sobre el cadáver aparecido en la calle de Pellejeros.

1978. Insospechado, increíble, inimaginable record atlético de Antolín Sabando.

1979. Se abre el Maelstrom, club de música en la calle Luaces. Esto marca el comienzo de la «eclosión musical» en nuestra ciudad.

1981. Infortunadas actuaciones del pianista Edelmiro «Edwin» Aguilar.

1987. Fallecimiento por cirrosis hepática de Fugo Guijarro, «el Bombardero del Excelsior»

1990. Traslado tumultuoso de la Universidad a la localidad vecina.

1992. Fallecimiento de David Molina, «Moulinex». Un año después, muerte de María Aylagas, «Mary Lay».

2008. Muertes del saltador Sabando y de Fuga Rubio, «Cuarzo», seguramente la última protagonista de la «eclosión musical» de nuestra ciudad.

2014. Primera acción de los activistas urbanos en la avenida Periférica.

2015. Primera edición de esta *Guía breve de la ciudad y sus lugares interesantes*.

Anexo II. Lista de personajes

Al-Hazamin — poeta andalusí, autor del poema Y*a llora el almojarife…* incluido en la antología *Las 101 mejores poesías andalusíes.*

Alonso Margallo — escritor, autor de *Valdacá* o *El triunfo de la impostura.*

Ángel Canseco — dueño del tablado El Torreón, amante de «la Piporra».

Antolín Sabando — atleta, recordman mundial no reconocido.

Avelino Máuriz — xxii marqués de la Carrera, ciclista de los de rueda delantera grande, sucesor de su hermano el botánico.

Blasco Acosta — reo de prácticas judaicas.

Carlos Algora — dueño de un estudio fotográfico; poco afortunado en la elección de sus ayudantes.

Casimiro Máuriz — xxi marqués de la Carrera, botánico. Una vida inútilmente consagrada a la Ciencia.

Celso Correa — «camarada Moreno», militante comunista sumido en la duda.

Cosme Rincón — quemado en la hoguera. Conocido aún hoy como «el delincuente total».

Damián Hurtado — concesionario de peajes.

Daniel Recuenco — aficionado al jazz, cofundador de La Galería.

David Molina — «Moulinex», músico destacado en la «eclosión musical».

De los Santos — hombre de negocios.

Diego Sirvent — Pintor de Corte, amigo de Juan de Montenegro y Tomás Papín.

Dolores Vallejo — madre de familia, esposa de D. Odón Silvestre.

Domingo Aguirreche —Comisario de nuestra ciudad nada más acabar la Guerra. Víctima de improvisado asesinato.

Dora Hellstell — galerista, descubridora por casualidad del «Círculo de Hassenfraz».

Doroteo Máuriz — xxviii marqués de la Carrera, baterista en tiempos de la «eclosión» musical.

Edelmiro Aguilar — «Edwin», pianista de jazz caído en desgracia cíclica.

Eloy Losa – revolucionario. Vencido. Ajusticiado.

Emilio G. Fernández — aficionado al jazz, cofundador de La Galería.

Encarni — «Charni», aspirante a actriz en los años 80.

Esteban Luaces — náufrago.

Evaristo Gante — general represor. Hombre de fino bigote.

Faustino Écija — «el Paisano», asiduo a las inauguraciones.

Fausto Máuriz — xi marqués de la Carrera, hereje por afición.

Felipe Ortega — «camarada Flores», militante comunista, cabecilla de la célula.

Fermín de Arguyo — propagandista del luteranismo, preso en una calleja.

Florián Hernández — inquisidor al que demasiado pronto movía el escándalo

Francisco Rubiné — «Paco», estudiante de Bellas Artes.

Fuga Rubio — «Cuarzo», cantante destacada de la «eclosión musical».

Gary Sweetest — estrella del rock.

Germán Quílez — articulista, hombre de optimismo incongruente.

Ginés de Vasco — valentón, el más fiero, en apariencia, de la plaza del Reloj.

Gonzalo Pacheco — descubridor.

Gosubando — *comite* de la ciudad, traidor.

Gregorio de Luxanes — escritor, autor de *Guía de viageros (y oriente en los peligros)*.

Honorio Folgado (padre e hijo) — rentistas, dueños de varias fincas urbanas.

Hurtado — familia de emprendedores en toda época.

Ibn Zulica — constructor de la muralla.

Ignífugo Guijarro — boxeador, aspirante al título continental de los pesos medios, hombre presumiblemente honrado.

Irene Calvo — niña supuestamente fallecida.

Isaías Velasco — violinista y director de orquesta.

Jacobo Superbielle — pintor innovador y resistente durante años.

Jaime Bielsa — oftalmólogo eminente.

José Canseco — el otro dueño del tablado El Torreón.

José María Sandoval — obispo racionalista.

Juan (de) Montenegro — liberal, alcalde en la época de la ocupación francesa, promotor de escándalos.

Leandro Estévez — pintor innovador.

Leonor Acosta — hija de D. Blasco, acusada de judaizar, como toda la familia.

Leopoldo Máuriz — XXIII marqués de la carrera, aficionado al arte moderno.

Lucas Terol — revolucionario. Ajusticiado con sus compañeros.

Manuel Garciáñez —«alcalde-jardinero».

Marcos Vázquez — «Martillo», preparador de púgiles.

María Aylagas — «Mary Lay», protagonista de la «eclosión musical».

Marina Melgar — equilibrista que recorrió todo el siglo XX hasta mediados, más o menos.

Maruja Hernández — «la Piporra», bailaora, innovadora en lo suyo.

Mateo Maúriz —alférez, I marques de la Carrera (o Buenacarrera).

Melitón Melgar — padre de Marina Melgar. Hombre puesto en su sitio.

Mónica Sandín — joven retratada en dos cuadros opuestos.

Montán Gállego — fraile amanuense, casi incansable copista y traductor.

Muchacota — baronía obtenida en cerrada batalla.

Néstor Laguna — pintor innovador de triste fin.

Nicéforo Máuriz — XX marqués de la Carrera, padre de Casimiro. Hombre ponderado.

Nicolás Pellicer — agraciado con un premio de lotería, que empleó en algo indecible.

Odón Silvestre — subteniente del Ejército (en la reserva).

Óscar Correa — hijo de Celso, investigador de un crimen antiguo.

Pablo Herrero — revolucionario. Reo de muerte.

Padre Cardoso – inquisidor con deseo de saber más.

Pedro de Santirso — inquisidor implacable.

Perico Bellas — lacayo de Juan (de) Montenegro, compartió su suerte.

Projetes — sacerdotisa de Berj.

Quinto Láurico — capitán de las legiones romanas.

Rafael Manzano — guitarrista. Tenaz en el amor.

Ramiro Osorio — capitán de las tropas cristianas y primer regidor de la ciudad.

Remedios Borrajo — «la Cigarrera», bailaora inolvidable de la chacona.

Requiario — «Podólogo», santo patrón de la ciudad y protagonista de una ópera.

Rodrigo — sirviente de D. Honorio Folgado.

Rodríguez (Ursicino, Basilia, Marcelino, Estrella…) — familia de tradición confitera, con perdón.

Salvador de Oriz — amanuense, copista, autor de la *Chrónica cibdana*.

Sancha Carrillo — devota y posteriormente imberbe y aristócrata.

Sisinio Maúriz — XVII marques de la Carrera, nauta.

Teresa — baronesa de Robles, rebelde sin medida.

Tomás Papín — escritor liberal, receptor en Francia de noticias y cotilleos.

Tosco Decembrino — escritor tardorromano, autor de la *Historia civitate*.

Valentín Macías — militante comunista.

Vayatino — señorío ganado en batalla.

Vicente Zuñer — tallador de retablos. Estricto profesional.

«Willy» — ex púgil, ayudante de «Martillo» Vázquez.

X — La editora.

Anexo III. Marqueses de la Buena Carrera

I	— Mateo, atleta, corredor de larga distancia.
II	— Gutierre, constructor y pocero.
III	— Leocadio, alquimista.
IV	— Nicanoro, espeleólogo.
V	— Estilito, relojero, inventor de autómatas.
VI	— Bertolamio, bailarín.
VII	— Crispín, ornitólogo y flautista.
VIII	— Sinforoso, explorador.
IX	— Cucufate, pirotécnico.
X	— Baudilio, mimo.
XI	— Fausto, hereje.
XII	— Micaelo, nutricionista.
XIII	— Raimundo, ventrílocuo.
XIV	— Zósimo, zahorí.
XV	— Norberto, nigromántico.
XVI	— Clodomiro, compositor de óperas.
XVII	— Sisinio, navegante propenso al mareo.
XVIII	— Eudosio, mujeriego, duelista.
XIX	— Feliciano, patrón de globos aerostáticos.
XX	— Nicéforo, sinólogo y matemático binario.
XXI	— Casimiro, botánico.
XXII	— Avelino, ciclista.

Agradecimientos

A Guido Finzi, Esteban Gutiérrez, Manu Espada, Mariano Zurdo (Vega), Nieves Cárceles, Patricio Mendoza y Raúl Ariza, que recorrieron algunas de estas calles y me animaron a seguir.

A Aura y Javier Tazón, cómo no, que tuvieron tanta paciencia y generosidad.

De Eduardo C. Acillona tomé su mitología sobre la diosa Rotonda; de Reyes Vaccaro, la luz encendida del hospital, de madrugada, que ve Mary Lay desde su habitación.

Me guie de la *Historia de los heterodoxos*, de Menéndez Pelayo, para el Auto de Fe de la plaza del Fuero. Descubrí el nombre de Hassenfraz en la novela *Polución*, de Manuel García-Viñó. Lo poco, o algo, por cierto, que pueda saber de novelar lo aprendí del maestro García Viñó. «Puedes hacer lo que quieras [en novela, se entiende] —me dijo un día—, con tal que sepas lo que estás haciendo.»

A utilizar la imaginación sin miedo, aunque en mi corta medida, me enseñaron escritores admirables como Cunqueiro, Perucho, Torrente-Ballester, Vázquez Azpiri... y mi contemporáneo y admirable Fernández Bustos.

A BB, en Panamá, y a Marzo por su fidelidad y por creer que era posible.

A mi padre, que no tuvo suerte

ACVF - La Vieja Factoría

*

El niño, de Jules Vallès

Rumbo Sur, de Guido Finzi

Senderos de gloria, de Humpfrey Cobb

Calle, de Juan Ignacio Ferreras

El merodeador, de Vicente Muñoz Álvarez

Actores sin papel, de José Marzo

*

narrativa y ensayo contemporáneos

Más información en
www.laviejafactoria.net